Valérie Mazeau

Noé

Il y a beaucoup de souffrance dans le monde, énormément.
Et la souffrance matérielle, c'est souffrir de faim,
souffrir d'être sans abri, souffrir de toutes sortes de maladies.
Mais je persiste à croire que la plus grande souffrance,
c'est d'être seul, de se sentir mal-aimé,
de n'avoir simplement personne.

Mère Teresa

Je garderai longtemps en moi le souvenir de ce lundi de la fin septembre à Trois-Rivières, au Québec.

À la lumière de l'été vieillissant, j'avais frissonné dans ma robe aux couleurs claires et au tissu léger. Le vent frais de 17 heures s'était levé, faisant vibrer l'imposante grille d'entrée en fer noir et murmurer les feuillages du parc, épaisse ceinture de verdure entre la maison de l'éditeur et la rue passante, en lisière de la ville. J'avais emprunté l'allée d'hibiscus rouges, au garde-à-vous devant la souveraineté des arbres centenaires, soudain immobiles. Magnolias, érables argentés, palmiers, prunus, épicéas, chênes pédonculés, marronniers.

Face à cette demeure aux allures de manoir, aux toits pointus perforant le ciel, j'avais eu la sensation de pénétrer dans un lieu secret.

Je venais de me métamorphoser en une minuscule enfant, brusquement téléportée au pays d'un géant : Louis Keller, éditeur de livres et d'encyclopédies botaniques de renom. Moi qui n'avais jamais eu l'audace des grands explorateurs, j'ai failli m'enfuir. Mes pas, automates, transportés par mes sandales d'été incongrues et mes jambes rapetissées, me conduisirent malgré moi jusqu'en haut des marches du perron en bois blanc. Ma main droite, frémissante au vent comme une feuille déjà automnale, sonna à la porte d'entrée en chêne foncé et massif, alors que mon visage blême et crispé s'était tendu à l'extrême vers ma prière intérieure. *Pourvu qu'il ait oublié notre rendez-vous. Ou qu'il soit malade, un truc sérieux qui oblige à s'aliter.*

— Bonjour, Sophie.

Louis Keller était souriant, sa poignée de main presque amicale. Je le retrouvais tel que je l'avais quitté, quelques mois auparavant : un homme élancé, sans être immense, une vingtaine de centimètres au-dessus de mon mètre soixante, et d'une minceur qui n'avait rien de la physionomie d'un ogre. D'un pas allégé, je l'ai suivi au travers d'un long couloir et jusqu'à son bureau, une pièce grande ouverte sur un jardin d'hiver spacieux, d'où provenaient des chants d'oiseaux et une lumière intense.

— Vous savez, je n'ouvre pas facilement la porte de ma maison.

Je l'avais bien compris. Depuis trois ans, l'éditeur s'était isolé dans son immense habitation, à la périphérie de Trois-Rivières, où il avait transféré son siège social, dans une activité qu'il exerçait désormais seul. Le déclin de sa maison d'édition l'avait contraint à fermer son bureau du centre-ville, ses collaborateurs avaient été licenciés, il s'était retiré de la scène médiatique et des soirées mondaines.

En venant à ce premier rendez-vous dans la demeure de Louis Keller, j'avais pensé à nos points communs, un lien invisible entre nous, qui nous avait fait nous reconnaître : deux quinquagénaires en pleine décroissance. À une différence près. L'éditeur souffrait de cette nouvelle condition sociale, qu'il considérait comme une décadence, une fatalité qui lui était tombée dessus, alors que pour moi, cette vie minimaliste était un choix.

Deux ans plus tôt, j'avais décidé de quitter la France, ma vie conjugale bourgeoise et mon quotidien dénué de sens, pour venir étudier ici, réfléchir à mon chemin de vie, penser autrement mon développement personnel. La formation à l'université de Trois-Rivières m'avait donné l'envie de rester une année de plus et l'an dernier, j'avais tenu ce café communautaire avec mon amie Denise, lieu de ma rencontre avec Louis Keller, tout ça parce qu'en face de notre café, il y avait la librairie de Félix, un ami de l'éditeur.

— Ce créneau du lundi après-midi est parfait pour moi.

Lundi, de 17 heures à 19 heures, avait imposé Louis Keller lors de notre conversation téléphonique, la semaine d'avant. Je n'avais pas eu l'audace de négocier ces horaires, même si le lundi en fin d'après-midi était mon rendez-vous préféré de la semaine, quand je retrouvais mon amie Denise pour discuter littérature en sirotant un thé brûlant, dans le cocon feutré de sa maison de poupée, tapissée de livres, de moquette épaisse, de rideaux en crochet. Denise, dans la sérénité de ses quatre-vingts ans, m'avait mise à l'aise.

— Ma petite Sophie, on va s'adapter.

— Son ton péremptoire est vraiment agaçant. J'ai l'impression d'entendre Gérard, mon mari.

— Il faut admettre que ces deux hommes ont un point commun.

— Lequel ?

— Ce sont deux entrepreneurs.

— Aussi directifs l'un que l'autre.

— Pour survivre, un dirigeant doit aller de l'avant, conquérir de nouveaux marchés, prendre des décisions à chaque instant, trouver des solutions à tous les problèmes quotidiens. Tu sais, ils sont pompiers et chefs des armées en même temps.

— Denise, je sais tout ça.

— Ton mari et Louis Keller sont faits du même bois.

— Justement, je n'ai pas quitté un Gérard en France pour en retrouver un autre, ici, au Québec.

— Sauf que tu ne vas pas vivre avec Louis Keller. Vous allez seulement travailler ensemble et tu ne le verras qu'une fois par semaine.

— Ce sera bien assez.

— C'est un homme qui a certainement beaucoup souffert.

— Mais ce n'est pas une raison pour faire souffrir les autres ! Accepter ce que la vie nous apporte, y trouver un message pour évoluer et grandir, ce sont tes propres paroles.

— Louis Keller n'a pas encore compris le message, mais ça va venir. Sa maison d'édition en perte de vitesse s'est déjà chargée de le faire évoluer.

— Je ne suis pas certaine d'arriver à tenir le coup.

— Sophie, tu vas essayer. C'est une belle opportunité pour toi qui rêve de travailler dans l'univers littéraire.

Denise avait ajouté qu'elle pourrait facilement trouver une autre disponibilité dans sa semaine pour me recevoir. Mais, à bien y regarder, elle était prise chaque jour pour assurer les permanences de la bibliothèque locale. Notre thé du lundi après-midi se transforma en brunch du dimanche, à 10 heures.

Juste avant de pénétrer dans la maison de l'éditeur, plantée devant la façade, j'avais souri, pris du recul et retrouvé un peu d'assurance. Certes, nous étions deux quinquas décroissants, mais pour le reste, aucune similitude. Cette demeure aux briques angulaires d'un rouge sombre comme du sang séché, semblable à un bâtiment anglais de l'époque victorienne, cossu et austère, n'avait rien à voir avec mon appartement près de l'université, minuscule et ordinaire, loué avec mon salaire aussi maigre que moi, juste de quoi survivre grâce à mon travail d'aide à domicile à temps partiel.

— Septembre est le mois parfait pour démarrer notre projet.

Louis Keller venait de m'inviter à prendre place à son vaste bureau. Nous étions assis face à face. La lumière de la véranda caressait mon profil droit, je sentais les derniers rayons du soleil embraser ma robe, avec l'envie intense de jeter mon regard vers ce puits de lumière qui m'attirait comme un papillon de nuit. Ne voulant pas sembler inquisitrice, je m'étais concentrée sur ce bureau de forme ovale, en acajou incrusté de marqueterie en bois précieux et d'un grand rectangle de cuir verre anglais, bordé de dorures patinées, en guise de sous-main. Mon siège était un fauteuil en velours bordeaux aux larges accoudoirs, le même que celui de l'éditeur, qui avait posé sa veste sur le dossier d'un troisième fauteuil identique, placé près de moi. De cette veste confectionnée sur mesure dans un tissu élégant gris anthracite, j'ai reconnu l'odeur de la ville, la pollution des voitures, la poussière des routes, la fatigue d'une semaine qui débute, la fraîcheur de cet après-midi de septembre qui annonçait l'automne.

Louis Keller, en chemise blanche, me regardait à peine. Au travers ses lunettes à fine monture métallique, ses yeux scannaient les lettres posées sur le sous-main vert, ses mains fines et longues s'agaçaient de ces enveloppes en nombre, sa voix s'adressait davantage à lui-même qu'à moi. Depuis que nous nous connaissions, m'avait-il seulement regardée ? L'année d'avant, quand l'éditeur et son ami Félix fréquentaient notre café, j'avais apprécié la bienveillance sincère du libraire, sa bonne humeur, les rondeurs de sa physionomie à l'image de sa générosité humaine. J'avais fui le visage acéré de Louis Keller, ses gestes brusques, le gris acier de ses tempes, son silence buté, son dédain. Une seule fois, à la fin du printemps, peu avant la fermeture définitive de notre café, j'avais surpris son regard appuyé, étonné, me dévisageant comme s'il venait de me croiser pour la première fois de son existence. Je n'avais jamais été une femme pour lui, juste un être bizarre qui avait écrit un roman de façon automatique, des nuits entières consacrées à décrire des personnages et des lieux sans rien y comprendre, assise à la table de ma cuisine miniature dans mon appartement d'étudiante. Louis Keller et sa relation aux femmes, Denise m'en avait donné quelques explications, au printemps dernier :

— Louis Keller est connu pour être un séducteur.

— Séducteur de femmes superbes ?

— Des mannequins, des beautés des îles. D'après la presse, il aurait été marié trois fois.

— Je comprends mieux.

— Ma petite Sophie, que comprends-tu mieux ?

— Pour lui, je suis transparente.

— C'est-à-dire ?

— Avec mon physique banal, il ne me voit même pas.

— Tu en es blessée ?

— Pas du tout.

— Tu aimerais lui plaire ?

— Certainement pas ! Cet homme me fait peur.

— Serais-tu davantage attirée par son ami Félix ?

— Oui, dans l'absolu. Sauf que Félix est marié et que moi, je suis encore la femme de Gérard.

Assis à son bureau en acajou, l'éditeur avait une posture élégante, le port de tête noble, un maintien quasi aristocratique, inné. Pas difficile de l'imaginer, quelques années auparavant, dans un rôle de séducteur. Mes pensées furent interrompues par son brusque changement d'attitude. Il venait de se lever d'un bond, dans le bruit sec de son fauteuil raclant le sol, dans le martèlement de ses talons de chaussures en cuir noir. Il fit un quart de tour en direction de cette immense véranda vers laquelle je n'avais pas osé regarder, et en deux enjambées, il se retrouva près de la volière, vaste cage en fer forgé blanc placée au beau milieu, un chapiteau de cirque sur une place de village.

Au travers du faisceau de lumière solaire qui inondait encore l'endroit, j'aperçus la silhouette de Louis Keller ouvrant la porte de la volière, y pénétrant sans même avoir besoin de se pencher Plusieurs personnes auraient pu s'y tenir debout. La surface de cette cage à taille humaine devait avoisiner celle de la cuisine de mon appartement de poche, hébergeant plus d'une cinquantaine d'oiseaux, de tailles, de couleurs et de formes variées.

Certains étaient trapus, avec un bec et des ailes courtes, d'autres présentaient un profil effilé. Les petits gabarits me semblèrent plus loquaces, certains étaient timorés ou solitaires, d'autres formaient des couples ou des clans. Leur point commun était leurs plumages aux teintes vives, une palette éblouissante de couleurs primaires aux déclinaisons exotiques : magenta, bleu cyan et jaune, vert printemps, orange mandarine, rose fuchsia. Dans ce tumulte bruyant et chamarré, l'éditeur avait des gestes rares et lents, un caméléon parmi des volatiles, sa voix était sourde. Il salua ses oiseaux qui, dans un ballet virevoltant, redoublèrent de caquètements, annonçant en fanfare l'arrivée du maître des lieux. Certains s'approchèrent de lui, en contact direct sur ses épaules, ses bras, ses mains. L'un d'eux, d'un très petit gabarit, au plumage bleu lagon et jaune d'or, se posa sur la tête de Louis Keller, resté immobile.

J'étais abasourdie par l'intensité sonore, l'explosion des couleurs, les battements d'ailes frénétiques, et cet homme calme au centre de cette ruche. Au sol, les tomettes en terre cuite, couleur marron terre de sienne, m'apparurent comme un essaim de minuscules hexagones, les alvéoles d'une ruche dont les abeilles étaient ces oiseaux bourdonnants, affairés et joyeux.

Je me sentais décalée, seule sur mon fauteuil bordeaux, face au même fauteuil vidé de son occupant, parti sans un mot d'explication, aussi muet avec moi qu'il était loquace au contact de ses compagnons ailés. J'étais installée à la terrasse d'un café, une étrangère découvrant une scène de vie sur la place centrale de ce village inconnu, les discussions fébriles entre chalands et clients, des palabres incessantes, des étals colorés. La place d'un village, un jour de marché.

Je fusionnais peu à peu dans ce décor étonnant, mes yeux s'habituèrent à la forte luminosité, devenant plus audacieux, envolés de la volière pour explorer les autres parties de ce jardin d'hiver, habité de plantes aux feuillages fournis, une explosion de verdure dans laquelle je reconnus de sages oliviers et d'exubérants bananiers, des citronniers aux fruits généreux, ainsi que des plantes grimpées à des treilles de bambou, magnifiques tresses de tiges feuillues et de fleurs exotiques : du jasmin d'Arabie, blanc et puissamment parfumé, des bougainvilliers au violet intense. Toutes ces sensations m'enveloppèrent malgré moi. Un châle en alpaga, douillet sur mes épaules engourdies par le vent de septembre et la froideur de l'éditeur. Mon regard venait d'ouvrir le flacon d'un parfum précieux. J'étais enivrée.

Au bout d'un temps incertain, quand les rayons du soleil commencèrent à décliner, j'ai pris à nouveau conscience de l'inconfort de ma situation. Mes doigts effleurèrent le velours bordeaux de mon siège puis se mirent à trembler. Que devais-je faire ? Attendre que Louis Keller daigne sortir de cette cage ? Moi, j'étais venue travailler, mettre en route notre collaboration.

Au téléphone, la semaine passée, il m'avait parlé de tous ces manuscrits arrivés chaque jour, qui envahissaient sa boîte aux lettres. Un premier tri que j'aurais à faire, une appréciation pour proposer une éventuelle publication, la maison d'édition Keller devant se diversifier pour survivre, et pourquoi pas éditer des romans. Les livres de botanique, ce n'était plus assez rentable. Avec Denise, nous avions passé une après-midi entière à mettre au point une fiche de lecture pertinente, structurée, encore rangée dans mon cartable noir, sagement posé sur les tomettes rouges, appuyé contre mon fauteuil bordeaux, impatient de livrer sa copie de bonne élève. Vraiment, il se prenait pour qui ? Il m'avait fait venir, il m'avait à peine considérée, et j'étais en train de perdre mon temps pendant qu'il s'amusait avec ses oiseaux. Et si tout ce travail avec Denise n'allait servir à rien ?

— Sophie, tu dois montrer à Louis Keller que tu es motivée, que tu prends des initiatives.

— J'ai déjà noté des idées pour créer une fiche de lecture.

— Parfait !

— J'ai passé beaucoup de temps à regarder sur Internet, et notamment sur des sites de critiques littéraires.

— Sans compter qu'un support écrit te donnera une contenance, un appui, et te mettra en confiance face à lui.

Absorbée dans mes pensées, je n'avais pas vu Louis Keller sortir de la volière. Où était-il passé ? Il n'était pas revenu dans le bureau. Sa veste se trouvait toujours sur le troisième fauteuil en velours bordeaux, celui placé à côté de moi. Je fus prise de panique. Je faisais quoi, seule, dans ce lieu étranger ? Pendant ma rêverie, l'éditeur m'avait-il adressé la parole sans que j'entende ?

Je me suis levée de mon fauteuil, dont l'armature en bois poussa un gémissement plaintif. Parvenue dans la véranda, les lueurs du soleil mourant de cette fin d'après-midi m'aveuglèrent, la volière n'était plus qu'une présence massive, aux piaillements d'oiseaux devenus agressifs, des feuillages exubérants de bananiers bloquaient le passage pour pénétrer plus en avant dans le jardin d'hiver. Une senteur poivrée saturait l'air moite. Mes mains se liquéfièrent.

— Que cherchez-vous ?

La voix irritée de Louis Keller venait d'un recoin, à droite, dans cette partie de la véranda qui ne pouvait pas être devinée depuis le bureau. Il pulvérisait de l'eau sur des orchidées bleues, une forêt de pétales azuréens, une mer de cobalt en suspension, un lac d'altitude. Chaque pied était blotti dans un pot de faïence blanche, accroché au plafond de verre. La beauté de ce jardin d'Éden me bouleversa. La main de l'éditeur se crispa sur l'anse de son atomiseur. Il m'avait oubliée, je n'existais pas, je venais de violer son jardin secret.

J'étais pétrifiée, soudain coupable. J'avais tant imaginé cette rencontre, espérant deux heures de travail intenses, cadencées par l'objectif de rentabilité de l'éditeur, ses ratios financiers, chaque minute qui compte, son urgence à faire renaître son activité moribonde, ma fébrilité pour ce nouveau projet, dans mon univers de passion.

— Retournez immédiatement dans mon bureau.

— Bonjour à tous et bienvenue dans mon atelier d'écriture.

Louis Keller n'était pas à l'aise avec tous ces gens autour de lui, environ quinze personnes, des femmes et des hommes, que des adultes qui s'étaient précipités aux premiers rangs, ceux des motivés. Certains pourraient-ils le reconnaître ? Un homme en âge d'être retraité, assis au même rang que lui, près de l'allée centrale et Louis, côté fenêtre, le fixait depuis le début du cours. Il devait chercher dans sa mémoire l'endroit et l'occasion de leur rencontre. Dans sa moustache grise jaunie par le tabac, il ruminait sa question : « Cet homme, je l'ai déjà vu quelque part, mais où ? » Son insistance exaspéra Louis.

— Nous allons commencer par nous présenter à tour de rôle.

Ça y est, le piège se refermait sur lui. Ils allaient tous savoir qu'il était cet éditeur au bord de la faillite, un salaud de patron qui avait licencié un paquet de collaborateurs. Pourquoi avoir écouté son ami Félix ? Depuis leur enfance, Félix avait été de bon conseil, ce qui avait développé chez Louis une fâcheuse tendance à ne plus trier ses suggestions. Un ami, aussi bienveillant soit-il, peut avoir des idées saugrenues. Seulement, Félix était un ami peu ordinaire, le seul à être toujours à ses côtés depuis leur rencontre sur les bancs de l'école, l'année avant l'internat.

Félix lui avait fait découvrir les romans d'aventure, aux héros sans peurs et sans limites, un univers que Louis ignorait totalement. Dans la maison familiale de Louis, il n'y avait un accès qu'aux ouvrages religieux dont il devait faire un résumé à sa grand-mère après la messe du dimanche matin. Cet été, il s'était laissé convaincre par son ami qui avait eu, comme d'habitude, les arguments percutants du libraire immergé dans la dure réalité commerciale des ventes de livres.

— Louis, tu dois découvrir l'univers du roman.

— Ton argument est un peu léger. Je ne vais pas me mettre à écrire un roman pour mieux comprendre les romanciers.

— Écrire un roman, non. Expérimenter la création littéraire, oui.

— Un livre de botanique ou un polar, ce n'est pas si différent.

— Créer une histoire, inventer des personnages, c'est un exercice particulier. Cet atelier d'écriture te permettra de mieux comprendre les auteurs que tu vas publier.

— Je me demande si l'idée de diversifier mon activité avec la publication de romans est judicieuse.

— Les encyclopédies sont maintenant sur Internet, il existe des milliers de tutoriels pour jardiner, donc plus besoin d'acheter des guides pratiques. C'est pour toutes ces raisons que tu ne vends plus grand-chose.

L'homme à la moustache jaunie venait de prendre la parole. Louis remarqua ses cheveux et ses sourcils blancs, en contraste avec son visage couperosé et bouffi, celui d'un alcoolique, encore un qui s'emmerde dans sa vie, et ne prêta pas attention ce qu'il disait. Il s'en foutait. Lui, il écoutait les feuillages murmurant des citronniers, les pétales mélodieux des orchidées bleues, les chants d'amour de ses oiseaux. Et cette Sophie, venue le déranger pendant qu'il vaporisait ses fleurs. Quel toupet ! Sous ses airs de brebis égarée, elle devait cacher une terrible personnalité de mante religieuse. Et après, impossible de la faire bouger de la serre. Elle s'était transformée en statue de marbre au milieu de ses plantes ou plutôt en araignée décharnée, à faire la morte devant lui. Était-elle aussi mal à l'aise avec tous les hommes ? Ou est-ce lui qui ne savait vraiment pas y faire avec les femmes ?

Il était si maladroit avec les femmes, surtout depuis qu'il n'était plus personne. Non, en fait, il n'avait jamais été à l'aise avec le genre féminin, même du temps de sa magnificence. Pas foutu d'offrir un bouquet de fleurs sans se sentir ridicule, incapable de trouver une idée de cadeau en dehors du même bracelet en or qu'il offrait chaque année à celle qui partageait sa vie officiellement et aux autres, les officieuses. Le bijoutier devait croire qu'il faisait une collection, de bracelets et de femmes.

— Monsieur Keller, le même que d'habitude ?

— Le même.

— Bracelet or rigide 18 carats, 63 millimètres de diamètre, largeur de 2,75 millimètres ?

— C'est bien ça.

— Je vous l'emballe ?

— Oui, et vous m'en mettrez deux.

— Dans le même paquet ?

Avec le recul des années, Louis en avait déduit que ce même bracelet offert à toutes ses compagnes, ce modèle rigide qui avait des allures de menottes de police, version or 18 carats, c'est parce que les femmes se ressemblaient toutes. En dehors de sa mère, qui ne l'avait pas reçu en cadeau.

Cette Sophie, elle ne portait aucun bijou. Il l'avait bien remarqué, et en avait été perplexe. La peur d'être prise au piège ou une vie sentimentale inexistante ? Aucun bijou sur elle, des cheveux courts, d'un noir corbeau à faire peur, et pas d'autres signes extérieurs de féminité en dehors de cette robe flottante, une soutane androgyne, un drapeau de mauvais augure. Travailler avec elle, c'était encore une idée farfelue de Félix. Quand elle avait enfin daigné s'extraire de son jardin d'hiver, pour retourner s'asseoir au bureau et lui présenter sa fiche de lecture, il n'y avait rien compris.

La voix de cette femme était aussi hésitante que sa main, celle qui tenait sa tasse de thé. Et quelle erreur de la faire venir à 17 heures… Tributaire de sa bonne éducation, il avait été contraint à lui proposer du thé, son thé à la bergamote si parfumé, qu'elle avait eu la mauvaise idée d'accepter. Mais la politesse de Louis s'était arrêtée là. De peur qu'elle accepte à nouveau, il s'était abstenu de sucrer son thé, évitant ainsi de proposer ce délicieux miel de fleurs de citronnier, celui qu'il fait venir de Sicile. La tasse de thé, elle avait bien failli la renverser sur son bureau. À plusieurs reprises, il avait surpris les mains de cette femme, petites et moites, en train de glisser sur l'anse de la tasse en porcelaine de Chine. D'instinct, il détesta ses mains. C'étaient des mains de fouineuse.

— Et vous ?

La question de l'animatrice de l'atelier d'écriture, une voix lointaine venue de l'estrade près de l'entrée et du tableau blanc, surprit Louis, le sortant de sa torpeur. Tous les regards se tournèrent dans sa direction, des lasers diffusés par des corps vrillés vers lui, le cancre du fond de la classe. Depuis l'enfance, il avait appris à gérer l'effet de surprise. Surtout, ne pas hésiter, pas de balbutiement et une voix autoritaire, qui attaque son interlocuteur avec un air outré. Ce qu'il fit à cet instant précis.

— Quoi, moi ?

— Chacun vient de se présenter et c'est à votre tour.

Pas du tout décontenancée par le ton acerbe de Louis, la jeune femme fut directe, sûre d'elle. Sa voix aigue transperça Louis, son regard clair le vissa sur sa chaise de mauvais élève, dans cette salle anonyme d'une maison de quartier à la façade encrassée par la pollution de la ville. Cette femme, il l'avait reconnue. Elle s'était présentée en premier. Émilie, professeur de français, auteur et illustratrice de livres pour enfants. Quelques mois plus tôt, Félix l'avait accueillie dans sa librairie à l'occasion de la dédicace de son premier album jeunesse.

— Louis, tu ne seras pas déçu.

— Tu sais, les femmes et moi...

— Elle est très créative.

— Donc incontrôlable.

— Aussi à l'aise avec les illustrations qu'avec les textes.

— Ce qui ne garantit pas qu'elle soit une bonne animatrice d'atelier d'écriture.

— Elle enseigne en collège et en lycée. C'est une pédagogue.

— Plutôt vieille maîtresse d'école autoritaire au chignon gris ou jeune professeure à la pédagogie participative ?

— Je pense que tu l'apprécieras.

Émilie répéta sa demande, la voix un peu agacée. Nom, prénom et toute autre information intéressante pour le groupe. *Louis, 54 ans, trois fois divorcé, pas d'enfants.* Non, il devait en dire le moins possible.

— Je m'appelle Louis.

— Bienvenue, Louis. Qu'est-ce qui vous amène ici ?

Il eut envie de répondre comme un enfant qu'on a envoyé en colonie de vacances contre son gré : « C'est pour faire plaisir à Félix. » Il se méfiait de tous et de chacun.

— La découverte de l'écriture.

L'homme retraité fronça ses sourcils blancs et sa moustache jaune, sa bouche épaisse fit une moue écœurée, il ravala sa fringale, sa frustration de n'avoir pas nourri sa curiosité malsaine. Plus les années passaient et plus Louis détestait le genre humain, avec l'évidence de devenir quasi asocial.

— Pour entrer dans le vif du sujet, je vous confie ce document.

Émilie passa parmi ses élèves, entre les rangs, et distribua une feuille, expliquant qu'il y figurait toutes les précisions utiles sur le déroulement de l'année – atelier chaque vendredi soir, de 20 heures à 22 heures, en dehors des vacances scolaires, avec un thème par trimestre, le premier étant d'écrire une histoire en choisissant un lieu loin du Québec, une période non contemporaine, racontée par un personnage peu ordinaire.

Louis pensa à ce poème saturnien de Paul Verlaine, son favori. *Je fais souvent ce rêve étrange et pénétrant, d'une femme inconnue et que j'aime, et qui m'aime, et qui n'est, chaque fois, ni tout à fait la même, ni tout à fait une autre, et m'aime et me comprend.* Paris, 1866. Il pourrait choisir cette ville, cette époque et la planète Saturne comme narratrice, pour évoquer l'histoire d'un amour impossible, virtuel, comme Saturne tournant autour du soleil sans pouvoir s'en approcher. Bonheur solaire inaccessible. Saturne, planète gazeuse, rien de solide, comme sa vie à lui.

L'idée lui parut intéressante, quoiqu'un peu trop autobiographique, jusqu'à ce qu'Émilie arrive à sa hauteur. Sa main, celle qui tendait la feuille, effleura Louis à la hauteur de son bras, au travers de sa chemise d'homme pressé, d'un tissu élégant au bleu discret. Il remarqua alors les yeux d'Émilie, d'un vert insolent, irisé de gris bleuté, sertis dans son visage ovale et mince, auréolé d'une chevelure longue et bouclée, d'un blond vénitien fougueux, en liberté dans son dos gracile. Jeune fille au tempérament frondeur, dont le père, riche marchand de Venise, résidant dans un palais au bord du Grand Canal, venait de lui apprendre son mariage forcé avec un homme âgé mais riche, futur sénateur de la Sérénissime. Une Vénitienne au destin de corsaire, capitaine de navire en route pour les Indes, fuyant son ennuyeux destin d'épouse bourgeoise. Les mains d'Émilie virevoltèrent avec une emphase méditerranéenne. Ses doigts, dont la peau translucide était constellée de fines taches de rousseur, avaient un rythme délicat et tonique, ceux d'une joueuse de harpe ou de luth. Corsaire ou courtisane ?

— Profitez de cette fin de semaine pour commencer à écrire et ne vous y prenez pas à la dernière minute. L'écriture demande du temps et de l'énergie. À vendredi !

Sur cette ultime recommandation, le regard sévère et l'index levé dans un geste militaire, Émilie donna congé à son groupe d'apprentis écrivains.

Ce soir-là, après l'atelier, installé à son bureau en acajou, Louis choisit dans les rayonnages de sa bibliothèque quelques livres d'art, ouverts à la page de chefs-d'œuvre de la Renaissance italienne et il commença à écrire, à raturer ses premiers mots pour se poser la question préalable : qui allait raconter l'histoire ? De la volière, la symphonie de ses oiseaux lui parvint, leurs dernières discussions avant la nuit. Dans une déclaration émue, il les remercia. *Mes amis, vous êtes merveilleux.*

Avec un large sourire de contentement, il reprit son stylo-plume pour le laisser filer sur le grain fin des feuilles blanches de son bloc-notes, celui qu'il utilisait pour esquisser des croquis à l'aquarelle. À sa grande surprise, l'encre noire se répandit avec la même aisance que ses lavis colorés. De son écriture raffinée, aux arabesques ciselées, il forma des mots, des phrases, des paragraphes entiers, plusieurs feuilles blanches s'assombrirent. Encre de Chine et voyage à Venise.

Venise, début de l'hiver 1536

La nuit tombe sur la rue Castelli. Par la fenêtre de l'atelier Vinelli, je devine le froid de l'hiver, qui étouffe les bruits et les parfums de la ville. La rue étroite laisse passer très peu de lueurs et seulement quelques personnes au pas pressé. Je suis nostalgique. Chez mon ancien patron, un banquier parmi les plus riches de Venise, à seulement dix minutes à pied d'ici, l'existence était si différente.

Moi, le perroquet offert par un sultan byzantin, j'avais une place de choix dans le palais du banquier situé au bord du Grand Canal, une somptueuse bâtisse de trois étages, à la façade ornée d'une mosaïque d'or, de colonnes et de statues en marbre. Au rez-de-chaussée de notre palais, les imposantes marches de pierre donnaient accès à une porte volumineuse, ouvrant sur un couloir profond, avec un immense entrepôt loué à prix d'or à un marchand allemand. Nous vivions ainsi, au rythme des marchandises déchargées puis réembarquées sur les voiliers trois-mâts, au fil des marées. Notre ponton de bois fraîchement repeint jouxtait l'arche d'un nouveau pont de pierre.

Ma cage dorée trônait dans le *portego*, ce majestueux salon central du *nobile*, l'étage noble, le premier étage, le plus beau de tous, composé de fenêtres larges, d'un plafond haut, d'un grand espace. Moi, l'oiseau rare, j'étais un élément luxueux parmi d'autres décorations de premier choix : tentures de cuir, tapis rouge et or d'Anatolie, meubles marquetés, candélabres rutilants, une fresque représentant l'Ascension du Christ et, face à moi, un tableau de la Madone. J'étais dans mon élément, noblesse oblige. Moi, je suis un psittacidé originaire des Indes, de cette région du monde où les soies et les épices sont du plus grand raffinement. Je suis un enfant de Constantinople, ville puissante et stratégique, né au palais d'un sultan ottoman, homme érudit et distingué, dans la splendeur de Soliman le Magnifique.

Dans le palais vénitien de mon ancien patron, un peu avant la nuit, les fumets savoureux de la cuisine venaient envahir notre étage, délicieuses émanations de plats rôtis, mijotés, de pains sortis du four, de desserts vanillés, de parfums frais des fruits livrés de la campagne proche. Par la loggia ouverte, j'humais l'air du soir, chargé des senteurs d'épices arrivées par bateaux, mélangées à des accents turcs, grecs, allemands, français, et aux embruns de la lagune. Je palpais cette pulsion impérieuse si caractéristique des Vénitiens, natifs ou adoptifs, de profiter de l'existence éphémère, de vivre pleinement leur opulence qui pouvait s'avérer aléatoire au gré des conquêtes et des défaites, guerrières ou religieuses. J'appréciais tout autant l'odeur accablée de la fin de journée, celle du labeur accompli, les cris des gondoliers étouffés dans la pénombre, au détour des ponts, après s'être égosillés pendant les heures du jour. Je prenais plaisir aux murmures du début de soirée, un soir tout neuf qui apportait ses promesses à ceux qui travaillent quand le soleil se couche.

À l'instant précis où la lueur solaire faiblissait, les domestiques du palais allumaient les bougies de cire d'abeille parfumée, dont la clarté douce arrondissait chaque angle du mobilier et lissait les aspérités des visages. Cette lumière singulière donnait le signal de départ. Un frémissement d'excitation nous parcourait tous. La réception allait commencer. Notre ponton s'apprêtait à accueillir des embarcations élégantes et sombres comme la nuit, équipées d'une lanterne rouge, d'une cabine ornée de rideaux et de pompons dorés, d'un gouvernail argenté, glissant sur l'eau dans une navigation à l'aveugle au cœur de la cité, débarquant des hommes intelligents et des femmes superbes. Ces personnalités accédaient au premier étage, pénétraient dans le *portego* où ils étaient annoncés de façon grandiloquente, dans une mise en scène théâtrale et pour moi, le spectacle débutait.

Ces comédiens d'un soir, aux visages fardés, immobiles comme des masques, aux vernis bourgeois voire aristocratiques, me tenaient compagnie jusqu'à l'aube, à rire, deviser, réciter des vers, déverser des flatteries, se gorger de mets fins et de vins charnus. Aux lueurs du jour nouveau, dans un basculement imprévisible, les masques tombaient et la réception prenait un autre visage. Les invités, ainsi repus et enivrés, ne parvenaient plus à cacher leur médiocrité. Les critiques fusaient, les envolées poétiques devenaient grotesques, les jeux de mots n'avaient plus aucun esprit.

Mon maître donnait alors le signal de départ à ses visiteurs, hormis à son heureuse élue : la courtisane du soir. Ma pièce de vie se désertait d'un seul mouvement et l'étage au-dessus, celui des appartements privés, prenait vie. Le second étage de notre palais était constitué de la chambre de mon patron, de son bureau et d'un boudoir où aimait lire son épouse, lors de ses brefs passages au palais. Je n'ai jamais vu ces pièces, qui n'ont existé pour moi qu'au travers des conversations du quotidien. « Je vais au boudoir », disait l'épouse, le front bas, plissé par la culpabilité de n'avoir pas assez prié, son jeune dos déjà courbé par le poids du chapelet pendu à son cou frêle. « Allons nous coucher », ordonnait mon maître à sa courtisane du soir.

Je devinais les domestiques montant jusqu'aux combles, où ils avaient leurs chambres, avec un accès direct sur le toit et sa terrasse en bois, là où, dans la journée, ils faisaient sécher le linge et battaient à grands coups de balai les tapis et tentures. Quand leurs pas s'évanouissaient dans les escaliers, un grincement discret et rythmé débutait, celui du lit à baldaquin de mon maître. Je l'imaginais à la proue d'un voilier, larguant les amarres, la lourde coque mise en branle, dans un craquement de planches de bois, de chaînes métalliques et de cordages, à la conquête d'un paradis perdu. Un roulis se faisait alors entendre, mon patron prenait sa vitesse de croisière, dans un tempo régulier et soutenu. Avant de trouver le sommeil, bercé par ce mouvement de balancier, je réfléchissais aux propos entendus pendant la soirée.

— Nous devons garder un œil averti sur les Turcs.

Certains invités abordaient le sujet de la menace turque, sans même prêter attention à moi, ressortissant de Constantinople. J'aurais pu être un espion formidable. Je disais, à qui voulait bien m'entendre, que la Sérénissime avait grand intérêt à rester sur ses gardes car nous autres,

Ottomans, étions de grands conquérants, aussi à notre aise sur terre que sur mer. Sans négliger d'autres puissances qui pourraient surgir d'un jour à l'autre, des guerriers venus des quatre coins du monde, ou bien encore la découverte de nouvelles richesses susceptibles d'accorder une suprématie à des peuples inattendus. Moi, je pariais sur les Espagnols et les Portugais, que je trouvais très habiles, suffisamment pour parvenir, dans un avenir prochain, à terrasser le lion de Venise.

Mais personne ne m'écoutait, les Vénitiens étant trop orgueilleux de leur gloire. Pourtant, comme leur vie est précaire ! Surtout lorsque l'on vit sur des pieux en mélèze enfoncés dans la vase, dans des palais posés sur de simples planches et construits avec une fine couche de pierre d'Istrie, des murs de briques trop légers pour tenir des années, du marbre en façade pour faire semblant. Comment une telle cité, avec les pieds dans l'eau, à la merci des vents et marées, superficielle dans sa mise en scène, pourrait-elle maintenir sa grandeur ? J'en concluais qu'un peuple aussi sourd et vaniteux, résidant dans une ville bâtie sur des bouts de bois, ne pourrait pas conserver son hégémonie. Soit elle allait pourrir, soit elle allait prendre feu.

Aujourd'hui, dans l'atelier Vinelli, mon existence est tout autre. La morosité et la petitesse de la rue Castelli me renvoie à l'effervescence de mon ancienne vie, hautement sociale et intellectuelle. Ici, à l'atelier, je m'ennuie. Pourtant, vivre dans l'atelier d'un artiste peintre vénitien était mon rêve. Une vie idéale pour moi, perroquet au plumage haut en couleur : je suis entièrement bleu turquoise sur mon côté pile, c'est-à-dire l'intégralité de mon manteau de plumes, incluant mon front et ma queue, pendant que mon côté face, mon abdomen et ma gorge, est d'un jaune d'or safrané. Mon bec et mes doigts ont l'intensité de l'ébène, mes joues blanches font ressortir la teinte argentée de l'iris de mes yeux.

Ainsi, j'avais imaginé être une source d'inspiration pour un grand maestro de Venise. Je me voyais déjà modèle, sorti pour l'occasion de ma cage dorée, prenant la pose devant un large public, des apprentis peintres me scrutant pendant des heures, le Maître au milieu de tous, son pinceau embrasé de mes teintes flamboyantes. J'avais même fantasmé sur une existence dans l'atelier d'un génie, comme celui dont tous parlent à Venise : le Titien. On dit que le Titien ne sait plus où donner de la tête, que ses toiles, à peine sèches, sont expédiées partout en Europe.

Mon nouveau patron, *il maestro* Vinelli, n'est pas un prodige, et quelle infortune pour moi. Il a du travail quand ses confrères de plus grand renom ne peuvent pas assurer les nombreuses commandes de retables faites par les couvents. Il a peu de talent et n'est pas visionnaire. Il peint encore sur des panneaux de bois car les toiles de lin lui font peur, du fait de leur texture et de leur prix. Disons qu'il est un bon artisan, habile et consciencieux, mais totalement dépourvu de génie. D'ailleurs, son atelier est minuscule, le mobilier est rudimentaire, la cheminée est souffreteuse, le personnel est rare. La lumière du jour n'arrive qu'en début d'après-midi et le reste du temps, nous sommes faiblement éclairés par des chandelles de suif, qui sentent la graisse, qui encrassent la dorure de ma cage, qui suintent l'avarice.

— Bonjour.

Le garçon qui vient d'entrer dans l'atelier, il est tout déplumé. Un oisillon sorti du nid, la figure à peine débarbouillée, les doigts noircis par la pierre de dessin, les ailes grelottantes dans sa chemise et son caleçon long en grosse toile de chanvre grisâtre, usée, rapiécée, et deux yeux luisant d'espoir comme ceux qu'on a aux premiers jours de vie, perçant sous une frange de cheveux bruns et touffus.

À la femme de mon patron, *la signora* Vinelli, Carlotta de son prénom, il explique qu'il vient de Mazzorbo, cette île au nord de la lagune, près de Burano, là où on fabrique de la dentelle. Moi, le perroquet né à Constantinople, resté confiné pendant deux ans dans le palais en or massif du banquier, je connais peu la géographie locale. Burano, je la confonds avec celle de Murano, l'île des verriers.

Le petit déplumé, il a l'air aussi frigorifié que découragé. Depuis qu'il a débarqué de son îlot, près de l'Arsenal situé à l'est de la ville, il a fait la tournée des ateliers de Venise, a essuyé des refus polis et des portes claquées au nez, puis il a entendu un conseil avisé, qu'il n'a pas manqué d'attraper au vol, à la vitesse d'un corbeau de mer efflanqué qui a vu un poisson sauter à la surface de l'eau : on lui a dit qu'à l'atelier Vinelli, le maître est peu généreux de son temps pour montrer à un apprenti, que sa femme est peu généreuse de son argent pour payer le personnel, mais qu'on pourrait y avoir besoin d'un coup de main. Mon patron, *il signor* Vinelli, venait d'obtenir une importante commande de la famille Cuccini pour décorer la chapelle de son palais au bord du Grand Canal, à deux pontons de celui de mon ancien propriétaire.

Quand on est un avorton tout juste envolé d'un

couvoir où la nourriture n'arrivait pas dans le bec tous les jours, on saisit toutes les occasions, même un bout de queue recouvert d'écailles grossières ou une tête de maquereau déjà pourrie. Après avoir traversé plusieurs dizaines de ponts, enjambé des canaux grands et petits, irrigués ou asséchés, s'engouffrant dans des ruelles sombres et poisseuses, juste la largeur pour laisser passer des rats à la queue leu leu, coursés par des chats sales, traversant un *campo* puis une *piazzetta*, frôlant les murs d'une *fondamenta* et les quais de pierre, autant de lieux inconnus pour lui et grouillant de populace, le petit déplumé a finalement atterri dans la Calle Castelli, aux abords de l'église Santa Maria dei Miracoli. Il n'a pas réussi à déchiffrer l'inscription de l'atelier car à Mazzorbo, les yeux servent à tisser des filets de pêche ou des fils de dentelle et pas à lire, mais ses yeux ont vaguement reconnu le « V » de l'Atelier Vinelli, inscrit sur l'écriteau métallique, suspendu à la façade et grinçant au vent d'hiver.

Je le sais parce que, de ma fenêtre étroite, je vois ce qui se passe dans la rue Castelli, c'est-à-dire peu d'événements. L'approche d'une silhouette, hésitante, avait attiré mon attention, avec le pressentiment que cette péripétie serait l'unique distraction de ma journée.

— Le perroquet doit avoir de la lumière.

Le domestique du banquier, qui m'avait livré à l'atelier quelques jours auparavant, avait répété les consignes de son maître. Pour un perroquet, la lumière est importante. À *la signora* Carlotta, il avait réglé la somme en ducats, en paiement du tableau réalisé par le maestro Vinelli – le portrait de l'épouse et du fils du banquier. Puis il m'avait présenté. Moi, j'étais le cadeau en plus, le cadeau-surprise, soi-disant parce que le banquier était très satisfait de l'œuvre.

Je fus posé sur une commode hideuse, confectionnée dans un bois de noyer aussi sombre que grossier. Cependant, ma cage ainsi adossée au mur me permet d'être à bonne hauteur, c'est-à-dire au niveau de la fenêtre donnant sur la rue, ce qui nourrit ma curiosité naturelle d'observateur infatigable. Moi, je suis un oiseau grégaire. J'ai besoin de compagnie.

De mon emplacement stratégique, je vois les allées et venues de chacun, dans la rue comme dans l'atelier. Je croise les regards comme celui, anxieux, du nouvel apprenti. Je bénéficie d'une vue imprenable sur la poitrine opulente de ma nouvelle patronne et cette immense cheminée en fusion permanente à laquelle j'ai failli être suspendu. Encore une idée stupide de Carlotta Vinelli, qui, de son ignorance, m'aurait desséché les plumes et provoqué des démangeaisons à n'en plus finir. Pire encore, elle avait envisagé de placer ma cage dans le hall d'entrée pour me transformer en un trophée jacassant, annonçant le nom de chaque visiteur. Je suis loquace, mais pas serviteur. J'aime l'humidité de Venise, mais sans les courants d'air.

L'oisillon de Mazzorbo, il est accueilli avec beaucoup moins de courbettes et de propos élogieux que moi. *La signora* Vinelli, de sa main puissante et grasse de bourgeoise bien nourrie, lui flanque une grosse gifle, qui le fait vaciller, et lui offre son mot de bienvenue :

— Même si l'église Santa Maria dei Miracoli est tout près, ne t'attends pas à des miracles.

— Je comprends, madame.

— Ici, on travaille beaucoup et on apprend dans la douleur.

— Je ferai autant de travail que vous me demanderez.

— Dieu l'a dit lui-même : la vie est une souffrance.

— Oui, madame.

— Mon mari est débordé, nos ouvriers sont tous partis à la chapelle des Cuccini. Ici, tu seras seul avec Benito.

De son double menton, elle désigne un garçon longiligne, nettement plus grand que le petit déplumé mais pas tellement plus épais, des longues pattes du genre échassier de la lagune, tout vêtu de beige clair, d'un pantalon aussi flottant que la chemise, confectionnés dans la même toile de lin que la large calotte posée sur sa tête et pas un poil qui dépasse. Affairé à dessiner sur un grand carton, Benito n'a pas daigné se retourner vers le nouvel arrivant. À mon entrée dans l'atelier, je n'avais pas eu droit à davantage d'égard. Un échassier sourd-muet.

— Benito est doué, ce qui ne semble pas être ton cas.

— Je ferai tout mon possible.

— Tu devras faire tout ce qu'il veut.

— Oui, madame.

— C'est l'élève préféré de mon mari.

— Je ferai tout ce qu'il me demandera de faire.

— Ton nom ?

— Gabriele Girardini.

Carlotta Vinelli part dans un fou-rire tonitruant, qui fait tressauter son châle de dentelle sur ses épaules imposantes. Sous sa robe de velours rouge grenat, ses jupons se mettent à bouillonner comme un torrent, secouant par saccade son chignon brun et les verrues de son visage épais. Elle me lance un coup d'œil complice, que je fais exprès d'ignorer. De façon ostentatoire, je lui tourne le dos pour faire face à la fenêtre. Je refuse d'entrer dans son jeu stupide. Je la déteste. Sa voix perçante m'insupporte, et encore plus quand elle s'esclaffe à chacun de mes mouvements, au point que je suis obligé d'attendre qu'elle sorte de l'atelier pour m'étirer ou me percher sur une seule patte, ces deux positions qui déclenchent chez elle une dégoulinade d'adjectifs imbéciles à mon égard. Son parfum lourd, qui se veut oriental, qui masque à peine ses odeurs graisseuses de matrone, m'envahit, me donne la nausée.

Depuis que je vis ici, je fais un terrible cauchemar : je la vois s'approcher de ma cage, me prendre de force entre ses doigts épais garnis de grosses bagues aux pierres tranchantes et me bloquer entre ses seins, en roucoulant : « C'est le petit Gigi à sa maman. » À peine le temps d'hurler pour appeler à mon secours *il maestro* Vinelli, endormi dans sa chambre située à l'étage au-dessus de l'atelier, que l'asphyxie arrive, sournoise. Mes plumes se ternissent, pâlissent, perdent leurs teintes flamboyantes, mon corps vigoureux se rétrécit, mon bec se détache, tombe au sol comme un caillou noir pour s'y briser en mille morceaux. Je me métamorphose en piaf gris et moribond, étouffé entre ses mamelles géantes, ce qui me réveille en sursaut et me sort de mon horrible sort.

Tout, en elle, est une offense à mon rang noble, à ma culture, à mes capacités intellectuelles. Quand *la signora* Vinelli insiste pour obtenir mon attention, elle m'exaspère au point que je suis amené à lui répondre en turc les pires injures, ce dont elle se régale, se gausse, convaincue qu'il s'agit de vers raffinés, extraits d'un célèbre poème levantin.

Je dois admettre cette évidence : je suis son orgasme intellectuel.

— Qu'il est savant, le petit Gigi !

Quand j'ai débarqué à Venise, il y a deux ans, je ne m'exprimais qu'en turc, ma langue maternelle. Très vite, je me suis rendu compte que cela ne m'empêchait pas d'avoir une conversation suivie avec un natif de la Sérénissime. À force d'observer les hôtes prestigieux du banquier, j'ai compris que les êtres humains n'écoutaient que très rarement leurs interlocuteurs, ayant davantage tendance à s'écouter eux-mêmes. Je répondais en turc à la question polie d'un invité vénitien et malgré nos incompréhensions réciproques, la conversation s'établissait, aussi futile et vide de sens que si j'avais utilisé le dialecte local.

— Comment allez-vous, Monsieur le Perroquet ?

Mon interlocuteur se foutait royalement de ma réponse. Cependant, j'ai commencé discrètement à apprendre le langage de la Sérénissime, comme Soliman le Magnifique m'aurait conseillé de faire, lui qui savait combien la maîtrise des dialectes est une arme stratégique pour mieux coloniser les peuples. Ma formation linguistique fut aisée. Personne ne se méfiait de moi. On n'imaginait pas un seul instant qu'un perroquet ottoman, parlant turc, pouvait comprendre le vénitien. Sans me priver de cette communication si vitale pour moi, ma ruse m'avait permis d'être le témoin direct et insoupçonné de quelques indiscrétions croustillantes, échangées en fin de soirées bien arrosées aux délicieux vins doux de Malvoisie.

J'étais devenu le gardien de secrets issus des deux univers de prédilection de cette communauté de marchands amateurs de courtisanes : l'argent et le sexe.

À la fin de mon séjour au palais du banquier, je n'utilisais la langue locale que lors d'occasions importantes, comme l'argumentation de mes convictions géopolitiques, tout en gardant un fort accent levantin, histoire de ne pas susciter de méfiance. Le constat avait été assez navrant : les hommes érudits ne m'écoutaient pas davantage et les courtisanes me trouvaient adorable, préférant la musicalité de ma prononciation à la profondeur intellectuelle de ma pensée.

L'argent et le sexe .. Quelles sont les faiblesses de mon nouveau maître, *il maestro* Vinelli ? Le soir, quand il est de retour à l'atelier, éreinté par sa journée officiellement passée à la chapelle des Cuccini, je me demande à quelle catégorie d'homme il appartient : est-il de cette variété d'individus discrets et laborieux en apparence, qui cachent si bien leur jeu ? Qui ont besoin de collectionner les ducats d'or et les jolies femmes pour se sentir vivants ? Je l'imagine avec des nymphes autour de lui, posant nues pour ses œuvres, qu'il scrute d'un œil technique, puis qu'il honore après les séances de pose. Ou bien est-il de ceux qui fréquentent les courtisanes afin d'oublier la laideur et la grossièreté de leurs épouses ?

En attendant, l'oisillon de Mazzorbo est loin de toutes mes considérations. Face au rire gras de Carlotta Vinelli, qui se tape sur les cuisses au travers du tissu endiablé de sa robe rouge, il est pétrifié.

— Si tu travailles autant que tu me fais rire, tu pourras rester à l'atelier.

— Pourquoi je vous fais rire, madame ?

— Encore un Gigi !

— Pourquoi vous dites ça ?

— À cause de Girardini, ton nom de famille. On doit te surnommer Gigi.

— Non, pas vraiment.

— Notre nouvel ami, le perroquet, il s'appelle Gigi aussi.

— Je comprends.

— Mais, contrairement à lui, tu n'auras pas le droit de parler ici.

La maison de Denise sentait bon le brunch et l'amitié, ce baume invisible qui adoucit nos blessures, calme nos angoisses, nous invite à une légèreté de l'être, loin de tout jugement. La bibliothèque étalée aux quatre murs du salon était un peu plus poussiéreuse à chacune de mes visites, depuis que Denise avait de la poussière dans ses yeux usés par les kilomètres de pages lues, dont les lettres rapetissaient avec le temps. Sa silhouette fragile se voûtait peu à peu, en appui sur sa canne anglaise en bois de hêtre, son tuteur pour pied de tomate, pour la plante fanée qu'elle disait être devenue, en souriant d'elle-même. Son humour restait intact, son esprit avait la vivacité de la jeunesse.

Au centre de la pièce, sur le tapis épais qui avait dû être violet, la table basse en pin blond proposait deux tasses de thé vert à la menthe, des croque-monsieur et du crumble aux pommes. Les napperons en crochet, posés sur les dossiers des fauteuils, étaient d'un rose éteint. À l'image de sa maison de poupée, je retrouvais Denise habillée d'une robe parme, coordonnée aux reflets de sa chevelure neigeuse, et ses lunettes étaient pailletées de fines particules de laine grise, qui parlaient de son tricot du jour : une écharpe pour moi, en prévision de l'automne qui s'annonçait précoce.

— Ma petite Sophie, tu m'as l'air bien chargée.

— Lundi dernier, Louis Keller m'a donné une tonne de manuscrits.

— Pose ton carton sur la table et raconte-moi votre premier rendez-vous.

Après ma rencontre avec l'éditeur, le lundi soir précédent, j'avais téléphoné à Denise. Elle avait entendu l'angoisse dans ma voix. « Si, Denise, je t'assure, tout s'est bien passé. » Le dimanche suivant, chez Denise, j'avais la mine fatiguée, d'une pâleur médicamenteuse qui témoignait de mes nuits d'insomnie. Le carton des manuscrits s'échappa de mes mains pour venir s'écraser sur mon pied droit, qui refoula une décharge et me fit expulser un cri de douleur. Denise s'empressa, dégagea mon pied agressé, me fit asseoir sur le canapé.

— Denise, je ne vais pas y arriver.

— Tu as combien de manuscrits ?

— Quarante. J'en ai lu trois par nuit et un par jour. Sauf que depuis lundi, ça ne fait que six nuits et cinq jours, donc je ne suis qu'à vingt-trois manuscrits lus.

— Et tu dois rendre ta copie demain ?

— Demain, à 17 heures.

— Louis Keller t'a demandé de tous les lire ?

— Oui… Enfin, je ne sais plus. J'étais trop en mode panique pour bien l'écouter.

Denise servit le thé, m'incitant à manger un peu, souriant pour se donner une constance et surtout elle réfléchissait à ce qu'elle allait me dire. Elle savait que ma confiance en dépendait, que ses premiers mots impacteraient mon esprit angoissé. Parfois, elle s'exaspérait de mon manque de confiance, surtout qu'elle m'avait appris à me programmer mentalement, à reformater mon cerveau pour gagner en assurance, trouver ma place, me reconstruire sur des bases solides. Seulement, les paroles dénigrantes de Gérard, mon mari, étaient toujours bien ancrées en moi, d'autant que notre fils, adolescent, resté vivre en France auprès de son père, avait commencé à m'écrire des messages assassins, dans le mimétisme paternel. « Tu m'as abandonné. Tu ne penses qu'à toi. Tu n'es plus ma mère. » Alors, quand Denise me faisait une séance de visualisation créatrice afin que je m'imagine en train de réussir de beaux projets, un seul message de mon fils, juste quelques mots cinglants tombés comme une lame de couteau dans sa messagerie, et mon élan vital était coupé net.

— Sophie, quel est l'objectif de lecture de Louis Keller ?

— Il veut que je lise un maximum de romans pour trouver la pépite.

— Dans quel délai ?

— Publication à Noël, la meilleure période des ventes.

— Tu lui as présenté notre fiche de lecture ?

— À vrai dire, je crois qu'il n'a pas bien compris mes explications.

— D'accord, alors je te propose la chose suivante : pour l'instant, nous gardons notre fiche et nous nous répartissons le travail.

Tous les manuscrits furent sortis du carton, comptés, triés par épaisseur. Certains étaient imprimés et reliés, d'autres étaient écrits à la main ou tapés à la machine à écrire, des feuilles volantes s'en échappaient parfois, avec des traces de nourriture ou des ronds de café, tous les signes d'une vie partagée pendant des mois entiers entre ces documents et leurs auteurs. Ceux que j'avais pu lire furent remis dans le carton. Denise me proposa d'y revenir plus tard, notre priorité étant de parcourir les dix-sept manuscrits restants. Huit pour moi, neuf pour elle, lectrice plus rapide. Lecture des cinquante premières pages et si l'histoire n'accrochait pas notre attention, le manuscrit serait mis de côté, avec l'inscription « NON » sur la couverture. Cinquante pages lues pendant environ une demi-heure, la rédaction de la fiche de lecture en dix minutes quand l'histoire présentait un intérêt, donc fin du travail prévue en fin d'après-midi, comprenant les pauses, puis débriefing général.

Chacune s'installa à une extrémité du canapé, une pile de manuscrits à nos pieds. Denise tenait à ma réussite, convaincue que l'univers littéraire était celui qui me permettrait de m'épanouir. L'an dernier, quand j'avais écrit ce premier roman sur Louise, une jeune femme juive française réfugiée dans une ferme de Normandie pendant l'occupation allemande, je n'avais pas imaginé devenir auteure. Cependant, une évidence m'était apparue, mon besoin impérieux de vivre parmi les livres. La proposition de Louis Keller était arrivée à point nommé. Denise m'avait convaincue que je serais à la hauteur de cette nouvelle aventure, cette formidable mission de découvrir des talents littéraires.

Dans le silence studieux du salon de Denise, nous avons débuté notre marathon de lecture. Notre unique compagnon sonore était le tic-tac du balancier de la petite horloge accrochée au mur, un chalet miniature en bois de tilleul verni, orné d'un cadran rond aux aiguilles en bois, affublé sur son côté gauche d'une grosse fleur d'edelweiss au blanc jauni, broche fanée, souvenir d'une boutonnière de jeunesse. Sous l'horloge, au sous-sol du chalet, pendait une paire de pommes de pin en fonte rouillée. Voyage en Forêt Noire. Sous le toit du chalet, se trouvait le nid d'un coucou joyeux et coloré, dont la trappe s'ouvrait tous les quarts d'heure pour permettre son égosillement. Sa disparition était rapide, certainement pour fuir la grisaille nostalgique de ce dimanche après-midi, aperçue par la fenêtre.

Cette horloge fut notre métronome, un parfum de regrets pour Denise, qui l'avait achetée dans un magasin de Trois-Rivières, faute de pouvoir voyager jusqu'en Europe. Un mari casanier, un couple vivant d'un unique salaire peu élevé et qui n'aurait pas pu financer trois places pour le Vieux Continent parce que Denise ne serait pas partie sans son fils Gilles. Pour moi, cette présence montagnarde avait ravivé mes souvenirs de nos vacances familiales aux sports d'hiver, dans ma vie d'avant, quand j'étais une épouse transparente. La cohue de la station des Alpes françaises où nous allions chaque année, la ruée vers l'or blanc en février, mes enfants et mon mari glissant avec aisance sur toutes les pistes et moi, en décalage. Comme à chaque nouvel apprentissage, mes cours de ski avaient été longs et fastidieux. J'étais bloquée par l'échec, par le jugement ironique de Gérard, par l'impatience de mes enfants. Ces chaussures de ski, lourdes et douloureuses sur mes tibias, cette combinaison impossible à défaire quand j'allais aux toilettes, l'attente interminable aux télésièges, le défilé de mode aux terrasses, tout m'insupportait.

Le coucou, sorti de son nid pour annoncer l'arrivée de quatre heures dans quinze minutes, me ramena à la réalité de Louis Keller, au piaillement assourdissant de son immense volière, à son visage acéré et tranchant, devenu un bec agressif, celui d'un rapace criard.

— Sophie, tu rêves ?

— Non, pas vraiment.

— Nous devons avancer.

— Tu as raison de me rappeler à l'ordre.

— Encore une heure et nous serons prêtes.

Le dimanche était bien le jour idéal. Le téléphone de Denise ne sonna pas une seule fois, ce qui nous permit de nous réfugier dans nos lectures respectives, avec un soulagement supplémentaire : fuir la torpeur du dimanche, quand tous sont en famille.

Denise faisait désormais partie de ma famille de cœur, celle que j'avais choisie. De ma famille de sang, il n'y avait plus que ma fille Jess, venue me rejoindre à Trois-Rivières un an auparavant, repartie en France au printemps dernier, réapparue au Québec deux semaines plus tôt, pour vivre avec Aaron, un jeune fermier installé aux alentours. Denise aimait ma présence, avec la sensation de combler un grand vide. Gilles, son fils unique, s'était installé à Ottawa et venait peu souvent lui rendre visite. Il n'était père que d'un seul enfant, qu'il ne voyait plus depuis de nombreuses années car parti vivre aux États-Unis avec sa mère, l'ex-épouse de Gilles. Denise n'avait jamais vraiment été une grand-mère. Le temps d'une pause crumble aux pommes et thé vert à la menthe, en milieu d'après-midi, Denise ne tenait plus.

— Au fait, c'est comment chez Louis Keller ?

— Son jardin d'hiver est magnifique.

— Tu veux dire que son bureau est installé dans une serre ?

— Presque. Le bureau est grand ouvert sur une immense véranda au climat doux.

— Un petit paradis exotique ?

— Oui, mais Louis Keller, il est glacial.

Je lui ai raconté mon sentiment de malaise quand j'avais surpris l'éditeur arrosant ses orchidées. Je m'étais sentie intrusive malgré moi. Avec discrétion, le temps de reprendre mes esprits et pendant que Louis Keller finissait son arrosage, j'avais balayé du regard cet espace lumineux, découvrant un autre recoin de la véranda, à droite, dans un angle : un salon privé, sorte de boudoir rectangulaire adossé aux murs de la maison, avec une vue imprenable sur le parc arboré que j'avais traversé à mon arrivée.

Dans cet espace intimiste, à quelques mètres de la cage aux oiseaux et en retrait du bureau, la décoration était élégante, avec un canapé en cuir caramel, une table basse et ronde, entièrement faite d'un verre transparent avec des incrustations de pierres multicolores autour de son pied central. Les deux murs d'angle étaient recouverts sur toute leur longueur. Celui situé au bout de la véranda présentait une fresque ocre et safranée, un paysage méditerranéen de vignes et d'oliviers, un village ancien. L'autre pan de mur, face au parc, était tapissé d'une bibliothèque avec des livres de grand format, certainement des encyclopédies éditées par Louis Keller, des beaux livres d'art et de nombreux recueils de poètes français du dix-neuvième siècle. Au plafond, un lustre en verre de Murano diffusait une lumière d'ambiance douce et colorée, en harmonie avec la verrerie délicate de la table basse.

— Notre éditeur est un passionné d'Italie.

— Au-dessus de son bureau, j'ai cru reconnaître un tableau représentant le Saint-Baptiste de Léonard de Vinci.

— Passionné d'Italie et d'art pictural.

— Je me suis sentie très fade dans ce décor haut en couleur.

— Tu as pu voir ces oiseaux de près ?

— Je n'ai pas osé m'en approcher.

— Sophie, ne reste pas en retrait.

— Difficile d'être à l'aise avec un homme qui te donne rendez-vous dans son bureau et qui s'absente au bout de quelques minutes.

— Montre-lui que tu t'intéresses à lui, à ses plantes, à ses oiseaux. Il ne peut qu'apprécier.

Le chant du coucou abrégea notre discussion, nous replongeant dans nos lectures. Encore quelques manuscrits et le grand débriefing. Vers 18 heures, nous étions prêtes. À tour de rôle, pour chaque roman intéressant, c'est-à-dire seulement six sur quarante, nous avons lu à voix haute notre fiche de lecture, celle mise au point ensemble la semaine d'avant, celle que j'avais tenté de présenter à l'éditeur, sans réussir à être précise. Rédigée sur une feuille cartonnée blanche, d'un format de poche, elle donnait le résumé de l'histoire, l'analyse de la construction du texte, le style littéraire et surtout, l'appréciation générale : ce qu'on a aimé et moins aimé. De une à cinq étoiles, pour la notation maximale.

Parmi ces six manuscrits, il y avait un roman presque coup de cœur, découvert par Denise et intitulé *Les philtres d'amour*, qu'elle me présenta avec beaucoup de ferveur. Une histoire de rebouteuse, qui me plut aussi. Nous avons pris le temps d'évoquer chaque roman présélectionné afin que je prépare au mieux le rendez-vous du lendemain avec Louis Keller. Ensuite, nous avons réfléchi à notre organisation pour les semaines à venir. Chaque lundi, après ma rencontre avec l'éditeur, j'allais traverser la ville pour me rendre à la bibliothèque où mon amie travaillait en tant que bénévole, afin de lui déposer la moitié des manuscrits à lire.

— Je n'arriverai pas avant 20 heures à la bibliothèque.

— Tu sais bien que j'y passe mes soirées.

— C'est un peu ta résidence secondaire !

— Le temps de ranger les derniers ouvrages, donner un coup de balai, vérifier toutes les lumières… en général, j'en repars vers 21 heures.

— Denise, je parlerai de toi à Louis Keller.

— Pourquoi ?

— Parce qu'il serait injuste que tu restes dans l'ombre.

— Je suis ton assistante et c'est notre petit secret.

— Il m'a dit qu'il pourrait me rémunérer à partir de Noël.

— Très bien.

— Ce sera une sorte d'intéressement sur chaque parution.

— Disons que tu es en stage jusqu'au 24 décembre.

— Quand je gagnerai un peu d'argent, je t'en donnerai une partie.

— Certainement pas ! Plutôt fêter notre réussite en allant dîner dans un bon restaurant français.

Denise était enjouée, ravie. Moi, j'étais inquiète. D'ici Noël, allions-nous tenir le rythme ? Chaque lundi, j'allais récupérer une quarantaine de manuscrits confiés par l'éditeur, soit vingt pour chacune, donc à raison de cinq soirées jusqu'au dimanche matin, c'était quatre romans par jour et par nuit à lire. Malgré notre méthodologie, je n'étais pas certaine de parvenir à suivre la cadence et je pensais aussi à elle, mon amie, avec ses quatre-vingts ans et ses yeux usés, qui allait se contraindre au même travail soutenu. Denise resta connectée à son excitation de petite fille qui s'apprêtait à vivre une grande aventure.

— Donc, demain soir, tu passes me déposer les manuscrits à la bibliothèque et dimanche prochain, tu reviens me voir.

— Et on met en commun nos fiches de lecture.

— En parlant de nos fiches, il faudra que tu sois prudente demain, devant Louis Keller.

— Tu penses à quoi ?

— Tu devras faire bien attention en relisant mes fiches.

— Celles que tu viens d'écrire ?

— Oui, parce que mon écriture ne ressemble pas à la tienne.

— C'est vrai ! J'avais oublié ce détail.

— Surtout, qu'il ne s'aperçoive pas qu'il y a deux écritures différentes sur les fiches.

— Tu sais, il est tellement distant derrière son immense bureau qu'il n'y jettera pas un regard.

La soirée était bien avancée, la nuit avait plongé le salon de Denise dans la pénombre. Nous étions tellement absorbées par notre plan d'action que nous n'avons pas eu l'idée d'allumer une lumière et nous restions ainsi, à discuter dans le noir, sans plus prêter attention au coucou qui nous alertait en vain de l'heure tardive. Denise me prit dans ses bras, me donnant l'énergie qui lui restait, avec quelques mots de confiance glissés dans le creux de mon oreille. « Je suis avec toi, ma petite Sophie. Demain, à 17 heures, je serai bien connectée à toi. »

Denise connaissait ma peur de n'être pas à la hauteur, une terreur venue de loin, de mon enfance, quand mes parents passaient leur temps à ne pas me voir, trop occupés par leurs activités, ou à me dévaloriser quand ils se rendaient compte de ma présence, au terme d'un dimanche entier, passé ensemble dans la maison familiale. Ce terrible sentiment de ne pas mériter ma place, je l'avais retrouvé au contact de mon mari qui me dénigrait devant nos amis, critiquant mon manque de culture générale et d'ambition, me reprochant mon physique peu sexy, toute cette réalité que j'avais encaissée pendant vingt ans, que j'avais fuie en venant vivre au Québec deux ans plus tôt.

Dans le coffre de ma voiture, j'ai calé le carton où s'entassaient les manuscrits refusés, et j'ai gardé auprès de moi mon cartable de bonne élève. Modèle classique en cuir noir et mat, poignée renforcée et bandoulière amovible, rabat et fermoir avec serrure, trois soufflets intérieurs dont un central, plus spacieux. Un équipement de bonne qualité, à l'air sérieux, une sacoche de médecin, ma trousse de survie. Je l'avais acheté en France, quelques semaines avant de débuter ma formation à l'université de Trois-Rivières. Chez Denise, j'y avais rangé les six romans sélectionnés dont le grand élu, celui sur les philtres d'amour, qui avait une place de choix, seul dans le compartiment central de mon cartable, une chambre rien que pour lui. Celui-là, j'allais le garder pour la fin de ma présentation à l'éditeur, le bouquet final.

Sur la route du retour, les rues et leurs arbres longilignes défilaient dans la nuit, au rythme de mes pensées, habitées de silhouettes identiques, le film accéléré de mon existence depuis mon enfance, profils humains inquiétants, souriants, indifférents, attentionnés. Ceux que je ne voulais plus croiser, ceux qui me manquaient, ceux de l'avenir, faisant ressurgir mon autre projet intime, rêve pas encore incarné, celui de vivre enfin le grand amour. Denise avait sûrement raison : j'étais venue au Québec pour rencontrer cet homme qui m'attendait, que je ne connaissais pas encore, que mon inconscient cherchait.

En France, trois ans plus tôt, lors d'une séance de dédicaces, j'avais rencontré Daniel Limbert, l'auteur du roman *La valise de Sophie*. J'avais eu un coup de cœur pour l'histoire de Sophie, cette femme africaine obligée de s'exiler pour sauver sa vie, et j'avais eu un coup de foudre pour lui, l'auteur. Quelques minutes d'une rencontre bouleversante pour moi. Je me revoyais dans la file d'attente, parmi ses lectrices, son fan-club. Sa façon de m'envelopper d'un seul regard, son attention pour moi, de brèves secondes qui m'avaient donné la sensation d'exister. J'avais pensé qu'il pourrait être cet homme que j'espérais, mais je ne l'ai jamais revu. La mission de Louis Keller allait me mettre en contact avec des auteurs et peut-être, parmi eux, je le reconnaîtrais.

Cette intuition me transportait et parfois, elle m'agaçait. Un côté midinette qui attend le prince charmant, qui croit au coup de foudre, un fantasme carrément décalé chez la femme de cinquante-deux ans que j'étais devenue, assez légitime pour l'enfant insouciante et rêveuse que je n'avais pas pu être. Pour Denise, dans la confidence depuis plusieurs mois, c'était une évidence. C'est autour des livres que j'allais vivre de grandes rencontres. « Ma petite Sophie, je vois ton roi de cœur, un homme parmi des livres. Il arrive dans ta vie, bientôt. » Elle était médium à ses heures, pour ses amies uniquement, et elle m'avait tiré les cartes, son support préféré pour recevoir des messages, avoir des visions. J'avais aussi activé Internet, un peu contre mon gré, cédant encore une fois à l'insistance de Denise. « Donne-toi tous les moyens possibles et n'attends pas que ça te tombe dessus. Les années passent si vite. » J'avais créé mon profil, avec la littérature comme passion, dans l'espoir qu'un homme, lecteur si possible, croise son chemin.

Après quelques relations épistolaires avec des internautes aux vices cachés, rajeunis de dix ans et amincis sur des photos truquées, des pédants qui étalaient leur culture livresque en faisant une faute d'orthographe à chaque mot, le premier rendez-vous avait eu lieu début septembre, dans un café du centre-ville. Il était littéraire, professeur et profondément dépressif. Un autre, par message interposé, m'avait signalé sa passion pour la littérature érotique, ce qui avait déclenché un fou-rire chez mon amie.

— Denise, et si on t'inscrivait aussi ?

— Moi ? À mon âge ?

— Pourquoi pas ?

— Je n'attends plus le prince charmant.

— Il n'est jamais trop tard.

— Les hommes de mon âge, ils ne cherchent que des gardes-malade.

Denise, veuve depuis de nombreuses années, s'était bien accommodée de son quotidien solitaire et même, elle avait retrouvé un second souffle au décès de son mari, lui qui avait toujours mal supporté sa passion pour la lecture. Chaque roman avait été un amant, qui lui prenait un peu de son épouse. Il détestait lire et voir Denise ainsi passionnée par ces histoires à n'en plus finir, ça le rendait jaloux. Deux existences parallèles qui s'étaient rejointes si peu de fois, le scénario banal de vies vécues entre parenthèses. Deux adolescents trop vite accouplés, aux destins qui n'avaient rien à faire ensemble, à l'image de mon parcours conjugal, quand l'un empêche l'autre de grandir, et de trouver sa lumière.

Absorbée dans mes réflexions, j'avais laissé ma voiture me reconduire et prendre la direction de mon appartement, comme un fiacre dont les chevaux reprennent le chemin de l'écurie, et le quartier de l'université apparut enfin, mon immeuble d'habitation était là. La route avait été libératrice. J'étais sereine.

— Je dois faire une bonne nuit car demain, c'est mon grand oral.

— Un roman d'amour ?

— Cette histoire de philtres d'amour est originale.

— Mais quel rapport avec les plantes ?

Dans son fauteuil en velours bordeaux, face à moi, au-delà de son vaste bureau ovale en acajou, Louis Keller était agité, en mimétisme avec ses oiseaux, aux piaillements plus assourdissants encore que la semaine d'avant. Une pleine lune à venir ? Le faible ensoleillement de ce lundi ? Mes phéromones qui les perturbaient ? Ma présence qu'ils rejetaient d'emblée ? L'éditeur qui leur avait dit du mal de moi ? Je pris une respiration profonde pour chasser ces idées déroutantes, forcer un peu ma voix et couvrir la cacophonie venue de la volière, asseoir ma position dans ce lieu hostile.

Je venais de lui présenter le manuscrit découvert par Denise, notre coup de cœur de la veille, parmi les quarante romans que nous avions lus : *Les philtres d'amour*. Il racontait l'histoire peu ordinaire d'une femme ermite, rebouteuse, qui aurait été druide au temps des Celtes ou chamane dans une époque actuelle. L'action se déroulait en Allemagne, à l'époque moyenâgeuse. La renommée de cette femme avait dépassé les limites de sa région, des personnes venaient de partout pour se faire soigner, réclamant ses breuvages miraculeux. Considérée comme une sorcière par les prêtres locaux, elle avait été condamnée à mourir sur un bûcher mais ses patients lui avaient sauvé la vie, en reconnaissance des nombreux soulagements apportés par ses potions bienfaisantes. Le personnage de la rebouteuse était attachant et le lien avec les plantes était omniprésent. Louis Keller resta sceptique, le regard buté derrière ses lunettes à la monture métallique.

— Je comprends mieux, mais pourquoi ce titre stupide ?

— Stupide ?

— On pense immédiatement à un roman idiot à l'eau de rose.

Je m'étais dit que l'eau de rose, c'était très floral aussi, ce qui pouvait entrer parfaitement dans la nouvelle collection de romans d'une maison d'édition spécialisée dans les encyclopédies de plantes. J'aurais aimé avoir cet aplomb, la capacité à répondre du tac au tac, un esprit de répartie qui vous tient la tête haute. Je me suis tue, la tête baissée vers mon silence timide. Une phrase parvint à s'extraire de moi, un entrefilet libéré par l'entrebâillement de ma mâchoire contractée.

— Le titre évoque l'amour de ses patients.

— Que dites-vous ? Vous parlez entre vos dents et c'est difficile de vous comprendre.

— Je dis que l'amour a permis à cette femme d'avoir la vie sauve.

— C'est tiré par les cheveux.

— Le titre peut être changé.

— Forcément. Et c'est moi qui en déciderai.

Les doigts élégants de Louis Keller tapotèrent avec nervosité le sous-main en cuir vert, réajustèrent ses lunettes qui n'avaient pourtant pas bougé d'un iota en haut de son nez fin, et se rejoignirent pour former deux poings symétriques, accolés, sur lesquels son visage crispé venait de se poser, les coudes en appui sur son bureau. Je sentis son agacement, que je ne comprenais pas.

— Qui est l'auteur de ce roman ?

— Une certaine Marie Mourin.

— Vous avez fait des recherches sur elle ?

— Elle a déjà publié des nouvelles, qu'elle a autoéditées.

— C'est donc une femme.

— Une jeune femme qui vit près de Saguenay.

— Son métier ?

— Elle se présente comme une mère de famille passionnée d'écriture.

L'éditeur grimaça. J'avais parié qu'il irait demander l'avis éclairé de ses oiseaux. Il se leva d'un bond, se dirigeant vers la volière. Il hésita et revint sur ses pas, très rapidement. Je n'eus pas le temps d'admirer le feuillage sage des oliviers, celui, exubérant des bananiers, le jaune généreux des citrons, le blanc du jasmin parfumé, le violet intense des bougainvilliers, les plumages multicolores des volatiles.

— Je vais y réfléchir. Autre chose ?

— Pour la lecture des manuscrits, j'en ai terminé.

— Vous allez repartir avec ce carton plein, l'arrivage de la semaine.

— Très bien. J'ai une proposition à vous faire.

— Je vous écoute.

Il me fixa droit dans les yeux. À choisir, je préférais les instants où il m'ignorait. Son regard était un mélange de dureté et d'ironie, très difficile à soutenir pour moi. Une perceuse pour béton armé qui me perforait le corps. Un bistouri dans ma chair, opération à cœur ouvert, mon squelette réduit en cendres.

— Pour les manuscrits qui sont lus, j'ai pensé qu'il serait bien de les répertorier.

— Les répertorier ? C'est de la folie.

— Il est important que les auteurs reçoivent une réponse de notre part.

— Quarante manuscrits par semaine, multipliés par cinquante-deux semaines dans l'année, soit plus de deux mille manuscrits par an.

— Je comprends mais…

— D'autant que les auteurs s'excitent à certaines périodes de l'année et dans ces moments-là, on peut en recevoir plus de cinquante dans la semaine.

— Certaines périodes ?

— Il suffit qu'un auteur inconnu sorte un best-seller et ils s'imaginent tous faire fortune à leur tour.

— Notre absence de réponse peut être considérée comme un manque de respect.

— Je ne vous paie pas pour respecter les auteurs.

Bien sûr, je n'ai pas osé répondre à Louis Keller que je n'étais pas payée du tout. Pas avant Noël, dans le meilleur des cas. Je m'étais concentrée sur les paroles de Denise, son conseil de prendre des initiatives pour prendre ma place dans ce projet, je me visualisais forte et sereine. Je fermais mes ouïes aux caquètements des oiseaux, j'oubliais l'absence de lumière de cette fin d'après-midi, le goût amer de mon thé trop infusé, la transpiration de mes mains sur le velours de mon fauteuil, mon ventre en étau dans mon pantalon serré. Respiration profonde.

— Pour l'image de votre maison d'édition, je pense qu'il est important d'être respectueux des auteurs.

— Les manuscrits arriveront toujours en masse, respect ou non.

— Ce n'est pas très compliqué à mettre en place : à chaque manuscrit reçu, nous donnons une référence…

— Je vois bien, merci. Je suis éditeur depuis plus de trente ans.

— … et nous rédigeons un courrier pour annoncer la décision de notre comité de lecture.

— Un temps précieux qui vaut de l'or.

— Donner une référence et envoyer le courrier, je veux bien m'en occuper… gratuitement.

— Dans ce cas, je ne dis pas non.

Le gong de la porte d'entrée retentit. Trois coups, péremptoires, comme ceux d'un clairon. Les trompettes de la Renommée pour annoncer un invité de marque. L'éditeur maugréa. Il n'attendait personne. Il avait horreur d'être dérangé. La sonnette se fit entendre une seconde fois, de la même façon, ce qui eut pour effet de rendre son visage soudain livide. Il se précipita dans le couloir de l'entrée. La voix autoritaire d'une femme résonna sur les briques des murs, pour arriver jusqu'à moi.

— Permettez-moi de me présenter : Karen Keller.

La poignée de main de cette femme grande et mince me glaça. Une femme métallique, comme la monture des lunettes de Louis Keller, et d'autres ressemblances aussi : la même élégance vestimentaire – un tailleur sur-mesure confectionné dans un tissu beige à la maille fine, des escarpins au cuir noir et raffiné, les cheveux d'un gris similaire, éminent, absolu, leur gris familial, génétique.

Avec distinction, Karen Keller portait une coiffure classique, coupée au carré, à hauteur de ses épaules sveltes. Son regard bleu, sans lunettes, celui d'un rayon laser, me scanna de la tête aux pieds. Psychorigides, de mère en fils. Sa voix, courtoise à mon égard, devint sifflante en s'adressant à son fils :

— C'est qui, celle-là ?

Je fus étonnée de son changement de ton. Elle venait de me désigner comme une vulgaire marchandise, après m'avoir saluée de façon quasi aristocratique. Je venais d'être mise au sous-sol, reléguée à la cave, avec un tas de vieilles choses à trier.

— Mère, je suis en plein travail.

— Toi, en plein travail ?

— Parfaitement.

— En tête-à-tête avec une femme ?

— Sophie m'assiste dans le développement de ma nouvelle activité.

— Encore une pute de luxe qui va te ruiner ?

— Vous savez bien que je déteste avoir votre visite sans être prévenu.

— Monsieur a du travail. Monsieur est très occupé.

— Arrêtez.

— Pourtant, l'entreprise de Monsieur va bientôt faire faillite.

Nous étions debout, près du grand bureau ovale. Trois piquets plantés là, hors de la serre, trois pions sur un échiquier en prévision du mat, trois paratonnerres. Pour ne pas attirer de foudre supplémentaire, je retenais mon souffle et mon incrédulité face à la vulgarité de cette femme distinguée. La tension ambiante éloigna une éventuelle vexation que j'aurais pu ressentir, du fait de l'étiquetage peu valorisant dont je venais d'être affublée. L'ironie de Karen Keller résonna sur les tomettes en terre cuite, devenues un carrelage froid de boucherie, gifla la paroi de verre de la véranda, les oiseaux se turent.

— Merci de partir immédiatement.

— Monsieur sauvait les oiseaux quand il était petit garçon…

— Vous connaissez le chemin. Je ne vous raccompagne pas.

— Mais sauver une entreprise, c'est une autre paire de manches.

— Fichez-moi la paix.

— Tu as toujours été nul, sauf pour tout détruire.

— Foutez le camp !

— Mon petit Noé, faut pas t'énerver.

L'attitude de l'éditeur se transforma d'un coup. Une manette venait de désactiver sa colère, un bouton sur lequel la voix liquoreuse et faussement attentionnée de sa mère avait appuyé, un autre programme télévisé soudain apparu sur nos écrans. Il avait la tête rentrée entre ses épaules baissées, le crâne lourd, tombant vers le sol, son dos courbé, en position de soumission, prêt pour la punition. Chien battu devant son maître, à qui il ne manquait que le fouet. Karen Keller était triomphante, le torse gonflé par l'oxygène de la victoire, la dopamine aux joues, son regard bleu au loin, dans l'immensité océane du ciel, au travers des vitres de la véranda.

Je fis quelques pas en arrière, mon retrait de survie. La mère de l'éditeur se mit en mouvement, arpentant le bureau d'un pas colonial, un conquérant qui grave son empreinte sur un nouveau territoire. Son fils s'était rassis à son bureau d'écolier, revenu à la maison avec un carnet de mauvaises notes. Sa voix était blanche, comme ses doigts, crispés à l'extrême sur le rebord du sous-main, au vert devenu vitriol. Karen Keller lui fit subir un interrogatoire de police, les questions qu'elle pouvait enfin lui administrer de force grâce aux effets de son électrochoc, le ton exigeant de connaître la vérité, toute la vérité. Réponses timides du petit Louis sous la torture.

— J'ai entendu dire que tu te prenais pour un écrivain.

— Pas du tout.

— Tu t'imagines devenir le futur Victor Hugo ?

— Je participe à un atelier d'écriture, ce qui est très différent.

— Encore une idée ridicule de ton ami Félix ?

— Ne mêlez pas Félix à cette affaire.

— Et tu comptes sur moi pour financer ta vie d'artiste ?

— Je ne compte que sur moi. Depuis toujours.

— N'attends pas mon décès pour espérer faire fortune.

— Je n'attends rien de vous.

— Et souviens-toi d'une chose, toi qui as la mémoire si courte.

— Je ne vous écoute plus.

— Les femmes t'ont toujours porté malheur.

Rassasiée d'informations, données et reçues, elle repartit en m'ignorant, ses talons hauts et carrés martelèrent les tomettes du couloir, la porte claqua avec autorité, puis un silence de plomb. Le petit Louis avait eu sa gifle du jour. Vilain garçon. Je venais de comprendre la souffrance de cet homme, celle qu'il avait vécue au contact de cette mère brutale, celle qu'il avait fait subir à ses proches. Les propos de Denise me revinrent à l'esprit. Patron tyrannique, homme plusieurs fois divorcé, odieux avec les journalistes. Avait-il seulement conscience qu'il reproduisait le modèle maternel ? Nous nous sommes rassis en silence, comme pour éviter de réveiller la fureur du monstre qui aurait pu ressurgir d'un moment à l'autre. J'étais sur mes gardes, retenant ma respiration, mes mains en suspens, à peine assise sur mon siège, prête à fuir.

— Sophie, nous arrêtons là pour aujourd'hui.

— Très bien. J'emporte le carton des manuscrits.

— On se retrouve demain, à la même heure.

— Demain ?

L'éditeur, la tête plongeante, noyée dans le vert du sous-main en cuir, détacha le bouton de sa chemise, celui en haut, près du col, à la hauteur de sa gorge qui peinait à déglutir. Il prit une respiration saccadée, il rongea l'ongle de son pouce gauche, un mince filet de sang apparut, une goutte tomba sur le cuir. Tache rouge sur fond vert, fleurs d'hibiscus dans leur écrin de feuilles, dans l'allée que je repris d'un pas pressé.

— Louis, pouvez-vous nous expliquer votre choix ?

Louis, le cancre au fond de la classe, n'écoutait pas Émilie, la maîtresse d'école, autrement appelée animatrice parce qu'il s'agissait d'un cours pour adultes. L'atelier d'écriture avait déplu à Louis dès la première séance, le vendredi précédent. Leur salle de cours était à l'image de la maison de quartier : vieillotte, sale, mal insonorisée et surchauffée. Et puis, tous ces gens autour de lui, le caquètement inutile de l'être humain qui s'emmerde dans sa vie, les regards qui se jaugent, qui jugent, qui jalousent, qui dégoulinent, et lui, loin de ce monde. *Plus je vieillis, plus je suis ermite.*

Depuis la forte décroissance de sa maison d'édition, il s'était replié dans son antre, son jardin d'hiver transformé en île déserte. Robinson et ses oiseaux, ses plantes, ses livres. Mais à bien y réfléchir, il était déjà asocial quand il était jeune. À l'école, il n'avait pas recherché le contact des autres enfants, il ne s'était pas fait de copains. Il avait choisi de se retrouver seul dans les cours de récréation plutôt que partager leurs jeux qu'il trouvait stupides parce qu'ils se terminaient en bagarre à cause d'une bille volée ou d'un ballon reçu en pleine tête. Son unique ami a été Félix, rencontré l'année avant l'internat, qu'il avait intégré à l'âge de douze ans et où il n'avait pas créé plus de liens. À cette époque déjà, en dehors de Félix, il préférait la compagnie des oiseaux qu'il recueillait dans le jardin de la maison familiale, où il habitait avec sa mère et sa grand-mère.

— Louis, je vous parle.

Depuis qu'un extrait venait d'être lu devant tous, avec l'autorisation de son auteur qui était l'homme à la moustache d'un gris jaunâtre aux sourcils assortis et au teint vineux, Louis s'était refermé comme une huître. Cet homme, premier volontaire, avait parcouru un passage de son récit, une histoire japonaise qui se déroulait au temps des samouraïs, racontée par le Mont Fuji. Il avait donné les plus infimes détails sur les attributs de guerre du samouraï et le descriptif du Mont Fuji façon *National Geographic.* « Moi, grand sommet parmi les grands, culminant au centre de l'île du Pays du Soleil Levant, avec mon pic à 3777 mètres d'altitude, issu du royaume des empereurs et de la semence impériale, je suis le roi du monde. »

Louis s'en était agacé. *Carrément phallique, son histoire.* Son texte était aussi peu intéressant que son auteur, qui, au fil de ses descriptions, avait pris tout l'espace de l'estrade et deux centimètres de hauteur, sous l'effet débordant de l'autosatisfaction. De sa main gauche, puisque la droite tenait sa feuille d'écriture, il venait d'écheveler sa moustache, ses sourcils et sa tignasse blanche. Comme un chien qu'on ébouriffe pour le complimenter d'avoir rapporté la baballe. *Cet homme est ridicule, ce groupe est ridicule.* Une femme du groupe avait ensuite lu ses premiers paragraphes, le portrait d'une danseuse de French cancan à Paris. Louis s'était félicité de n'avoir pas gardé l'idée d'une histoire parisienne au dix-neuvième siècle.

— Louis, quel univers avez-vous choisi pour votre récit ?

— Venise.
— Quelle époque ?
— Seizième siècle.
— Et votre narrateur ?
— Un perroquet.

Le ton sec de Louis refréna quelques envies de pouffer. Le premier qui rira, il aura une claque. Il était prêt à agresser l'imbécile qui oserait dire que les animaux sont vraiment bêtes, qu'ils n'ont pas notre intelligence, et heureusement qu'on les met en cage.

— Avez-vous eu des difficultés à écrire ?
— Non.
— Même en vous glissant dans la peau d'un perroquet ?
— Pas de difficulté particulière.

Son aisance à rédiger l'avait surpris. Les mots et les idées étaient venus avec spontanéité, tellement plus faciles à transcrire sur du papier qu'à dire. Finalement, il aurait dû écrire davantage dans sa vie, lui qui était si mal à l'aise pour verbaliser une émotion. La dernière fois qu'il avait rédigé un texte ? Les lettres de licenciement de ses salariés, les courriers administratifs pour changer son siège social et obtenir l'étalement de ses dettes. Avant ? Pas le moindre souvenir d'avoir rédigé une lettre d'amour et pourtant, il en avait reçu plusieurs. Surtout de sa première épouse, l'amour de sa vie comme il le pensait à cette époque où il avait vingt-cinq ans. Son activité d'édition florissait à vue d'œil, il commençait à être connu et à gagner beaucoup d'argent. Cette jeune femme, chercheur en botanique, il l'avait convoquée suite à la lecture de son ouvrage consacré aux plantes carnivores.

Après leur première rencontre aux allures de coup de foudre, il avait reçu de nombreuses lettres d'elle, qui étaient enflammées et voluptueuses. Il n'y avait jamais répondu, ni par écrit ni par oral. Il était resté silencieux et dans ce monologue logorrhéique, ils avaient rapidement formé un couple, permettant à Louis de mieux la cerner : elle était littéraire, volubile et vénéneuse. Quelle déception pour lui. Elle n'était donc pas la femme du poème de Paul Verlaine, douce et maternelle. *Car elle me comprend, et mon cœur transparent pour elle seule, hélas ! cesse d'être un problème pour elle seule, et les moiteurs de mon front blême, elle seule les sait rafraîchir, en pleurant.* Les seules lettres intimes rédigées par Louis, il les avait envoyées à sa mère, depuis sa chambre d'internat, afin de prendre des nouvelles de ses oiseaux, ceux qu'il nourrissait dans le jardin de la maison familiale.

— Un conseil que vous pouvez donner à ceux qui ont éprouvé davantage de difficultés ?

— Pas de conseil.

— Une bonne résolution que vous prenez pour écrire la suite ?

— Aucune résolution.

Dans une conversation, un endroit plus discret, il aurait répondu : « Arrêtez de vous croire supérieurs au monde vivant et vous serez heureux. » Dans cet atelier, ce n'était pas le lieu. Il n'était pas venu pour donner des conseils à un groupe humain et encore moins pour s'exposer à ces imbéciles qui l'avaient regardé de travers quand il avait parlé de perroquet, à ces idiots qui avaient applaudi son idée si originale, à ceux qui l'avaient félicité béatement, comme un groupe de parole de naufragés de la vie où chacun doit encourager son prochain quand il a fait un gros effort sur son addiction. La gentillesse, réelle ou simulée, lui a toujours semblée suspecte, chez les femmes et les hommes, dans sa vie personnelle ou professionnelle. *Tu me souris, tu me mets en confiance pour que je te déballe ma vie. Tu trouves mes failles et tu fonces dedans.*

— Une dernière question : comment avez-vous choisi le nom de l'atelier de peinture ?

— J'ai trouvé que Vinelli sonnait bien.

Les questions d'Émilie engluèrent Louis dans son malaise. Il n'avait pas l'intention de raconter l'origine de « Vinelli », une alchimie qu'il avait créée à partir de trois mots : le vin, surtout celui de Toscane, et ses deux peintres préférés, Vecelli et Véronèse. Parce qu'il n'avait envie de donner un cours d'histoire sur Tiziano Vecelli, dit le Titien, et Paul Véronèse, notamment créateur de ce vert prodigieux, incontournable, forcément présent dans le paysage italien de sa fresque murale, au mur de son jardin d'hiver, réalisé par un artiste peintre professionnel de Toronto et surtout pas de Trois-Rivières, la distance favorisant la discrétion.

— Émilie, il faut qu'on parle.

Sur sa chaise en plastique usé, aux pieds métalliques rouillés, amortis par le revêtement du sol en vinyle taché, Louis attendit que les inévitables bons élèves aient posé leurs dernières questions idiotes pour gagner la sympathie de l'animatrice, que la nuée des apprentis écrivains se soit envolée dans la soirée du vendredi, pour être enfin seul avec elle et l'aborder. Il devait lui dire.

— Je vous écoute.

— Le groupe m'angoisse.

— Je l'ai remarqué.

S'il avait voulu être tout à fait honnête, il aurait ajouté : « Je déteste les gens. » Seulement, la haine de l'autre, ça ne se dit pas quand on est bien élevé. On trouve des périphrases pour ne pas effrayer son interlocuteur et se convaincre soi-même qu'on n'est pas un épouvantable égocentrique. Il ne voulait pas lui faire peur car sa présence à elle, il l'appréciait, et son objectif était clair : continuer à écrire, à travailler avec Émilie, mais en solo.

— Rien qu'à l'idée de lire mon texte devant le groupe, je n'ai plus envie d'écrire.

— Vous n'y êtes pas obligé. C'est basé sur le volontariat.

— Sauf qu'à chaque cours, je vais y penser.

— Votre pudeur est légitime.

— Je sens bien, qu'un jour ou l'autre, vous allez me forcer un peu la main.

— En règle générale, on prend confiance durant l'année, on crée des liens avec d'autres personnes du groupe, et on se lance.

— Mais je n'ai pas du tout envie de créer des liens avec les autres.

— Oser lire son texte, c'est pourtant une grande victoire personnelle.

— Et puis cette salle…

— Oui ?

— Elle est d'une laideur à couper le souffle.

— Vous voulez arrêter ?

— Donnez-vous des cours individuels ?

— Pas pour l'instant.

— Votre prix sera le mien.

— Je n'ai pas beaucoup de disponibilités.

— Émilie, je ne reviendrai pas à ce cours collectif.

— Laissez-moi regarder mon agenda et je vous rappelle.

En la saluant, il sentit sa main fraîche et tonique, la sensation agréable d'avoir affaire à une personne directe et saine. Il pensa à cette Sophie, à leur séance de travail en début de semaine. La Française avait les mains moites et le regard fuyant.

Leur deuxième rencontre lui avait semblé plus déplaisante encore que la première. Quand elle lui avait présenté ce roman stupide à l'eau de rose, il avait détesté sa voix à peine audible, hésitante, insaisissable. Parti pour prendre conseil auprès de ses oiseaux, il avait changé d'avis, très vite revenu à son bureau, avec un mauvais pressentiment. Surtout, ne pas la laisser seule. Il avait surpris son regard inquisiteur, dirigé vers la volière. Elle avait alors pris de l'assurance et changé de ton, faisant semblant de s'intéresser à lui. Il n'avait pas été dupe. Elle lui avait posé des questions sur ses mandarins, leurs habitudes de vie, leur nourriture. Une audace mal placée, qui l'avait insécurisé. Elle cherchait quoi ? Vraiment, il n'aurait pas dû suivre le conseil de Félix de l'embaucher.

Le lendemain, Émilie lui annonça son unique créneau disponible en semaine : le lundi, de 20 heures à 21h30.

— À quel endroit ?

— Au même endroit, dans la maison de quartier, dans une salle plus petite.

— Lundi prochain ?

— Oui, et soyez à l'heure.

Elle n'attendit pas un remerciement de Louis. Elle avait raccroché, sèche, efficace. Louis s'étonna de se laisser ainsi mener par une femme. Dans d'autres circonstances, il aurait répondu vertement qu'il était toujours à l'heure à ses rendez-vous. Un principe personnel. Un reliquat aussi de son éducation rigide, menée par sa grand-mère maternelle. En Émilie, retrouvait-il cette sévérité familiale qui l'avait construit, puis détruit ?

Venise, au cœur de l'hiver 1536

Dans l'atelier Vinelli, je n'ai pas grande nourriture intellectuelle à me mettre dans le bec, à part être le témoin de ce huis clos entre l'élève Benito, l'échassier longiligne qui fait le sourd-muet pour avoir la paix, arrivé depuis trois ans, et l'apprenti Gabriele, oisillon déplumé, intégré quelques jours après moi, soumis à l'autorité de *la signora* Vinelli, qui nous envahit de son parfum écœurant et de sa bêtise quotidienne.

À travers les barreaux de ma cage dorée, posté sur cette commode hideuse à proximité de la fenêtre, j'observe le moindre geste de chacun. J'ai bien remarqué les efforts du petit déplumé : dès qu'il peut, il glisse un coup d'œil vers les mains de Benito. Elles sont fines et plutôt grandes, d'une peau mate qui tranche avec le beige clair de la toile de lin de sa chemise à manches longues. Elles esquissent si vite les dessins, les perspectives sur les cartons et les pans de bois. L'oisillon de Mazzorbo tente, à distance, de comprendre les enduits, les émulsions, les différentes couches de peinture, les clairs-obscurs, les teintes fondues. Gabriele n'a pas accès aux supports et Benito ne répond à aucune de ses questions.

L'élève est muet sauf pour la matrone, à laquelle il donne des réponses brèves et concises, sans s'attarder. Par contre, il est intarissable avec son maître, Jacopo Vinelli, qui rentre chaque soir à l'atelier, épuisé par sa journée dédiée aux fresques de la chapelle du palais Cuccini. *Il maestro* lui consacre une bonne demi-heure, observe le travail accompli, ajoute des touches de couleur sur les panneaux en cours, apporte de la précision aux silhouettes, aux expressions des visages, puis il lui donne ses directives pour le lendemain. Le grand échassier et le petit déplumé quittent alors l'atelier pour regagner leurs pénates et dès qu'ils sont partis, *il maestro* Vinelli se met à l'œuvre sur ce grand panneau de bois, celui posé sur un chevalet au fond de l'atelier, à l'abri des regards. Il ne doit être dérangé à aucun prétexte. Il y reste plusieurs heures, parfois une partie de la nuit, avant d'aller s'effondrer sur son lit, dans sa chambre située au premier étage, au-dessus de l'atelier. Souvent, *la signora* Vinelli dîne seule et avale l'assiette de son mari.

L'oisillon de Mazzorbo, il n'a pas osé demander au maestro de nouvelles missions. Il sait qu'il doit broyer les pigments, balayer l'atelier, fournir la cheminée en bois, être la petite main de Benito, rester l'esclave de *la signora* Vinelli, mais pour combien de temps encore ? Six semaines ont passé et il a si peu appris du métier.

Ce qu'il a davantage entendu et compris, c'est sorti de la bouche de Carlotta Vinelli, trou intarissable et vicié comme un égout aux confins de la ville, toujours à se plaindre du manque d'argent. Soi-disant que dans sa famille à elle, près de Vérone, on ne manquait jamais de rien grâce à son père qui passait ses soirées penché au-dessus de ses livres de comptes, à calculer son chiffre d'affaires de gros marchand de laine, et quelle idée d'avoir été mariée à un artiste de deuxième catégorie. Elle aurait mieux fait de s'unir au fabriquant de manteau, du même quartier de Vérone, ou à son équivalent vénitien, un *varoteri* local.

Moi, je pense que cette matrone mal dégrossie ne dit pas tout et j'en ai eu la confirmation par celle que j'appelle la Rieuse, la mouette qui réside dans la rue Castelli, qui vient me rendre visite régulièrement. Ma congénère est le seul être vivant avec qui j'échange. Nous conversons par la fenêtre de l'atelier, souvent entrouverte grâce à cette cheminée immense dont le mauvais tirage nous enfume chaque jour. La Rieuse, elle se pose sur le rebord extérieur de la fenêtre, elle tape du bec sur le mur en pierre pour me signaler sa présence. Je virevolte dans ma cage, tournant le dos à l'atelier, pour entamer la discussion avec elle.

À ce qu'il paraît, le père de Carlotta Vinelli était presque en faillite parce qu'il ne comptait pas si bien que ça, et aussi à cause de problèmes d'approvisionnement liés à des bateaux naufragés et à des teintures souvent ratées, parce qu'il n'était pas un génie. Ce mariage avec un peintre de seconde catégorie aurait été une véritable aubaine. J'ai ainsi appris pourquoi cette femme m'avait affublé de ce surnom de Gigi, aussi niais qu'elle. La Rieuse était catégorique :

— Son père s'appelait Giorgio, dit Gigi.

— Chère consœur, j'entends bien, mais pourquoi m'avoir appelé comme son père ?

— Il faisait ses teintures lui-même et donc ses habits étaient tachés.

— Tachés ?

— Avec des taches de toutes les couleurs.

— La comparaison est minable. On y reconnaît le terrible manque d'esprit de ma patronne.

— Gigi le Bariolé, c'était son surnom.

— Élégant… je dirais même, aristocratique ! On ne pouvait pas faire plus plébéien.

— D'ailleurs, il vous irait comme un gant.

— Seriez-vous jalouse de ma palette de couleurs ?

— Mon blanc immaculé est celui de la Madone, ce qui me convient à la perfection.

— Je vous signale que mon vrai nom est Papa.

— Pourquoi ?

— Parce que, en turc, « perroquet » se dit *papağan*.

— Voilà le premier mot turc que j'apprends !

— Papa est un nom qui vous donne de la présence, de l'importance. Il est tellement plus distingué, vous ne trouvez pas ?

Quand la Rieuse repart, j'ai le cœur gros et les doigts engourdis. Je prends le temps de faire un demi-tour dans ma cage, de pivoter sur mon barreau central pour faire à nouveau face à la triste réalité de l'atelier. J'envie ma congénère de s'envoler ainsi dans les rues de Venise, être libre de ses mouvements, vivre au gré de ses envies. La captivité me pèse. Et quand je vois le petit déplumé, la déprime m'envahit un peu plus. En lui, je me retrouve. Comme lui, je n'ai rien appris à l'atelier Vinelli, alors que chez mon premier patron, le sultan, j'ai développé une bonne connaissance du monde.

Cet homme levantin, hautement placé et cultivé, avait acheté mes parents, déjà en couple, à un navigateur revenu des Indes. Je suis ainsi né parmi les princesses byzantines et leurs soieries majestueuses, les nains jongleurs et les pitreries des singes, les décors de dorures et de mosaïques magnifiques. J'ai grandi au rythme des réceptions grandioses, organisées en l'honneur de valeureux conquérants, dont les récits me passionnaient. À l'âge de deux ans, juste avant mon départ pour Venise, j'avais acquis une solide culture générale.

Chez le banquier, j'ai peu appris mais, au moins, je restais informé des principaux événements de notre siècle. Les réceptions, d'un moindre niveau, me permettaient de croiser quelques personnalités locales. J'aime me souvenir du parfum des mets délicats, des plats épicés, des vins grecs suaves, de l'excitation générale à l'arrivée des gondoles richement décorées accostant à notre ponton pour déverser des marchands de soie, des hommes de lettres, des musiciens, des sénateurs et des courtisanes. Bien sûr, les paroles échangées étaient souvent hypocrites, futiles. Plus les invités avaient du pouvoir et plus je les trouvais inintéressants, comme cet invité de marque, membre du Conseil des Quarante, aux allures de gentilhomme mais tellement insipide. J'en avais été étonné. Le pouvoir tuerait donc l'intelligence ? Une soif qui assécherait tous les talents ? Heureusement, certains hôtes de marque étaient de véritables érudits.

Pour sortir de ma morosité, je ressasse en boucle ce passé. Finalement, je n'ai cessé de décroître. Du sultan au banquier, et maintenant cet atelier médiocre. Mon existence minable me renvoie à ma grande illusion perdue : devenir le modèle d'un peintre de génie. J'ai cru y parvenir chez mon ancien patron le banquier, grand amateur d'art. Il était aussi avare de ses ducats – quand il s'agissait de ses clients et de ses proches, qu'il était généreux pour les artistes peintres, nombreux à se présenter à sa porte. Installé dans ma cage dorée, présentant mon meilleur profil, j'ai surpris le regard admiratif de certains. Avec patience, j'attendais le coup de foudre réciproque. Je dois préciser que mon patron le banquier investissait davantage d'argent dans une belle toile de maître que dans la compagnie d'une jolie courtisane. Sauf à l'occasion du portrait de son jeune fils, qu'il a été obligé de confier à Jacopo Vinelli, les peintres de renom étant assaillis par les commandes des couvents et des confréries. C'est ainsi que mon destin a pris un chemin de traverse.

Pour les courtisanes invitées dans ses soirées puis dans son lit, quand son épouse partait respirer le grand air du lac de Garde, le banquier y regardait de près, analysant avec minutie celles qui offraient le meilleur rapport qualité-prix : jolies mais pas trop, gourmandes sans être avides, avec un vernis de culture générale mais pas davantage, le tout proposé à un prix raisonnable. La Sérénissime regorgeant d'hommes célibataires et donc de courtisanes, la concurrence permettait de faire de belles affaires. Pendant que mon patron finançait ses besoins sexuels de façon très comptable, il dépensait sans compter pour les œuvres des grands artistes peintres de Venise.

Dans le salon où ma cage était posée, parmi le mobilier élégant en bois clair finement sculpté avec ivoire et écailles intégrées, les riches tentures et tapis, les lustres en verre de Murano et leurs inclusions d'aventurine, des coupes de cristal taillées à la pointe de diamant, il y avait ce tableau de la Vierge à l'enfant, réalisé par un confrère du Titien, qui me fit changer de conviction religieuse et de rêve. Alors que je caressais la chimère de retourner à Constantinople pour y retrouver famille et art de vivre ottoman, je fus transcendé par la beauté immaculée de cette Madone. La pureté de son visage me fit penser à l'œuf d'un blanc absolu qui me servit de premier habitat – cet albe d'une pureté inégalée, dont mes parents me parlèrent si souvent. Le portrait de la Vierge face à moi, dans son auréole lactescente comme celle de ma naissance, avait été le signe de mon destin : j'étais désormais convaincu d'être prédestiné à une grande mission de vie, celle de devenir un modèle, une source d'inspiration pour les meilleurs artistes vénitiens du *Cinquecento*, dont ma présence allait honorer les églises de la chrétienté. À l'âge de trois ans, j'ai abandonné le sunnisme pour le catholicisme, et j'ai fait évoluer mon rêve, priorisant Venise et ses madones, au détriment de Constantinople et ses princesses byzantines.

Au fil des semaines et des mois, durant les trois années passées chez le banquier, dédiées à admirer la Madone sur le mur d'en face, j'attendais l'instant de ma consécration, celui où je serais enfin choisi pour intégrer une œuvre picturale commandée par mon propriétaire. Mon fantasme s'amplifiait au fil des réceptions fastueuses, notamment le soir où j'entendis un grand voyageur et amateur d'art, évoquer la peinture flamande devant une courtisane.

— J'ai particulièrement apprécié une toile représentant un homme assis sur une chaise, avec son perroquet sur les genoux.

— Un perroquet ?

— Chère madame, le perroquet représente le Paradis perdu.

— Intéressant…

— Il est également symbole de pureté.

J'étais aux anges, bombant mon abdomen, remuant du croupion, laissant échapper par mon bec entrouvert de petits grognements de plaisir, en turc, bien sûr. L'homme avait ensuite affirmé que notre cri s'apparentait à un *Ave*, la salutation de l'archange Gabriel adressée à Marie, lors de l'Annonciation. Durant la nuit suivante, je me voyais déjà au centre d'une œuvre de maître, sur les genoux de mon patron, plein feu sur mon plumage magnifique. La rareté de mon espèce et mon prix élevé auraient suggéré son haut statut social. Mes plumes flamboyantes, sans nuance métallique comme le commun des oiseaux, auraient témoigné de sa connaissance pour l'art pictural du *Cinquecento*.

Malheureusement, je vécus ma première désillusion quelques mois plus tard, lorsque le banquier décida de passer commande pour la réalisation du tableau conjugal. Il venait d'épouser une jeune femme native de Bardolino, dont la famille détenait de nombreuses propriétés sur les rives du lac de Garde. Le couple ne s'était rencontré qu'une seule fois, la veille des noces. Mon patron, il avait surtout discuté avec le père de la jeune femme, un financier ravi d'unir sa fille à ce banquier de Venise, plus très jeune mais toujours célibataire. Les noces avaient été organisées rapidement et le surlendemain, un artiste peintre de bonne renommée avait fait son apparition dans le salon. J'étais confiant quant à mes chances de figurant.

À mon grand désarroi, je n'ai pas été sélectionné pour représenter les vertus du mariage. Sur les conseils avisés d'un ami passionné de mythologie gréco-romaine, mon patron avait demandé de peindre une grosse corne d'abondance sur la table à laquelle il était assis. Face à lui, de l'autre côté de la table, son épouse tenait dans les bras une hermine, symbole qu'il avait choisi pour elle. La virginité de son épouse avait ainsi pris la forme de cette bestiole blanche et aplatie, dont la légende raconte qu'elle meurt quand sa fourrure est tachée.

Au cours de leur nuit de noces, je n'avais rien entendu. Pas un son n'était sorti de la chambre nuptiale, aucun gémissement comparable à ceux entendus auparavant, quand mon patron invitait une courtisane à rester dormir. Un silence si mortel qu'une pensée effrayante m'avait traversé l'esprit : peut-être avait-il tué son épouse en lui arrachant son innocence. Le lendemain matin, j'avais ressenti un vif soulagement en apercevant l'épouse, sortie de la chambre nuptiale par le petit couloir, celui que je pouvais apercevoir depuis mon salon. Elle était livide comme une nappe de lin et se faufilait à quatre pattes pour échapper aux regards indiscrets des domestiques, la tête enfouie dans ses épaules basses. Finalement, elle avait des traits de ressemblance avec cette fameuse bestiole blanche et aplatie.

Trois jours plus tard, elle avait disparu de la circulation pour regagner une des villas familiales de Bardolino, et nidifier dans le calme, le recueillement, implorant la miséricorde de la Madonna del Frassino d'avoir un fils. Leur enfant serait élevé parmi les oliviers et les oléandres, dans un climat doux et pieux, moins humide qu'aux bords de la lagune et surtout tellement moins pollué par le vice.

À son départ, les courtisanes avaient repris la place dans le lit de mon patron, avec leurs pantomimes de séduction, leurs sérénades mielleuses, du roucoulement de vulgaires tourterelles, du piaillement d'oiseaux sauvages, le tout mêlé à des halètements porcins au rythme des grincements du baldaquin. La femme du banquier revenait peu souvent. Tant de luxure pouvait déformer l'âme pure de leur descendance. Peu après son accouchement, elle avait rendu visite à son mari afin de lui présenter le visage poupin de leur héritier. Le banquier lui avait alors montré le tableau conjugal, fraîchement livré. Elle avait apprécié l'œuvre.

— J'aime le décor en arrière-plan, le grand lac que l'on aperçoit par la fenêtre ouverte.

— Ma très chère, j'ai choisi ce lac pour vous, en honneur à votre pays natal.

— Je vous en suis reconnaissante. Mais que représentent ces deux arbres sur la rive, fouettés par l'orage ?

— Ces deux arbres, ce sont vous et moi. Unis jusqu'à la mort.

— Dans la tempête… c'est inquiétant…

— Notre couple sera malmené par les inévitables vicissitudes de l'existence.

— Nos fortunes ne pourraient-elles pas nous en mettre à l'abri ?

— Hélas ! les ducats et les lingots d'or ne sont pas omnipotents.

Ainsi, je n'étais présent sur aucune œuvre picturale du banquier. J'avais ravalé mon dépit, rageant de n'avoir pas un patron avocat qui, pour associer nos éloquences communes, m'aurait forcément fait comparaître dans un tableau de maître. J'étais d'autant plus amer que tous les tableaux accrochés près de la Madone mettaient en scène des chevaux, des ânes, des brebis et des bœufs, tous aussi inexpressifs et d'une fadeur pitoyable.

Dire que la Genèse évoque notre création dès le cinquième jour, alors que ces stupides quadrupèdes n'allaient apparaître que le lendemain. Quant aux chiens, soi-disant fidèles compagnons, je ne peux plus les voir en peinture depuis que le jeune neveu du banquier a été représenté en présence d'un chien de compagnie, aux oreilles ridicules et molles, tout ça parce que l'artiste peintre n'avait pas trouvé de meilleure astuce pour occuper son jeune modèle, âgé de quatre ans. Et moi, aucune sollicitation pendant ces trois années passées au palais du banquier. Juste quelques secondes d'intérêt de la part des invités, des allusions idiotes sur mon plumage, du genre : « Il a été repeint par le Titien ? ou par un maître verrier de Murano ? »

Ces secondes d'attention s'étaient raréfiées peu à peu, les invités du banquier étant toujours les mêmes. Une fois la première rencontre passée, l'instant de surprise en découvrant mon plumage flamboyant, j'ai été vite incrusté dans le décor du salon. Je me sentais aussi transparent qu'un meuble, mais sans l'utilité d'une bibliothèque ou d'une crédence. Souvent, j'ai eu envie d'hurler, d'exprimer à tous que j'étais un être vivant comme eux. Quand je me mettais à crier fort, et la langue turque le permet, mon patron me reléguait dans la cuisine, loin des tympans fragiles de ses convives de marque, là où les vapeurs de graisse plaquaient mes plumes à mon squelette.

Une nuit, j'avais fait un rêve nouveau : un grand animalier, le digne successeur de Pisanello, était invité à une soirée de réjouissances. En m'apercevant, il avait formulé une demande à mon patron :

— Cher ami, votre perroquet me serait fort utile.

— S'il peut servir une grande cause, j'en serais honoré.

— En effet, j'aimerais écrire le premier traité au monde d'anatomie du perroquet.

— Excellent projet. Je vous reconnais bien là, en homme de science et en artiste.

— En disposer à mon domicile me permettrait de l'observer et de réaliser une esquisse de chacun de ses mouvements.

— Je vous le confie aussi longtemps que vous le jugerez nécessaire.

— Pour un tel ouvrage, plusieurs mois sont requis.

— Son absence du palais me sera pénible, mais pour contribuer à une grande œuvre, je suis prêt à ce sacrifice.

Cependant, ce fut une toile qui changea ma vie, d'une manière que je n'avais pas du tout imaginée. Mon patron commanda le portrait de son fils et de son épouse, posant comme la Vierge à l'enfant. Jacopo Vinelli étant disponible, avec des honoraires moins élevés que les artistes de renom, le banquier le désigna d'office pour réaliser cette œuvre de faible importance. Il faut dire que la femme du banquier était aussi laide que riche. Ainsi, le tableau terminé, le banquier avait payé *il signor* Vinelli comme convenu, en ducats sonnants et trébuchants, qui furent agrémentés d'un cadeau surprise : moi. Pourtant, je m'entendais bien avec le banquier, mais une femme nous sépara, un triste jour d'hiver.

Au petit matin, Venise était envahie d'une brume grise, dense et glaciale. Le salon avait gardé la chaleur de la soirée. La courtisane qui avait partagé la nuit de mon patron, je la détestais. À peine levée, elle s'était plainte de n'être pas assez payée, réclamant déjà des bijoux, des robes, des onguents, des pierres rares. Au travers des barreaux de ma cage, elle m'avait taquiné le croupion avec son index excité par l'appât du gain. À cette heure matinale, j'étais encore assoupi, peu enclin à l'empathie et à la patience. D'un coup de bec impulsif, je lui avais mordu son doigt indécent, lui déclenchant un hurlement de douleur et l'annonce du prix à payer pour pardonner à son amant d'avoir un oiseau aussi agressif : une bague. Mon patron l'avait à peine écoutée. La donzelle avait continué sa litanie injurieuse à mon encontre :

— Ton piaf, il est aussi méchant que laid.

— Papa est superbe.

— Superbe ? N'avoir aucune plume rouge, c'est la honte !

— Serais-tu jalouse de lui ?

— Le rouge est la couleur du pouvoir, la couleur des sénateurs. C'est une couleur majeure.

— Papa, il a du jaune d'or et c'est encore mieux.

Mon patron avait haussé les épaules, se disant que le jaune était vraiment sa couleur préférée car celle de sa fortune en lingots. En même temps, il avait soupesé l'idée de commander une bague chez son ami verrier à Murano, qui avait le don de fabriquer de la verroterie, imitant, à s'y méprendre, les pierres précieuses. Ce bijou, il allait l'offrir à sa maîtresse pour lui faire oublier l'incident, mais sans se ruiner. Il savait tricher, il était devenu riche en escroquant certains clients. Face au dénigrement de la courtisane, j'avais réclamé un droit de réponse, prenant la parole afin de faire l'apologie de mes teintes de grande magnificence, en commençant par celle mon manteau, le bleu turquoise.

— Chère madame, sachez que la couleur turquoise est celle des pharaons.

J'étais parti dans une savante explication quant à cette tonalité née de la pierre éponyme, incrustée sur les sarcophages depuis la première dynastie des pharaons, extraite de la péninsule du Sinaï. J'avais ensuite apporté un complément d'information sur le fameux jaune d'or, en référence au précieux métal des ducats vénitiens mais aussi au safran. Extrait de la fleur de crocus, déjà cultivé par la civilisation minoenne, plus précieux encore que l'or de la Sérénissime, le safran était l'épice la plus chère au monde, justement surnommée « l'or rouge ».

Cependant, mes explications savantes n'avaient pas convaincu la courtisane, bien au contraire : sous l'effet de ma logorrhée en langage turc, elle était devenue rouge écarlate, comme une tomate trop mûre au soleil de l'été, explosant son jus et ses pépins acides au visage de son amant, auquel elle avait lancé un ultimatum.

— Ton perroquet, tu le vires.

— Je te trouve bien rancunière.

— C'est lui ou moi !

Parce qu'elle se savait la favorite des courtisanes, elle avait osé le chantage. Dans l'après-midi de ce même jour, Jacopo Vinelli avait livré le tableau au palais. En faisant ma connaissance, il avait complimenté mon patron sur la beauté de mon plumage, ce qui lui avait donné l'idée de se débarrasser de moi afin de garder son amante préférée.

Je venais d'être adopté par un artiste peintre, qui était très flatté d'avoir en cadeau un oiseau d'une telle rareté. Au-delà de ma colère d'être congédié à cause d'une courtisane, j'avais pensé à mon rêve de devenir un modèle, une source d'inspiration pour un grand artiste peintre. Être le résident d'un atelier de peinture allait peut-être me permettre de vivre mon fantasme, même si je savais que Jacopo Vinelli ne faisait pas partie des génies.

Depuis, j'ai bien déchanté. La réalité de cet atelier Vinelli est si loin de mes aspirations. Carlotta Vinelli est stupide et bête, le frottement de ses doigts dodus sur mes plumes m'insupporte et m'oblige à me refaire une toilette toutes les heures. Benito, l'élève sourd-muet, ne m'a pas une seule fois prêté attention. Quant à Gabriele, l'apprenti débarqué de son île, il a l'air un peu benêt, à peine s'il comprend les ordres de l'élève. Sur son îlot, ils doivent parler un dialecte très local, rudimentaire, fait de jurons de pêcheurs et de cancans de dentellières.

Avec le recul, j'aurais préféré rester chez le banquier, même si je m'y sentais souvent en décalage, au milieu des faux érudits et des vrais incultes. Au moins, c'était mieux que ce désert intellectuel de l'atelier Vinelli. Moi, je suis revanchard, susceptible, bavard, imitateur mais je ne suis ni hypocrite ni roublard, et j'ai du cran. Le banquier, je lui en veux de m'avoir troqué comme une vulgaire marchandise. Si je le croise un jour, je lui dirai toutes ses vérités et comment il a perdu mon estime, à se laisser convaincre par une putain. Je suis pessimiste sur l'avenir de la Sérénissime, gouvernée par des hommes aussi peu couillus. Venise me déprime.

Chez Denise, le dimanche suivant ma rencontre avec la mère de l'éditeur, j'étais encore sous le choc.

— Cette femme m'a tétanisée.

— Nous y voilà donc.

— À quoi penses-tu ?

— Sophie, je pense à notre enfance, qui nous a tous formatés.

— Karen Keller a certainement été une mère psychorigide.

— Et donc castratrice.

— Je me demande comment est le père de Louis Keller…

J'ai pensé à mes parents, à leur indifférence pour moi, à l'amour que je n'ai pas reçu d'eux, le vide que je sentais dans ma vie d'enfant, sans pouvoir comprendre, les jours de Noël et d'anniversaire qui n'étaient jamais fêtés. Le visage de chacun de mes deux enfants m'est apparu. Quelle mère avais-je été pour eux ? Très présente, trop gentille, trop de cadeaux, pour compenser et fuir le manque. Trop mère et pas assez épouse certainement.

À mon départ de France, deux ans plus tôt, ma fille Jess avait sombré dans l'anorexie et avait failli en mourir, mourir d'abandon. Pourtant, je ne l'avais pas abandonnée. Je lui avais proposé de me suivre au Québec et de vivre avec moi pendant ma formation à l'université de Trois-

Rivières, mais elle avait préféré rester dans son lycée, avec ses amis. Après son anorexie, elle m'avait rejointe à l'automne dernier et ici, au Québec, nous nous étions retrouvées et réconciliées. Avec mon fils, également adolescent, la relation était difficile, plus encore qu'avant. Il ne me donnait plus aucun signe de vie, sauf pour me dénigrer, comme il avait commencé à faire dès sa première année de collège. J'avais laissé faire. Quelle relation aux femmes aura-t-il à l'âge adulte ? Je me sentais responsable de sa misogynie.

Denise tenta de me déculpabiliser, évoqua nos imperfections parentales, nécessaires à la construction de la personnalité de nos enfants. Elle me parla de ses parents, de son enfance harmonieuse, dans cette famille simple et aimante, de solides fondations personnelles pour traverser les épreuves de la vie, comme elle aimait dire. Elle avait été une mère attentionnée, impliquée dans les activités scolaires et sportives de son fils Gilles. Leur relation avait été fusionnelle jusqu'au mariage de son fils, devenu distant à la demande de son épouse. Une fois divorcé, il n'avait pas souhaité se rapprocher d'elle. Ses visites étaient rares. « Nous, les parents, nous sommes comme le docteur : obligation de moyens, mais pas d'obligation de résultats. » Je la comprenais et, en même temps, une tristesse infinie m'envahissait. Tant d'amour perdu.

— Ma petite Sophie, tu ne peux pas maîtriser l'évolution de ton fils.

— Enfant, il avait déjà un caractère difficile, dur avec les autres et avec lui-même.

— Tu as fait au mieux et c'est l'essentiel.

— Après, il a pris exemple sur son père.

— Comme Louis Keller a modélisé sur sa mère.

— Ce qui expliquerait sa relation aux femmes.

Grâce à l'analyse de Denise, nous avons adapté notre lecture : si un manuscrit rédigé par une femme nous plaisait, nous allions le mettre de côté afin de le présenter plus tard, en deuxième position après un roman écrit par un homme avec, si possible, un héros plutôt qu'une héroïne. Quant à moi, je renouais avec mon rêve de rencontrer des auteurs, parmi lesquels il y aurait peut-être mon homme de cœur. Denise me sourit. Elle avait lu en moi. Nous avons fait le point sur nos lectures respectives de la quarantaine de manuscrits, confiés par l'éditeur le lundi précédent.

— Justement, j'ai bien aimé cette histoire.

À Denise, j'ai lu ma fiche de lecture du roman intitulé *Amshi*, écrit par un certain Guy Audiard. L'histoire racontait l'aventure incroyable de Bill, chef d'entreprise californien, parti faire un trek au Népal en octobre et en solo, seulement accompagné d'un guide local, un sherpa. Début octobre, les deux hommes sont confrontés à des conditions météorologiques épouvantables. Tempête de neige inattendue et l'accident survient : le sherpa est gravement blessé. Impossible d'appeler les secours. Les deux hommes vont tenter de survivre. Le Népalais va expliquer à l'Américain comment le soigner avec les plantes de la montagne. Ensemble, ils vont découvrir la capacité de Bill à le guérir. Denise fut immédiatement enthousiaste. Malgré mon bonheur d'avoir découvert cette belle histoire, j'étais un peu découragée.

— Denise, je ne suis pas certaine de réussir à convaincre Louis Keller.

— Cet éditeur est un sauvage, un Robinson qu'il te faudra apprivoiser.

— En fait, je ne sais pas comment l'aborder.

— Ne te laisse pas impressionner par son attitude négative.

— Facile à dire…

— C'est juste sa façon de se protéger.

— Demain, je vois déjà comment ça va se passer.

J'ai imaginé la scène : avec ferveur, je présentais le roman de Guy Audiard, ses points forts, l'écriture agréable, l'intérêt d'une telle histoire dans l'air du temps, idéale pour démarrer la collection des romans, un homme qui écrit un portrait d'homme. Et lui, le Dieu de l'édition, du haut de son trône en velours bordeaux, il me toisait d'un regard supérieur et sceptique, l'esprit verrouillé par sa couronne de cheveux métalliques, ses mains suffisantes attrapaient avec dégoût le manuscrit comme un bout de viande avariée, ses premiers mots étaient des projectiles d'arbalète, négatifs et culpabilisants. « Vous ne m'avez pas convaincu mais vu que vous n'avez trouvé rien d'autre, je n'ai pas le choix, n'est-ce pas ? »

— Quatre négations dans une seule phrase.

— Oui, Denise, et il est comme ça en permanence.

— C'est un homme qui souffre.

— Et qui me fait souffrir.

— Inévitablement.

— Aujourd'hui, je me sens encore plus nulle qu'avant de démarrer ma collaboration avec lui.

— Si tu lui offrais un petit cadeau ?

— *Amshi* ?
— Cela signifie « guérisseur » en népalais.
— Vous revoilà avec vos histoires de rebouteux.
— Avant tout, c'est l'histoire d'un homme.
— Oui ?
— Écrite par un homme.

Sous les traits de Louis Keller, en transparence, je retrouvais ceux de sa mère, taillés à la serpe, le nez tranchant, le regard couperet. J'ai alors tenté de l'imaginer enfant, pris dans l'étau maternel au quotidien, lui attribuant, par la même occasion, un père aussi rigide. Terrible photo de famille, dans un cadre en acier. « Avec cette technique de visualisation, tu développeras de l'empathie pour lui », m'avait assuré Denise. L'exercice ne m'a pas été difficile, moi qui avais subi l'indifférence et le dénigrement de mes parents, autres sévices familiaux. Dans le costume gris de cet homme glacial, sous sa veste qu'il avait gardée sur lui, j'ai perçu un petit garçon qui a souffert, qui a pleuré seul, qui a subi l'adulte violent. L'astuce de mon amie m'a permis de garder le contrôle de mes émotions. La fiche de lecture d'*Amshi*, je l'avais apprise par cœur, comme une récitation dont la note serait fatale pour mon année scolaire. J'étais incollable.

— Ce roman nous offre un véritable voyage au Népal.
— Destination à la mode, ce qui est un atout.

— Le récit est très documenté sur ce pays.

— Et le personnage de Bill ?

— Il est bien décrit, à la fois agaçant et attachant.

— C'est-à-dire ?

— Un homme d'affaires américain égocentrique, mais qui accepte de se remettre en cause.

— Quel est le message de ce roman ?

— Il faut renouer avec le monde vivant, les plantes, les animaux, les rivières.

— Intéressant.

Contre toute attente, l'éditeur était concentré sur mes réponses et daigna prendre le manuscrit pour le feuilleter avec intérêt. J'ai remarqué sa tasse, vidée de son contenu. Il avait dû finir son thé à la bergamote avant mon arrivée pour ne pas avoir en m'en offrir. Son front devint lisse. Mes mains, à peine moites, se relaxaient sur mes genoux calmes. Il ôta la veste de son costume, qu'il posa, comme les fois précédentes, sur le troisième fauteuil en velours rouge bordeaux. Sa chemise était bleu clair. Les oiseaux étaient chanteurs et le soleil d'octobre, alangui sur les tomettes de la véranda, apportait une lumière douce dans la forêt de feuilles, de fleurs et de fruits.

— Pas trop de fautes d'orthographe ?

— Presque aucune.

— Ce Guy Audiard, qui est-ce ?

— Un instituteur, passionné d'écriture.

— Son âge ?

— 55 ans, résidant à Montréal.

— C'est son premier roman ?

— Oui.

— L'histoire se termine comment ?

J'ai raconté la survie de ces deux hommes, Bill et son sherpa, nommé Dawa, pendant onze jours. Dans l'avalanche, le sherpa avait été gravement blessé aux deux jambes. Il ne pouvait plus marcher. Leurs sacs à dos étaient introuvables, emportés dans l'accident avec tout leur matériel de survie, la nourriture, les moyens de communication. L'Américain, indemne, avait pris le sherpa sur son dos et suivi ses directives. Au bout de deux heures d'une marche très pénible, ils avaient atteint un gîte abandonné, où ils s'étaient réfugiés. Sur les conseils du Népalais, Bill était parti cueillir des plantes dans la montagne, sous les masses neigeuses, à des endroits précis, et il en avait fait des cataplasmes. Il avait aussi appris à cueillir d'autres plantes pour se nourrir.

Très fiévreux, Dawa avait déliré. Il avait eu des visions, prenant Bill pour un Dieu, se pensant désincarné. Au travers de cet homme à l'agonie, le chef d'entreprise américain avait découvert les croyances d'un peuple, leurs espoirs, et la notion, nouvelle pour lui, que la mort n'est qu'un passage. Louis Keller grimaça.

— Je ne veux pas de concepts religieux trop marqués.

— Par rapport à la réincarnation ?

— En tant que catholique, ce thème me dérange.

— C'est une croyance forte dans la religion de ce peuple.

— Certes, mais le côté *New Age* m'agace.

— Le courant est toujours très en vogue.

— Je ne vais pas accepter n'importe quel roman sous prétexte que le thème est porteur.

Comment osait-il juger ? J'ai caché ma stupeur. J'avais imaginé Guy Audiard, cet auteur que je ne connaissais pas encore, à qui j'allais demander de changer des passages entiers de son roman, tout ça parce que Monsieur l'Éditeur n'était pas en phase avec certains détails à caractère religieux. Pathétique.

— Le titre devra être changé aussi.

— Il est pourtant symbolique.

— C'est-à-dire ?

— Le roman se termine par le mot « Amshi ».

— Lisez-moi la fin.

Louis Keller me rendit le manuscrit, tourna la tête de côté pour prêter sa meilleure oreille à ma lecture, celle de droite, les bras croisés sur sa chemise bleue, le regard perdu dans un océan vert, le feuillage exubérant des bananiers de son jardin d'hiver. Je n'avais pas prévu de lire à voix haute un passage. J'étais fébrile, le cœur affolé, la voix sourde. Plongeon dans le grand bassin d'une piscine glacée.

À Katmandou, le moment de notre séparation fut émouvant. Dawa me serra dans ses bras. Je croyais qu'il me disait au revoir. Je pensais déjà à mon retour, à prendre le premier vol pour Los Angeles, via Hong-Kong ou Tokyo. En fait, il me retenait.

— *Bill, tu ne peux pas rentrer chez toi.*

— *Pourquoi ?*

— *Ta place est ici.*

— *Ma famille et mes amis sont en Californie.*

— *Tu peux aller les voir, mais tu dois revenir.*

— *Dawa, ce n'est pas possible.*

— *Tu dois accomplir ta mission.*

— *Ma mission est de diriger mon entreprise.*

— *Ça, c'était ta mission d'avant.*

Son assurance m'interpellait. Comment pouvait-il être aussi affirmatif ? Entendait-il toutes les questions qui fusaient en moi ? Depuis notre descente avec notre groupe de sauveurs, et malgré mon épuisement physique, j'avais beaucoup réfléchi. Avais-je vraiment envie de retourner à ma vie stressante ? Dans cette hyper consommation qui ne me rendait pas heureux ? Et, là-bas, qui m'attendait vraiment ? J'étais divorcé, entouré de jeunes femmes aussi jolies qu'éphémères. Ma fille unique était partie vivre à Shanghai. Mon seul ami venait de vendre sa superbe villa de Santa Monica pour un tour du monde sans retour, embarqué sur un yacht.

— *Dawa, mes employés ont besoin de moi.*

— *Nous aussi, on a besoin de toi.*

— *Mais pour faire quoi ?*

— *Pour nous guérir.*

— …

— *Bill, tu es un amshi.*

J'ai terminé ma lecture en appuyant sur ce mot, qui me semblait crucial. Louis Keller se leva et marcha jusqu'à la volière. Les tomettes me semblèrent petites, rétrécies par mon séjour sur les hauteurs népalaises. J'ai tenu bon, immobile sur mon fauteuil, prête à y rester de longues minutes, déterminée. Après tout, Bill et Dawa avaient tenu onze jours. Malgré les piaillements excités de ses oiseaux à son approche, l'éditeur ne pénétra pas dans la volière. Un court instant plus tard, il était de nouveau assis à son bureau, me faisant face, avec un air soucieux, le front en remous.

— Donc, ils s'en sortent.

— Grâce à des trekkeurs français, qui passaient à proximité.

— Des Français ?

— Oui.

— Je demanderai à l'auteur de changer leur nationalité.

— Pourquoi ?

— Je préfère qu'ils soient italiens.

L'Italie, bien sûr. Léonard de Vinci, la Renaissance, les champs d'oliviers sur la fresque, au mur de son jardin d'hiver. Moi, je représentais la France, si banale et fade à ses yeux. Pourtant, il semblait tant aimé les poètes français. Je ne m'étais pas attardée sur le ton ironique et appuyé de sa remarque. Mon attention s'arrêta davantage sur sa formulation. *Je demanderai.* Était-ce une façon de me dire qu'il allait gérer lui-même le contact avec l'auteur ? Et que moi, je resterai le sherpa, la femme de l'ombre, qui passe ses soirées à lire sans pouvoir prendre contact avec celui dont je venais de découvrir le talent ?

— Autre chose ?

— Non.

— Le carton des manuscrits vous attend dans le couloir. À lundi prochain.

— Attendez.

— Oui ?

— J'ai un cadeau pour vous.

C'était le scénario que nous avions préparé avec Denise. À la fin de notre entrevue, je devais partir sur une note positive. « Ma petite Sophie, tu verras : par mimétisme avec toi, il deviendra positif. » À l'annonce de mon cadeau, le regard de Louis Keller s'assombrit. Un ciel d'orage, le front tempétueux.

— Je déteste les cadeaux.

— C'est pour vous remercier de votre confiance.

— Vous voulez m'acheter ?

— Je souhaite simplement vous remercier.

— Je l'accepte uniquement parce que je suis prisonnier de ma bonne éducation.

— La mission que vous me confiez est une chance pour moi.

Avec Denise, nous avions choisi cette petite fontaine dans une jardinerie. L'idée venait d'elle. En lui décrivant la véranda de l'éditeur, elle avait remarqué qu'il manquait juste un élément essentiel dans un tel lieu de paradis : l'eau. Une fontaine était forcément l'idée la plus adaptée. Nous avions visité tous les magasins aux alentours pour trouver celle qui ressemblerait le plus à un modèle à l'italienne, format miniature, bien sûr. Surtout, qu'elle ne prenne pas trop de place et qu'elle ne soit pas onéreuse, pour ne pas gêner Louis Keller, ce qui arrangeait bien mes finances. D'un geste hésitant, l'éditeur enleva l'emballage vert, du même vert anglais que son sous-main. C'était un signe. Comme moi, Denise aurait souri.

— C'est quoi ?

— Une petite fontaine.

— Mais…

— Une fontaine à l'italienne.

Avec Denise, nous avions évité les fontaines zen, avec un Bouddha, des bambous et des galets gris, ou celles qui étaient illuminées et qui auraient fait pâle figure à côté du lustre en verre de Murano. Nous avions également exclu celles qui mettaient en scène des anges nus, des elfes ou des dauphins jouant près de rochers aux couleurs de l'arc-en-ciel. La nôtre était sobre, confectionnée dans une céramique ocre, avec deux déversoirs placés l'un sur l'autre, au-dessus d'une vasque du même matériau et, au sommet, une boule en céramique de la même teinte. Nous avions été séduites par cette couleur typiquement italienne, par le silence de la pompe et la qualité du matériau. « Pompe à haute fiabilité, céramique fabriquée à partir d'argiles de haute qualité, recuites à 1255 degrés », nous avait précisé le vendeur.

— Mais pourquoi avoir choisi cet objet-là ?

— Je me suis dit qu'il n'y avait pas d'eau dans votre jardin d'hiver.

Louis Keller me dévisagea. Son visage devint écarlate, ses doigts longs étranglèrent la petite fontaine, les veines de son cou gonflaient sous sa peau blanche. J'eus peur. D'une voix sifflante, celle d'un serpent vénéneux, les yeux refermés pour contenir sa colère, il me lança :

— Je déteste l'eau.

Ce lundi soir, Louis retrouva Émilie pour son atelier d'écriture individuel. Avant de partir de chez lui, assis sur son fauteuil en cuir caramel avec vue imprenable sur sa forêt d'orchidées bleues, il avait pris le temps de servir un verre de vin italien et de relire ce poème de Verlaine qu'il aimait tant, dont un passage l'avait interpellé plus que jamais : *Je fais souvent ce rêve étrange et pénétrant, d'une femme inconnue et que j'aime, et qui m'aime (...) Est-elle brune, blonde ou rousse ? Je l'ignore. Son nom ? Je me souviens qu'il est doux et sonore, comme ceux des aimés que la Vie exila.* L'atelier d'écriture était sa respiration de la semaine, et d'autant plus ce soir-là, après l'épisode crispant lié à la fontaine ridicule offerte par la Française.

— Émilie, j'ai une confidence à vous faire.

— Je vous écoute.

— J'aime de plus en plus écrire l'histoire de Gabriele.

— J'en suis ravie.

— J'ai la sensation d'être un comédien dans la peau de son personnage.

— L'écriture est une forme de voyage intérieur.

— Quand je retrouve Gigi, je me sens un autre homme.

— La création est un espace de liberté, ce qui est rare et précieux.

— Vous pensez que nous sommes tous créatifs ?

— J'en suis convaincue.

— Pourtant, nous ne sommes pas tous faits pour écrire des romans ou des symphonies.

— Louis, vous confondez la création et l'art. Toute création n'est pas nécessairement artistique. Fabriquer une étagère ou faire un tricot, c'est de la création aussi.

— Alors, tout est création pour vous ?

— Créer, c'est l'élan vital. Nous sommes nés pour créer. Pour donner vie à des enfants, à des projets, à des idées.

— Je ne suis pas aussi optimiste que vous sur l'être humain.

— La création donne un sens à nos existences, ce qui nous rend heureux.

— Après avoir écrit, je me sens bien. Je me sens vivant.

— Et les personnes qui n'ont pas compris ça…

— Oui ?

— …errent comme des âmes en peine.

Louis pensa à sa joie immense, ressentie à la parution de sa première encyclopédie botanique. Chez l'imprimeur, il l'avait feuilletée dans un geste solennel et délicat, tel un livre précieux aux feuilles d'or, un acte de naissance pour lui. Il avait caressé les photographies aux couleurs lumineuses, mises en valeur par le papier glacé, à l'incroyable douceur dont ses mains se souviennent encore. Il avait lu son nom d'éditeur sur la couverture. Son premier bonheur intense. Il venait d'avoir vingt-deux ans.

Ce moment d'exception, il l'avait ressenti à nouveau, quelques années auparavant, au moment de créer son jardin d'hiver, en choisissant chaque essence d'arbre, chaque pied de fleur, dans l'harmonie des couleurs et des parfums. L'inauguration de sa volière, avec tous ses oiseaux réunis, bouquet flamboyant et joyeux, l'avait ému.

— Aujourd'hui, je ne fais plus rien de beau.

— La beauté est partout.

— Je suis perdu. À part mes oiseaux et mon jardin d'hiver, je ne la vois pas ailleurs.

— Renouez avec un vieux rêve.

— Pourquoi ?

— Nos rêves parlent de notre âme, de notre mission, de notre créativité.

— Je n'ai plus de rêve.

— Quand vous étiez enfant, que vouliez-vous faire comme métier ?

— Je n'en ai aucun souvenir.

— Par exemple, le métier que vos parents vous ont empêché d'exercer.

— Je n'ai pas connu mon père.

— Désolée…

— Et ma mère était dépressive à cette époque, donc absente dans sa tête.

— Qui vous a élevé ?

— Ma grand-mère. Elle était sévère et taiseuse. Je n'aurais jamais osé lui parler de mes rêves.

— Alors, quand vous étiez enfant, vous faisiez quoi de votre temps libre ?

— Je soignais les oiseaux blessés.

Pour couper court à ce préambule nostalgique, Émilie demanda à Louis de lui lire ce qu'il avait écrit depuis une semaine. En réalité, il avait passé le plus clair de son temps à faire des recherches sur Venise à l'époque du seizième siècle, s'immergeant dans des livres, des documentaires, des biographies de peintres. Il avait assisté à la conférence d'un historien de l'art sur le thème des techniques picturales de la Renaissance. Il s'était rendu à Ottawa pour visiter à nouveau le Musée des beaux-arts et revoir d'un œil neuf le tableau de Francesco Salviat. Il avait mangé et bu à l'italienne. Risotto aux cèpes, sardines à la vénitienne, côtelettes de veau à la milanaise, osso bucco, vins du Piémont, des Abruzzes, de Toscane.

Dans l'un des ouvrages de sa bibliothèque, il avait aperçu la sculpture d'une fontaine à large vasque, du même ocre que celle offerte par cette Sophie qu'il détestait de plus en plus. Ses mains petites et moites, il avait eu envie de les clouer au siège pour qu'elle ne touche plus à rien. De nouveau, il avait senti la fausseté de sa voix enjouée quand elle lui avait posé des questions, avec plus de hardiesse encore que la fois précédente.

Cette fois-ci, elle n'avait pas fait mine de s'intéresser à ses oiseaux mais plutôt à Vivaldi, dont il diffusait l'œuvre en continu dans son bureau. Elle avait déblatéré tout un laïus sur le fameux prêtre roux, enchaînant des louanges à n'en plus finir sur son lustre en verre de Murano et la beauté incomparable de sa fresque. Elle en avait été ridicule. Une fillette qui avait appris sa leçon par cœur pour se faire bien voir, pour cacher maladroitement sa timidité maladive. Lui aussi, il a été timide, peu confiant, mais c'était à l'adolescence. Face à cette femme, il a l'impression désagréable d'avoir une adolescente qui passe son temps à rougir, pâlir, trembler, s'excuser, se tordre les doigts de honte, tout en faisant semblant d'être très à l'aise.

— Vous connaissez donc bien l'Italie, monsieur Keller ?

— Et vous ?

— Je n'ai jamais eu l'occasion d'y aller.

— C'est incroyable !

— Pourquoi ?

— Habiter en France et n'avoir pas l'idée de visiter ce superbe pays frontalier…

Le ton cinglant de Louis avait atteint son objectif : tarir la fontaine de paroles insipides de son interlocutrice. Il ne supportait pas l'idée d'associer son nom d'éditeur à des romans à l'eau de rose, qui semblaient être la préférence de cette femme, à part le dernier qu'elle lui avait présenté. En somme, que lui apportait la Française ? Certes, ses fiches de lecture étaient bien structurées, quoique trop scolaires. Mais, en plus de son penchant pour les histoires édulcorées, elle n'avait aucune culture picturale, aucun sens artistique, ce qui la rendait hermétique aux descriptions des ambiances, des couleurs, des tonalités dans les manuscrits qu'elle lisait. Quand il lui demandait des précisions dans ce sens, elle restait muette, preuve de sa personnalité superficielle, à l'opposé d'Émilie, avec qui il pouvait parler de clair-obscur et de lavis, de glacis et de pigments, et engager la conversation sur l'art flamand ou les peintres de Florence.

— Louis, vous êtes hors-sujet.

— Hors-sujet ?

— Dans votre texte, vous vous perdez dans des détails historiques et vous ne parlez plus de Gabriele.

— Vraiment ?

— Ce que vous avez écrit ne présente aucun intérêt.

— Vous êtes dure.

— Réaliste.

— Vous voulez que je déchire tout ?

— Vous pouvez garder votre texte pour en faire une thèse sur l'histoire de Venise à la Renaissance.

— Très drôle…

— Analysez plutôt pourquoi vous fuyez votre personnage.

Louis fut interloqué par l'aplomb de la jeune femme. S'il ne l'appréciait pas autant, il lui aurait adressé une remarque cinglante et point final, chapitre suivant, à la semaine prochaine, comme il venait de le faire avec cette Sophie. Comme il l'avait fait avec sa mère, revenue le voir à son bureau deux jours plus tôt. Sans témoin, il avait eu une attitude très différente envers elle. Il lui avait répondu vertement, droit dans les yeux. D'autant qu'elle avait critiqué Émilie, sans même la connaître.

— Mon petit Noé, tes cours d'écriture se passent bien ?

— Parfaitement bien.

— J'imagine qu'ils sont animés par une femme ?

— Je ne souhaite pas aborder ce sujet avec vous.

— Pour une fois, ne te fais pas avoir.

— Ça ne vous regarde pas.

— Une femme jeune et jolie ?

— Arrêtez.

— Une écervelée qui…

— Vous allez encore déraper.

Devant le visage haineux de sa mère, il s'était dit que sa relation aux femmes, si difficile, venait en partie d'elle, de son enfance passée entre une grand-mère austère et une mère méchante. Deux modèles féminins qu'il avait réussi à fuir grâce à l'internat, à l'âge de douze ans. Depuis, il n'avait pas cessé de se mettre en quête de la femme idéale, qu'il rencontra le jour de ses vingt ans, en lisant le recueil de poèmes de Paul Verlaine, offert par Félix pour son anniversaire. *Je fais souvent ce rêve étrange et pénétrant, d'une femme inconnue et que j'aime et qui m'aime…* Avant-hier, il avait congédié sa mère avant qu'elle devienne grossière. Il s'était juré de ne jamais lui présenter Émilie. De toute façon, sa mère avait toujours refusé de faire la connaissance des femmes qui avaient compté pour lui, ses épouses successives. Devant l'arrêt sur image de son élève, parti loin de la salle de cours, Émilie suggéra :

— Dans votre histoire, il serait bien d'introduire un personnage nouveau.

— Un homme ou un animal ?

— Un ami pour Gabriele.

— Pourquoi ?

— Gabriele doit être soutenu et guidé dans sa vie.

— Il est seul comme je l'ai été.

— Ça, je l'ai bien compris.

— Comment ça ?

— Votre récit est très autobiographique.

Émilie formula cette phrase ahurissante, tout en rangeant, d'un geste banal, sa trousse de maîtresse d'école dans son cartable de cuir marron. Coup d'œil vers le tableau blanc, un geste net pour le rendre vierge de toute écriture, regard panoramique dans la classe, aux chaises bien rangées.

— À lundi prochain.

— Émilie, attendez.

— Il est 21h30 et je n'ai qu'une hâte : rentrer chez moi.

— Vous ne pouvez pas me laisser comme ça, sans explication.

— Vous voulez que je vous explique quoi ?

— Mon récit, en quoi est-il autobiographique ?

— *Ce que tu écris est ce qui te ressemble le mieux.*

— Oui, je me souviens de ce proverbe que vous aviez cité lors du premier cours.

— Et moi, je sais lire entre les lignes.

— Je m'en doutais.

— Vous n'avez pas compris qui est Gabriele ?

— C'est un jeune apprenti italien.

— Gabriele, c'est vous.

— Moi ?

— Gabriele est apprenti peintre et vous, vous êtes apprenti écrivain.

— C'est bien vu.

— Vous êtes parti du domicile familial à l'âge de douze ans ?

— En effet… c'est incroyable de coïncidences. Mais je n'ai rien prémédité.

— Louis, arrêtez de vous fuir.

Venise, à la fin de l'hiver 1536

Depuis ma cage, je vois bien que l'apprenti désespère de plus en plus. Trois mois qu'il travaille ici, sans rien faire d'autre que broyer les pigments et broyer du noir, être l'esclave de l'élève Benito, balayer l'atelier et se prendre des soufflantes de Carlotta Vinelli, servir de souffre-douleur à cette dinde farcie de bêtise. Parfois, quand nous nous retrouvons seuls dans l'atelier comme aujourd'hui, parce que cet arrogant de Benito est à la chapelle des Cuccini pour donner un coup de main sur les fresques, pendant que la patronne s'empiffre de gâteaux chez son amie, la grenouille de bénitier du quartier, j'entends marmonner l'oisillon de Mazzorbo. Il parle de sa mère qui trime, qui fabrique de la dentelle pour quelques sous, de son père noyé dans l'Adriatique quand il était bébé, du *padre* Samuele qui serait déçu de le voir aussi peu progresser.

Mais comment pourrait-il apprendre ? Benito ne lui montre rien. Pire, il se plaque sur le support dès qu'il sent le regard de Gabriele. *Il maestro* Vinelli est toujours absent, absorbé corps et âme dans ses fresques de la chapelle des Cuccini et n'accorde qu'un peu de temps à son élève préféré. Sans parler de la matrone mal dégrossie, qui passe son temps à le rabrouer.

— Tu es bon à rien.

— Madame, je fais de mon mieux.

— Tu me coûtes cher en logement et en nourriture.

— Je suis désolé.

— On ne va pas pouvoir continuer comme ça.

Quelle mauvaise foi ! Ma congénère la mouette m'a décrit le logement princier du petit déplumé : dans l'arrière-cour de l'atelier, il a une paillasse posée à même le sol humide, dans une pièce misérable et minuscule. Sa nourriture, ce sont les restes de Carlotta Vinelli et de Benito, que même la Rieuse n'aurait pas l'idée d'attraper au vol pour s'en faire un encas. Elle m'a dit avoir vu Gabriele dessiner sur les murs de sa chambre, avec des pierres noires rapportées de son île. Des dessins de madones et d'anges, surtout.

Elle est aussi rieuse que curieuse, ce qui force ma méfiance car je la sais cancanière. Que va-t-elle raconter sur moi, une fois qu'elle a retrouvé ses consœurs ? Quand elle me livre une information, son débit est rapide, elle avale la moitié des phrases, trop glorieuse d'avoir la primeur du commérage. Elle me sature de palabres, alors que moi, je prends le temps de choisir chaque mot, le soupesant avant de le prononcer avec élégance, dans le respect de son étymologie, qu'elle soit grecque ou latine.

À Venise, les secrets circulent vite, glissant sur l'eau comme un souffle. La Rieuse le sait, ce qui la contraint à parler à toute allure, sous peine d'être rattrapée par d'autres rumeurs plus fraîches. Mais elle a un bon esprit, plutôt ouvert. Hier, quand je lui ai fait part de mon ennui, elle m'a écouté avec attention. Mes journées longues, sans conversation, sans nourriture livresque. Pas la moindre pistache ou noix à décortiquer, alors qu'il s'agissait de mon passe-temps préféré chez mon ancien maître le banquier. Désormais, je suis obligé de me faire le bec sur ce malheureux barreau central de ma cage, ce qui a suscité la compassion de ma congénère :

— *La signora* Vinelli n'est peut-être pas au courant de vos habitudes alimentaires.

— Elle a surtout oublié les recommandations du domestique.

— Quel domestique ?

— Celui qui est venu me livrer.

— Monsieur le Perroquet, vous venez du grand monde. De quelles recommandations parlez-vous ?

— Mon régime alimentaire doit être varié. En plus des graines, j'apprécie tous les plats.

— Comme moi, vous mangez du poisson ?

— Grillé ou bouilli. Ainsi que les os de chapons et de lapin.

— Les plats sucrés aussi ?

— J'ai une préférence pour les desserts à la vanille et au miel.

— Grosse comme elle est, *la signora* Vinelli doit tout mettre dans son jabot.

Pour une mouette, une oiselle si commune, j'ai trouvé sa logique assez fine et j'ai été touché par son geste de générosité. Une heure après notre discussion au sujet de ma nourriture monotone, elle est arrivée avec une friandise dans son bec, des moucherons attrapés au ras du grand Canal. Cependant, j'ai décliné son offre, justifiant d'une allergie aux insectes, et surtout écœuré par la propreté douteuse de son bec.

Notre relation est ainsi étrange : j'ai besoin de la Rieuse et, en même temps, je reste distant. Je la trouve agréable et agaçante à la fois. Quand elle vient me rendre visite, je ressens un mélange de contentement d'avoir une conversation au sujet du monde extérieur et une sensation de gêne, voire de honte. Avant d'atterrir sur le rebord de ma fenêtre, comme pour s'annoncer à tous les résidents de la rue, elle émet des glapissements répétitifs et une sorte de jappement rauque, qui me fait penser à ce chien stupide aux oreilles flasques – celui qui m'a volé la place de choix au centre du tableau commandé par le banquier. Et pourquoi pas imiter la détonation d'un canon, pendant qu'elle y est ? Il est vrai que ma gamme de vocalises est peu ordinaire, tellement supérieure à ses piètres capacités sonores, ce qui me rend exigeant quant aux prestations des autres volatiles.

Un autre trait de caractère chez elle me dérange : son tempérament opportuniste. La Rieuse profite de toutes les situations pour s'alimenter, quitte à mendier auprès des passants, à se coller aux fesses des bateaux de pêche, à draguer les égouts… à s'empiffrer de ragots en tous genres, dont elle se vante auprès de moi, en attente de mon regard admiratif. Moi, je suis trop esthète pour être à mon aise avec elle. Intellectuellement, nous sommes si éloignés. D'ailleurs, nos physiques parlent bien de nos immenses différences. Mon manteau de plumes bleues est toujours impeccable, mon bec noir est rutilant comme un soulier verni, mes doigts sont parfaitement soignés. Quand elle surgit avec des écailles de maquereau collées aux pattes, des filaments de tripes d'anchois pendus à son bec et son odeur de marée basse, j'ai la nausée.

Je dois me l'avouer : si j'avais des interlocuteurs de meilleur choix, je repousserais ses avances de discussion. Seulement, dans ma prison dorée, depuis ma cage restée fermée à double tour par une clé entreposée sur le rebord de la cheminée, elle est l'unique être vivant à me demander au parloir.

— Bonjour à tous !

La voix est enjouée, celle d'un homme qui semble être un habitué, sans avoir l'allure d'un client. D'autant que les clients se déplacent peu souvent à l'atelier. En général, c'est le maître Vinelli qui leur rend visite pour évoquer leur projet, se mettre d'accord sur le budget et le délai, se faire payer un premier tiers de la commande. À la moitié du travail réalisé, certains clients viennent constater l'avancée des travaux et régler le second tiers à *la signora* Vinelli.

Une fois l'œuvre terminée, *il maestro* la livre lui-même, encaisse le solde et revient avec les ducats placés minutieusement dans une bourse de cuir, accrochée à sa ceinture épaisse, à côté du couteau rangé dans son étui noir. La bourse et le couteau battent en cadence, au rythme de sa marche, pendus dans son entre-jambe, lieu de haute sécurité dans le dédale de Venise. De sa cachette chaude, il ne sort son butin qu'une fois parvenu à l'intérieur de l'atelier, devant sa femme plantée derrière la porte d'entrée pour procéder à l'encaissement. Carlotta Vinelli, excitée par l'odeur des ducats, lui lance sa meilleure boutade, enrobée de son rire gras et acide : « Attention à bien mettre le couteau dans l'étui, sous peine d'avoir les bourses coupées ! » Puis elle lui arrache la bourse des mains, celle en cuir qui contient les ducats, et s'engouffre dans la cuisine pour y compter les pièces à plusieurs reprises, empilées par petits tas sur la table en bois massif.

La première fois que j'ai entendu cette plaisanterie aussi grasse qu'ironique, je me suis interrogé sur l'utilisation des attributs sexuels de Jacopo Vinelli. Le couple est-il gourmand ou abstinent ? Contrairement aux bruitages dans le palais du banquier, je n'entends jamais de râle ou de grincement de lit depuis leur chambre conjugale, située au premier étage. Les nuits ne sont habitées que par les ronflements de la matrone et quelques phrases saccadées du maître. Peut-être le maestro a-t-il eu l'entre-jambe assailli en d'autres circonstances, qu'il a été blessé, voire mutilé, ce qui expliquerait l'absence d'enfants, que sa femme n'évoque jamais.

— Jacopo s'est absenté ?

Le visiteur guilleret ne semble rien chercher de particulier, juste de passage, par courtoisie ou amitié. Il est rond, souriant, le teint un peu vineux, le regard vif. Il porte des vêtements de choix, confectionnés dans des tissus de qualité. Sa cape en laine d'un bleu indigo recouvre un pourpoint de velours vert foncé aux manches longues et fendues, d'où apparaît une chemise blanche et soyeuse. Ses chausses sont du même bleu que sa cape, sa ceinture est large, d'un cuir marron bien nourri, sa toque brune est ornée de plumes rousses. Avant de nous saluer, il a ôté sa cape et son couvre-chef roux, dévoilant son léger embonpoint et sa chevelure rare, d'un blond cuivré. L'oisillon de Mazzorbo balbutie une réponse, le bras au travers de son visage, prêt à parer un mauvais coup que l'homme aurait envie de lui assener.

— Petit, n'aie pas peur. Qui es-tu ?

— Je m'appelle Gabriele et je suis l'apprenti.

— Enchanté !

— Bonjour, monsieur.

— Moi, c'est Bartolomeo.

Bartolomeo tend sa main au petit déplumé, qui cache ses mains dans son dos, se met à genou devant lui, la tête basse, en position de soumission, ce qui fait rire l'homme, puis le rend songeur.

— C'est Carlotta qui t'oblige à t'agenouiller ainsi ?

Gabriele ne répond pas, retourne à son balai, l'échine courbée, et frotte le sol avec fébrilité. L'homme regarde en direction du fond de l'atelier, là où le maestro peint le grand panneau de bois à l'abri des regards, dans l'intimité de la nuit. Il s'apprête à y aller, se ravise, m'aperçoit alors, ce qui éclaire son visage. Il s'adresse à moi comme je n'ai jamais osé en rêver :

— Excusez-moi, cher monsieur. Je n'avais pas aperçu votre élégante présence en cet endroit sombre.

Pris au dépourvu par la délicatesse de l'homme, le premier Vénitien à me considérer comme un être vivant et non comme un élément de décoration intérieure, j'ai failli répondre dans sa langue maternelle que j'étais pareillement honoré de sa présence. Je me ressaisis, contenant mon émotion, et quelques mots turcs font l'affaire, ce qui ne le décontenance pas.

— Permettez-moi de me présenter : Bartolomeo, imprimeur à Venise.

L'annonce de son métier me transporte dans le souvenir culturel des soirées chez mon ancien patron, quand il évoquait le livre de Marco Polo. À l'entendre, *Le Devisement du Monde* était bien plus passionnant que les poésies de Dante ou Pétrarque. Devant ses invités, le banquier aimait déclamer des paragraphes entiers de l'œuvre de Marco Polo, autant par véritable engouement que pour se donner un solide vernis littéraire et masquer ainsi son inculture totale pour le reste des parutions contemporaines. Un soir, une joute verbale l'avait affronté à un invité érudit, qui ne jurait que par Dante :

— Dante est le plus talentueux de tous.

— Pour nous, Vénitiens, Marco Polo est le plus grands des auteurs.

— Son livre n'est qu'une encyclopédie géographique.

— Un tel esprit à la fois explorateur et littéraire, c'est unique.

— *Il signor* Polo n'était qu'un marchand inspiré, rien de plus.

— Sa plume donne vie à son récit, au point de nous donner la sensation de visiter l'Orient à ses côtés.

— On dit que Marco Polo y aurait abusé d'un breuvage euphorisant, dont seul le grand Khan avait le secret…

— Nous ferions bien de nous inspirer de cet empereur pour développer notre suprématie.

L'imprimeur me regarde avec un sourire insistant, qui m'extrait de mon souvenir. De façon évidente, il attend que je me présente à mon tour.

— Mon nom est Papa, tristement rebaptisé Gigi par *la signora* Vinelli.

— Comment préférez-vous que je m'adresse à vous ? Papa ou Gigi ?

— À votre guise.

— *Signor* Papa, enchanté de faire votre connaissance. Jacopo et moi sommes frères.

— Jacopo, Bartolomeo, frères.

— Oui ! Je suis peu savant sur votre espèce. J'en connais davantage sur les chats.

Il se met à raconter comment un chat a changé sa vie d'imprimeur. Un chat des rues, gris et poussiéreux, comme ceux qui permettent à la ville de rester salubre en la débarrassant des rats En l'entendant parler des rongeurs, Gabriele arrête son balayage, redresse son échine bossue et l'écoute. Les rats, il y en a plusieurs qui viennent l'agacer pendant la nuit, dans sa chambre misérable. Bartolomeo continue son récit, expliquant que ce chat des rues, qu'il a nourri un jour, était resté dans son atelier et en avait expulsé les rats qui dévoraient ses matières premières, ce qui avait sauvé son activité.

Par gratitude, l'imprimeur avait eu l'idée de changer le sceau de son officine pour y célébrer la race féline, digne hommage à son sauveur à quatre pattes. Il avait pensé y dessiner un bel angora, beauté altière, grâce féline, digne représentant du lion de la Sérénissime, chat de luxe offert dans les corbeilles de mariage des princesses byzantines. Son chat des rues était plus ordinaire mais si valeureux, un artisan comme lui. Pendant que l'imprimeur œuvrait page après page, ce chat gris dératisait rongeur après rongeur. C'est donc lui qui méritait la place sur le sceau. Le chasseur de rats et l'imprimeur de poésies. L'oisillon de Mazzorbo pose une question, ce qui est une grande première. L'absence de Benito, l'échassier sourd-muet, semble lui donner des ailes.

— Votre chat, vous l'appelez comment ?

— Sensa.

— Comme la grande fête de l'Ascension ?

— Précisément ! Sensa est arrivé dans mon imprimerie ce jour-là.

— J'ai un oncle qui travaille sur les bateaux et qui s'occupe des chats.

— Je vois. Il doit les empêcher de quitter le bateau quand ils arrivent à quai.

— Je ne sais pas bien.

— Les chats sont précieux sur les bateaux car ils protègent les denrées et les tissus, qu'adorent grignoter les rats.

— Mon oncle, il était pêcheur comme mon père, avant.

— Avant quoi ?

— Quand mon père s'est noyé en mer, mon oncle a changé de métier.

— Et ta mère ?

— Elle fabrique des dentelles à Burano et aussi, elle travaille à l'Arsenal, dans les cordages.

— Sensa a peut-être croisé ta mère car il est arrivé à Venise par bateau.

— Comment vous le savez ?

— Il avait cette odeur des cargaisons maritimes, un peu salée, un peu épicée. D'ailleurs, il me l'a confirmé.

— Parce qu'il vous raconte des histoires ?

— Nous discutons souvent ensemble.

— Vous voulez dire que vous parlez le langage des chats ?

— Oui.

— C'est incroyable !

— Selon moi, tout langage peut être appris, à partir de l'instant où nous respectons l'autre, en le considérant comme notre égal, qu'il soit humain ou animal.

— Quand même, c'est pas ordinaire.

— Disons qu'il faut construire une relation de confiance réciproque, ce qui demande du temps.

J'exprime mon approbation par un claquement de bec joyeux, ce qui me vaut un sourire entendu de Bartolomeo. Il se tourne de nouveau vers l'apprenti.

— Mon cher Gabriele, que sais-tu faire ?

— Rien du tout, monsieur Bartolomeo.

— Sais-tu fabriquer des pinceaux ?

— J'ai bien du mal à mettre les poils dans le tuyau.

L'évocation de la fabrication des pinceaux me hérisse le plumage. Quand j'ai aperçu *il maestro* Vinelli manipuler ces plumes longues, au tuyau translucide, une solidarité nouvelle m'a envahi à la pensée des oies, sacrifiées sur l'autel de l'Art. Toutes leurs plumes ne devaient pas provenir d'une mue naturelle… Quelle terrible fin de vie que d'être ainsi plongées dans la cendre pour y être dégraissées, mises à sécher, les barbules et le duvet arrachés, les extrémités sectionnées.

Quant aux poils emmanchés dans le tuyau de la plume, j'ai imaginé l'écureuil sacrifié, fini en rôti fumant entouré de pommes à la cannelle. Seulement, du fait de ma nature d'animal à plume, j'ai davantage compati pour le palmipède dépouillé de ses pennes que pour le rongeur, certes parfois volant, démuni de son manteau poilu.

— Petit, montre-moi juste ce que Jacopo t'a appris.

— *Il signor* Vinelli, je le vois juste le soir, en coup de vent.

— Alors, qui te montre le métier ?

— Personne.

L'imprimeur prend une chaise et s'y assoit dans un soupir. L'histoire ne semble pas l'étonner.

— Dis-moi pourquoi tu as envie d'être apprenti.

— Monsieur Bartolomeo, j'aime dessiner.

— Montre-moi.

— Je ne peux pas.

— Et pourquoi donc ?

— Je n'ai pas le droit de dessiner ici.

Le tremblement de Gabriele fait comprendre à l'imprimeur qu'il doit prendre les devants. Bartolomeo se lève, attrape un grand carton rangé sur le côté de la cheminée, bien séché par la chaleur du feu de bois, paré à recevoir une esquisse. Il le pose sur un chevalet, choisit un fusain dans la boîte en bois réservée à Benito, et le tend au petit déplumé.

— Fais-moi un dessin.

— Une madone ?

— Ce qui t'inspire.

La main de l'apprenti hésite, raidie sur le carton, crispée sur le fusain. La présence de l'imprimeur l'intimide, le bruit des pas dans la rue Castelli le terrorise, le claquement de la porte d'entrée met fin à son supplice. Avec vivacité, il retrouve l'appui du manche à balai, la tête rivée vers le sol, le dos courbé comme un jonc, de nouveau loin. Bartolomeo se lève d'un bond, va à la rencontre de ce claquement de talons dans le hall d'entrée, tout en m'adressant un coup d'œil complice. « Au plaisir de vous revoir, cher *signor* Papa. » Je l'entends saluer la maîtresse de maison, sans s'attarder, et quitter le lieu.

Quand elle pénètre dans l'atelier, Carlotta Vinelli est ébouriffée par le vent d'hiver et la peau rougie par le froid, énervée par son après-midi vide de sens, son époux qui ne lui rapporte pas autant d'argent qu'elle aimerait pour changer de toilette chaque jour et aller la montrer au Seigneur, dans la lumière de l'église Santa Maria dei Miracoli. En passant près de l'oisillon de Mazzorbo, elle lui flanque une claque vigoureuse, qui le plaque au sol.

— Je ne sais pas pourquoi je te punis mais toi, tu dois le savoir.

Je déteste cette phrase qu'elle passe son temps à lui répéter, pour légitimer sa violence banale, qui englue Gabriele dans la culpabilité. Il n'a vraiment pas besoin de ça et il n'a rien à se reprocher. Rien ne justifie cette punition physique de chaque instant. Je sens que ma rencontre avec Bartolomeo, cet homme bienveillant et cultivé, vient de me rendre insupportable la méchanceté de cette femme qui se confesse tous les jours pour dormir tranquille, tout en giflant ce pauvre garçon à longueur de temps.

Le long de ma colonne vertébrale, sous mon manteau de plumes bleu turquoise, une décharge rouge vif parcourt chacune de mes vertèbres, une onde frémissante et guerrière, de la rébellion arrivée à la hauteur de mon bec, qui s'ouvre sous l'impulsion. Sans préméditation, je hurle en vénitien :

— Carlotta est une poufiasse !

La patronne se fige, se tourne vers moi avec la lenteur d'un caméléon, son regard porcin me fusille, les yeux noirs de l'apprenti me fixent pour la première fois, interloqués. Moi qui n'avais parlé qu'en turc, je venais de formuler une phrase dans leur dialecte local, bien construite et très engagée. Le temps que je m'oriente vers la fenêtre pour présenter mon croupion dédaigneux à cette infâme femelle et couper court à toute discussion, sa silhouette massive arrive à ma hauteur et je sens une brume nouvelle amerrir sur mon plumage : un crachat. Tant pis, je me referai une toilette.

— Oiseau de malheur ! Tu ne l'emporteras pas au Paradis.

Au galop du cheval de trait, elle se précipite vers la cuisine et s'y enferme en claquant la porte. Gabriele se relève, s'approche de ma cage, les yeux écarquillés.

— Gigi, tu parles vénitien ?

— Gigi connaît le vénitien.

— Tu comprends tout depuis le début ?

— Tout.

— Poufiasse, tu sais ce que ça veut dire ?

— Oui.

Sans bruit, il se met à rire, la bouche cachée dans ses mains pour en étouffer le bruit. J'imite son rire, ce qui le stupéfait.

— Gigi, tu es incroyable.

— Merci.

— Tu veux que je t'apprenne d'autres injures ?

— Gigi a envie de siffler.

Notre amitié débute ainsi, avec Gabriele sifflant à basse fréquence pour ne pas être entendu de la matrone, restée dans la cuisine, et moi, jonglant avec ma langue et mon bec, afin de trouver l'interstice idéal pour laisser passer un filet d'air musical. Je suis l'apprenti siffleur. Le sifflement requiert une souplesse différente de la musique du luth, dont j'ai appris les tonalités lors des soirées chez le banquier, où il y avait souvent une courtisane joueuse de cet instrument.

Nous nous entraînons plusieurs minutes, les yeux dans les yeux, surpris de nous entendre aussi bien, ce qui fait surgir dans ma mémoire le souvenir de mon premier maître, le sultan ottoman. J'avais vu cet homme érudit pratiquer la télépathie avec mon père, un superbe perroquet dont j'ai hérité du manteau de plumes or et turquoise. Selon le sultan, la relation télépathique entre les humains et les animaux existait depuis longtemps. À force d'essayer d'entrer dans l'esprit de l'autre, on réussit, à condition de se considérer d'égal à égal, c'est-à-dire deux êtres spirituels en relation. Exactement ce que venait d'expliquer Bartolomeo. L'imprimeur et le sultan seraient-ils des âmes-sœurs ? Le sultan savait lire dans les pensées de mon père, et réciproquement. Ils n'avaient pas besoin d'échanger des mots pour se comprendre.

Je suis heureux de ressentir cette proximité avec le petit déplumé, qui n'est pas si benêt. Certes, il est mal éduqué, analphabète et inculte, mais son potentiel instinctif est considérable, doublé d'une véritable intelligence humaine. C'est la première fois que je vis une telle communion avec un être humain, et tout est allé si vite entre nous. J'en suis troublé. Mon père et le sultan s'étaient exercés plusieurs mois avant de tisser ce lien invisible entre eux.

Avec Gabriele, nous poursuivons nos jeux, nos découvertes partagées, nos fous-rires complices, jusqu'au moment où Carlotta Vinelli surgit de sa cuisine, encore plus échevelée, le front plissé par la colère. Elle vocifère contre l'hiver qui agrémente sa peau de plaques rouges et transforme ses verrues en gros grains de raisins violacés. Elle critique son amie la grenouille de bénitier qui a donné un sou au mendiant, celui qui fait l'aumône sur les marches de l'église, qui tend sa main de tailleur de pierre ruiné par sa femme dépensière, partie vivre avec son amant dans la paroisse de Santa Croce.

Chaque semaine, Carlotta Vinelli se dispute avec son amie au sujet de ce mendiant. Comment un artisan peut-il être aussi bête pour épouser une femme aussi peu gestionnaire ? Ce n'est pas elle, fille de commerçant, expérimentée dans la tenue des comptes et du personnel, qui irait ruiner son mari. C'est du suicide collectif. Ridicule ! Ce qui l'exaspère plus encore, c'est que son amie fasse la pleureuse dans les cortèges de funérailles pour gagner quelques sous et les redonner aussi sec au tailleur de pierre. Au diable la bonne conscience ! Dieu ne s'y trompera pas.

Comme elles se sont chamaillées à ce sujet, Carlotta Vinelli en a oublié le pain. Elle ordonne à son apprenti de se dépêcher d'aller chez le boulanger avant la fermeture. Pour la première fois, Gabriele hésite à obéir. Il me regarde. Je lis l'anxiété en lui. Il a un mauvais pressentiment.

Chez Denise, j'étais survoltée. Le simple balancier du coucou m'était insupportable, un marteau de plomb dans ma tête. Aucun appétit pour le crumble aux pommes et un franc dégoût pour le thé, à la menthe ou à la bergamote. La plante verte offerte par une amie de la bibliothèque, posée sur la table basse du salon, je l'ai mise dans la cuisine, hors de ma vue. Indigestion sévère à l'éditeur et à son jardin d'enfer.

— Denise, j'arrête tout.

— Ne te laisse pas décourager par cette histoire de fontaine.

— La fontaine est une chose, le manuscrit de Guy Audiard en est une autre.

— Sophie, n'abandonne pas maintenant, si près du but.

— Quel but ? Louis Keller n'envisage même pas de me confier le contact avec les auteurs.

J'ai senti Denise décontenancée par ce que je venais de lui raconter : la réaction brutale de Louis Keller à la vue de mon cadeau, sa volonté de changer plusieurs passages dans le manuscrit de Guy Audiard, tout en m'excluant de la suite. J'allais devoir consacrer mes semaines à lire des centaines de manuscrits, fourmi laborieuse œuvrant dans l'ombre, esclave de la violence psychologique de ce tyran. Sur Internet, j'avais trouvé des articles sur lui, dont certains témoignages édifiants d'anciens collaborateurs. L'un d'eux évoquait son soulagement d'avoir été licencié. J'avais lu les confidences d'une de ses ex-épouses, très amère, parlant de son attitude machiste et égocentrique.

— Je n'aurais jamais dû lui parler de Venise.

— Pourquoi ?

— Quand j'ai abordé le sujet, il a été odieux.

— La Sérénissime est pourtant un haut lieu de la Renaissance italienne, incontournable pour tout amateur de peinture.

— Oui, pour tout amateur sain d'esprit.

Face à l'éditeur, j'avais été fidèle aux recommandations de mon amie. « Fais-le parler, ma petite Sophie. Nous aimons tous évoquer nos passions. Parlez-moi de moi, il n'y a que ça qui m'intéresse. » Je l'avais questionné sur ses centres d'intérêt, les oiseaux et les plantes, l'Italie à la Renaissance, thèmes que nous avions préparés ensemble, Denise et moi. Les peintres vénitiens du seizième siècle, les nouvelles techniques picturales de l'époque, l'influence des maîtres florentins. J'étais incollable. Seulement, Louis Keller n'était pas un homme comme les autres. Il n'avait pas souhaité parler de lui et l'évocation de Venise l'avait mis dans un inconfort, que j'avais perçu au bout de quelques phrases échangées entre nous. Quand il avait voulu abréger notre conversation, j'aurais mieux fait de ne pas insister. Mais, avec une audace inouïe pour moi, j'avais relancé le sujet :

— L'influence vénitienne reste incontournable à cette époque.

— Parce que vous connaissez l'influence vénitienne de la Renaissance ?

— Oui… Un peu.
— Vous m'étonnez.
— Pourquoi ?
— Depuis que nous travaillons ensemble, je n'ai fait que constater votre faible niveau de culture générale.

Interloquée par son jugement sévère, j'avais marqué un temps d'arrêt, réprimant avec difficulté le flot d'émotions qui allait me submerger, une déferlante écarlate sur mon visage défait. Je dégoulinais sur mon fauteuil en velours bordeaux. La voix ironique de mon mari, celle que j'avais entendue pendant vingt ans de vie commune, qui se moquait de mon manque de connaissances générales, venait de se téléporter du Vieux Continent en l'espace d'une seconde, pour résonner dans le bureau de l'éditeur, bruit lapidaire sur les parois coupantes de la véranda. Les oiseaux, soudain agités dans leur volière, piaillaient et persiflaient, parodiant de leurs caquètements inutiles mes propos vides de sens.

L'ambiance tempérée du bureau s'était transformée en une canicule africaine à l'hygrométrie étouffante, puis en une atmosphère polaire, voyage dans le Grand Nord, seule sur ma banquise. « Tu me fais honte devant nos amis », me disait mon mari. Le soir, après le départ de nos invités, Gérard me laissait en plan avec ma culpabilité, avec mes souvenirs d'enfance où je me retrouvais seule devant mes devoirs scolaires que je n'arrivais pas à faire, face à mes parents qui ricanaient de ma nullité. Une solitude profonde, que j'avais retrouvée auprès de mon mari, notamment durant les incontournables dîners du samedi soir, les conversations auxquelles j'étais incapable de participer, parce que les sujets de politique ou d'économie évoqués entre hommes m'étaient hermétiques, parce que j'étais très détachée des questions de mode ou de décoration intérieure abordées par leurs épouses.

Depuis que je vivais au Québec, avec le recul du temps et la distance géographique, je m'étais interrogée sur mes choix de vie. Avais-je épousé Gérard pour retrouver mes parents ? Leurs points communs étaient flagrants. Avais-je eu besoin de rester dans le même schéma quotidien, à être dévalorisée, humiliée parfois, parce que c'était mon unique repère, une forme de sécurité inconsciente ?

— Denise, tu aurais vu le regard de Louis Keller…

— Cinglant ?

— Une lame d'acier qui m'avait coupée en deux.

— Tu es donc repartie ?

— Non, ou plutôt oui.

— Oui ?

— Je suis repartie de plus belle sur le sujet.

— Toi ?

Le sarcasme de l'éditeur m'avait cassée en deux… puis donné une paire d'ailes, une détermination nouvelle, l'évidence de ce que j'étais venue expérimenter ici, à Trois-Rivières : reformater ma vie. L'humiliation, parentale puis conjugale, c'était de l'histoire française et ancienne. Plus jamais ça. Et Louis Keller n'allait pas y déroger. Il avait senti mon changement de ton. Il s'était enfoncé dans son fauteuil, les bras croisés à double tour sur sa veste grise.

— Monsieur Keller, vous qui semblez tant aimer l'Italie…

— Oui ?

— Quelle est la saison idéale pour y voyager ?

— Je ne vois pas l'intérêt de répondre à votre question.

— Vous êtes tellement passionné que ça me donne envie d'y aller.

— Une agence de voyage vous renseignera mieux que moi.

— Vous devez connaître chaque rue de Venise, chaque pont, chaque église.

— Venise est une ville secrète.

— Mais pourquoi avoir reconstitué chez vous une petite Italie alors que vous y allez si souvent ?

— Votre remarque est indiscrète.

— En fait, je me pose une question : y avez-vous mis les pieds pour de vrai ?

— De quoi vous mêlez-vous ?

— C'est la grandeur décadente de Venise qui vous fait peur ?

Dans le regard furieux et fuyant de l'éditeur, j'aperçus cette expression que je connaissais bien, que mon mari avait souvent, et surtout quand il rentrait de séminaire. D'ailleurs, il avait séjourné à Venise pour participer à un congrès avec la direction européenne de son groupe. À son retour, je n'avais pas été dupe. Ses chemises sentaient un parfum de femme. Je n'avais pas de culture générale mais un flair assez développé, celui qu'utilisent les mères et les épouses, au moment de mettre du linge sale dans la machine à laver familiale. Il avait certainement passé son temps à travailler et à roucouler avec sa maîtresse. Était-ce toujours la même ? Celle qui m'appelait parfois dans la journée, une respiration muette au bout du fil. À Gérard, je n'avais pas fait de remarques, je l'avais laissé vivre en parallèle. Je n'étais pas à la hauteur de cet homme.

— Sophie, tu as eu raison de garder la tête haute face à Louis Keller car c'est la meilleure façon de te faire respecter.

— Mais ?

— Si tu résistes à son autorité, il va te sanctionner.

— Il ne me fait plus peur.

— Encore quelques semaines à tenir et l'année prochaine, grâce à cette première expérience, tu pourras décrocher un contrat dans une bonne maison d'édition.

— J'en suis venue à le haïr.

— Nous devons trouver le soutien d'une personne extérieure.

Nos pensées s'orientèrent naturellement vers Félix, son ami libraire, dont nous avions tant apprécié la gentillesse l'année passée, quand nous tenions ce café communautaire. Le libraire venait nous rendre visite le mardi après-midi, au moment de la semaine où il avait peu de clients. Nous avions partagé des conversations palpitantes, Félix et Denise avaient échangé sur leurs auteurs préférés et moi, j'avais bu leurs paroles, tellement heureuse de découvrir les auteurs québécois et comprendre son métier de libraire, l'organisation quotidienne de son activité, la gestion complexe de ses rayonnages, les retours d'invendus, la relation avec les auteurs dont l'organisation des séances de dédicaces, auxquelles nous étions invitées.

Félix me faisait penser à mon amie Lili, libraire, en France, près de mon ancien lieu de vie. C'est elle qui m'avait initiée à la littérature en me conseillant des romans adaptés à mon niveau, celui d'une mauvaise élève en français, réfractaire aux textes longs, aux descriptions interminables avec une seule action toutes les cinquante pages, souvenirs douloureux des lectures imposées au collège. Félix était aussi doué que Lili pour amener les personnes les plus récalcitrantes à lire, quitte à commencer en douceur, avec une bande dessinée ou un recueil de nouvelles. Mais comment Félix, aussi empathique et jovial, pouvait-il supporter Louis Keller ? Denise entendit ma réflexion intérieure.

— Si les deux hommes s'entendent aussi bien, c'est qu'ils ont des valeurs communes.

— Denise, je n'en suis plus aussi persuadée.

— Pourquoi dis-tu ça ? Toi qui apprécies tant Félix.

— Félix est le seul ami de Louis Keller, donc doit-on continuer à lui faire confiance ?

— Moi, j'ai confiance en Félix.

— Peut-être a-t-il un double visage ?

— Le mieux est d'en parler directement avec lui.

— Pour qu'il en parle ensuite à Louis Keller ?

Je n'étais pas convaincue et surtout, je n'imaginais pas retourner chez l'éditeur, lieu de toutes mes angoisses. Je tremblais à l'idée de franchir sa grille d'entrée, porte de prison aux pointes tranchantes sur lesquelles j'allais m'empaler, d'emprunter l'allée d'hibiscus rouges devenue une tranchée de guerre sanglante, de traverser le parc qui avait perdu ses teintes d'automne pour sombrer dans une grisaille épaisse. Le bureau n'était plus qu'un piège à insectes, avec moi dans le rôle de la petite mouche candide. J'allais être engloutie dans la véranda, devenue une grotte maléfique. Denise, me voyant enfermée dans mes peurs, avait donné son plan d'action.

— Avec Félix, nous devons aborder deux sujets.

— Deux ?

— Le premier est l'édition *Amshi.* Nous devons convaincre Félix de le faire publier par Louis Keller.

— Et si Félix n'aime pas le roman de Guy Audiard ?

— Bien sûr, nous attendrons qu'il l'ait lu.

— Et le deuxième sujet ?

— Je vais expliquer à Félix que tu es la bonne personne pour gérer le contact avec Guy Audiard.

— Avec quel argument ?

— Louis Keller ferait fuir n'importe quel auteur.

Denise comprit que je restais sceptique. Quel poids aurait le libraire sur son ami éditeur ? Depuis septembre, Louis Keller n'avait fait que ressasser son chiffre d'affaires, celui de Noël qui allait être déterminant, les marges qui n'étaient plus les mêmes, la belle époque révolue. Son attitude était, envers moi, indécente. Il ne me payait pas, ce que j'avais accepté, et pourtant, il passait son temps à me parler d'argent. Il ne pleurnichait pas, trop orgueilleux, mais il critiquait tout : cette sale période actuelle où les écrans ont pris le pouvoir, les gens qui ne lisent plus, les collaborateurs toujours avides d'augmentation de salaire, les taxes professionnelles à la hausse. Saturée de cette ritournelle, j'avais failli lui répondre qu'il avait beaucoup de chance d'habiter dans une maison immense qui ressemblait à un manoir, sans compter tous les immeubles en centre-ville dont il était propriétaire, qu'il louait à prix d'or et à longueur d'année.

— Sophie, je vais téléphoner à Félix dès ce soir.

— Et moi, je m'occupe de quoi pendant ce temps ?

— Nous allons continuer à lire les manuscrits.

— Sincèrement, je n'en ai plus envie.
— Dans ce cas, tu vas te consacrer à un autre projet.
— Lequel ?
— Tu vas travailler sur la confiance en toi pour retourner demain chez Louis Keller, et dans un état d'esprit positif.
— J'ai encore du chemin à faire.
— Considère cette situation pénible comme une opportunité de grandir. Toute crise est une opportunité.
— Facile à dire. Difficile à mettre en œuvre.
— Prends du recul sur votre relation. Il n'a rien contre toi, mais contre ce que tu représentes : les femmes.
— Oui, c'est clair !
— Enfant, il a été trahi par une femme, sa mère très certainement, et toi, en tant que femme, tu lui renvoies cette trahison.
— J'ai bien compris.
— Réfléchis aussi au lien invisible qui existe entre vous. Tu peux même le visualiser.
— La cinquantaine décroissante ?
— Un lien plus fort.
— Je ne vois pas
— Vos blessures d'enfance.

Le lendemain de ma longue discussion avec Denise, qui m'avait finalement convaincue de poursuivre ma mission de lectrice, j'avais réussi à franchir mes obstacles personnels pour rendre visite à l'éditeur comme d'habitude. Lundi, 17 heures, dans son bureau grand ouvert sur son jardin d'hiver. Le froid de ce dernier jour de novembre n'avait rien changé à la température douce de la véranda. Les oiseaux avaient gardé leur gaieté estivale, les citrons étaient gorgés de jus, d'un jaune lumineux exalté par le violet intense des bougainvilliers et le blanc immaculé du jasmin, sous la caresse sage des oliviers et l'exubérance des bananiers. À l'image de son univers, Louis Keller avait été égal à lui-même, m'écoutant d'un air absent, n'évoquant ni la fontaine ni Venise. Ce jour-là, pas de coup de cœur à lui présenter. C'est le lundi suivant qu'il avait été plus loquace, et passablement énervé par l'information qu'il m'annonçait.

— Nous allons éditer le roman de Guy Audiard.

— *Amshi* ?

— Évidemment. Vous en avez lu d'autres de lui ?

— Non.

— Je vais être franc avec vous : c'est Félix qui y tient. Pas moi.

Le dimanche soir de novembre où j'avais failli tout arrêter, Denise avait téléphoné au libraire pour lui expliquer la situation. Elle savait que le temps était compté. Les fêtes de Noël arrivaient à grands pas, j'étais au bord de la rupture, le roman de Guy Audiard devait être imprimé et diffusé dans les points de vente au plus vite. Le libraire avait été très réactif. Dès le lendemain, il avait parcouru *Amshi*, qu'il avait beaucoup aimé, et il avait rendu visite à son ami éditeur pour lui vanter le potentiel du roman. J'en avais été heureuse et soulagée. Félix, professionnel aguerri, venait de confirmer mon excellente appréciation du livre.

Cette expérience positive me donna confiance, un espoir nouveau pour mon avenir, à la découverte de talents littéraires. Assise au bureau de l'éditeur, je me rendis à l'évidence que nos deux fauteuils étaient à même hauteur, confectionnés dans un velours bordeaux identique. J'étais à égalité avec lui, sereine, pour la première fois.

— Votre ami Félix a raison : *Amshi* est un livre émouvant.

— L'émotion n'a rien à voir avec ma décision.

— Pourtant…

— Les livres sont des produits qu'il faut vendre pour survivre. C'est tout.

— Oui, je sais. Mais…

— Même en littérature, les chiffres sont plus importants que les mots.

— Mais si l'émotion n'est pas au rendez-vous…

— Vous êtes complétement à côté de la réalité.

— Un roman n'est pas une encyclopédie.

— Vous ne vous posez pas les bonnes questions.

— C'est-à-dire ?

— Vous ne pensez qu'à votre émotion.

— …

— Je me moque de votre émotion. La vraie question est de savoir si ce roman plaira aux libraires, pour qu'ils le conseillent ensuite aux lecteurs.

Je lui répondis vertement que je connaissais ces notions de mercatique. L'offre et la demande, le positionnement d'un produit, le seuil de rentabilité. Face à son attitude que je trouvais injuste, j'étais gonflée à bloc. J'eus l'idée de prendre un exemple concret.

— Selon vous, pourquoi un roman devient-il un best-seller ?

— Parce qu'il correspond aux attentes des lecteurs.

— Pourtant, certains manuscrits ont été refusés par de grands éditeurs très compétents, convaincus qu'ils ne correspondaient pas aux attentes des lecteurs.

— Certes.

— Ce sont des petites maisons d'édition qui leur ont donné leur chance, contre toute attente.

— Il ne s'agit que de cas isolés.

— Nous sommes des êtres vivants, monsieur Keller.

— Et alors ?

— Nous sommes faits d'émotions et les romans sont le reflet de notre humanité.

— Parfois.

— Vous, par exemple, vous devriez lire des romans plus souvent.

J'ai gagné ce point, d'un revers de phrase, ce qui irrita Louis Keller, déjà agacé d'avoir suivi les recommandations de son ami libraire. Dans ma satisfaction, je n'avais plus de retenue, je me sentais forte, un mental à toute épreuve. Ce roman, c'était ma découverte. Je pouvais faire basculer le score et remporter le match. Il me renvoya un service bombe.

— Ne vous emballez pas. C'est le chiffre d'affaires qui dira.

— Qui dira quoi ?

— Si votre estimation du potentiel de ce livre est juste.

— Pour le contact avec l'auteur, on fait comment ?

— Je n'ai pas encore décidé.

— Le temps presse…

— C'est à moi d'en juger. Le carton des manuscrits est à l'endroit habituel, dans le couloir.

— Je peux m'occuper de la diffusion.

— À lundi prochain.

— Je peux aussi organiser les séances de dédicaces.

— Vous n'êtes pas très efficace en lecture, donc je crains le pire pour la promotion.

La phrase assassine de Louis Keller m'étrangla. Je ne pouvais rien répondre, les mots restaient bloqués dans ma trachée aride. Ma lecture inefficace ? Tous ces manuscrits lus, sur lesquels Denise et moi avions usé nos yeux pendant de nombreuses nuits, ils ne représentaient donc rien pour lui ? Et toutes nos fiches de lecture rédigées avec une grande précision ?

— Vous m'avez présenté ce manuscrit de Guy Audiard, mais c'est trop peu.

— Nos autres coups de cœur, vous n'en avez pas voulu.

— Nos ?

— …

— Un seul manuscrit retenu après dix semaines de travail, vous n'êtes pas rentable.

— Parce que vous envisagez de me payer pour ce travail ?

— Vous passez trop de temps à lire et à écrire vos fiches de lecture.

— Je fais au mieux.

— Je doute de vos compétences littéraires.

Venise, début du printemps 1536

Quand j'ai vu le petit déplumé quitter l'atelier, son regard angoissé et sa main crispée sur la pièce de monnaie donnée par Carlotta Vinelli, je n'ai pas compris. Le chemin pour se rendre chez le boulanger du *campo*, il le connaît par cœur. Un pont à passer, une *piazzetta* à traverser et il allait trouver l'échoppe près du puits. C'est la Rieuse qui m'a donné toutes ces indications. Elle connaît chaque pavé et recoin du quartier.

Au fait, je ne l'ai pas vue de la journée, ce qui est étonnant pour une pipelette comme elle, qui vient papoter chaque jour à ma fenêtre. Elle m'agace, mais son absence me pèse, même si son attitude est devenue, au fil des semaines, un peu plus narquoise, parfois à la limite du respect. Je pense qu'elle est flattée de me compter parmi ses connaissances. Toute la cité de Venise est probablement informée de notre relation. En même temps, elle me lance de plus en plus de boutades, voire de critiques.

— Vous êtes vraiment pédant !

— Ma chère consœur, je suis un contemporain de Soliman le Magnifique.

— Avec votre langage chic et vos expressions alambiquées, vous me mettez mal à l'aise.

— Vous m'en voyez désolé.

— Pire, vous me donnez l'impression d'être idiote.

Bien entendu, je n'ai rien répondu, mais je pense qu'elle a entendu mes pensées confirmer son propos. Oui, je la trouve parfois aussi grotesque que *la signora* Vinelli, avec son bec fier, ses airs de grande dame, ses odeurs de marée basse, ses connaissances limitées aux cancans du quartier, sa curiosité mal placée, son esprit libre que je jalouse, qui m'enfonce dans ma solitude d'immigré.

— Je suis née ici, moi !

— J'en suis fort aise.

— Depuis mon nid, j'ai une vue imprenable sur la basilique San Marco.

La ville et ses habitants n'ont pas de secret pour elle, tout comme la technique de lancement d'une rumeur, qu'elle maîtrise à la perfection : les secrets et astuces pour propager l'information par ricochet dans le dédale des canaux, la faire résonner dans les entrepôts et glisser comme une gondole sous les ponts les plus bas, balle rebondissant sur les quais engorgés de richesses exotiques et jusqu'aux quartiers rongés par la pauvreté.

Quand elle est vexée, elle me tourne le dos pour décoller dans l'étroitesse de la rue Castelli et me narguer avec ses figures acrobatiques. Vol plané, stationnaire, en piqué, vrille plongeante, boucle renversée, puis virage sur l'aile pour disparaître de ma vue. Je dois avouer que son aisance à se mouvoir dans les airs me sidère. Mais quel mérite quand on est équipé d'un corps guère plus épais que celui d'un pigeon ? De plus, je m'interroge sur l'intérêt d'avoir une telle prestance en vol et d'être aussi peu distinguée au sol, avec ses formulations vulgaires, de très bas niveau, dans des tonalités si aiguës. Allure élégante et gouaille de marchande de poissons. Faudrait pas qu'elle ouvre son bec.

— Gigi, je vous entends médire sur moi.

— Je n'ai rien dit.

— Votre cage est aussi petite que votre esprit, Monsieur le Bariolé.

Quand elle m'appelle ainsi, c'est qu'elle est franchement fâchée. Cette emplumée quelconque, élevée dans les égouts et jamais sortie de sa lagune, devient alors cinglante comme la bora, le vent d'hiver qui souffle ici, venu des lointaines plaines d'Orient. Je sais qu'elle va ensuite enchaîner sur son sujet préféré, celui des couleurs. Une bora qui ressasse.

— Votre susceptibilité est à la hauteur de votre plumage, Monsieur le Perroquet.

— Voilà un compliment qui me touche.

— Cependant, on doit se lasser de telles couleurs vives.

— Le blanc est tellement plus salissant.

— Je suis immaculée, comme la Madone.

— Je doute que la Madone trouve son pain quotidien dans les détritus.

Je ne m'habitue pas à la voir atterrir sur le rebord de ma fenêtre, avec des écailles de hareng au bord du bec. Comment peut-on se négliger autant ? Je me surprends à la maudire. Son manque d'hygiène personnelle porte préjudice à notre grande famille des volatiles, plutôt renommée pour notre dignité en toutes circonstances. Hier, c'était des déchets sur ses pattes, des filaments visqueux, certainement des entrailles de rats, ces épouvantables porteurs de maladies. Après son départ, j'ai été contraint de me laver chaque plume, me frictionner le manteau, passer tout en revue. La peste rôde. Je dois être vigilant. Aucune envie d'avoir le corps envahi de bubons.

— Je suis moins cultivée que vous, mais je suis libre.

— Ma liberté est mon esprit voyageur, chère consœur.

— Et puis, je suis peut-être un oiseau rare dans certaines régions du monde.

— Prenez un bateau pour les Indes et vous aurez la réponse à votre fantasme.

— Assez discutaillé ! Je file.

— Vous avez raison : allez voir vos amies pour nourrir vos commérages. C'est une alimentation aussi vile que les ordures du marché aux poissons.

— C'est toujours mieux que pourrir dans une cage, au fond d'un atelier minable.

Notre relation est ainsi faite : nous sommes contents de nous voir et, au fil de notre conversation, le ton monte et nous nous prenons le bec, trop soulagés d'être enfin débarrassés l'un de l'autre. Mais aujourd'hui, elle n'est pas venue. Ce soir comme chaque soir, la fenêtre est entrouverte pour laisser partir la fumée propagée par la cheminée tuberculeuse. Je me demande si cette fumée ne serait pas néfaste pour la brillance des œuvres et celle de mon plumage. Un coup de vent aspire et referme la fenêtre avec brutalité, ce qui fait surgir la patronne de sa cuisine. « C'est quoi ce bruit ? »

À peine a-t-elle fini de formuler sa phrase que la fenêtre s'ouvre de nouveau, laisse entrer une rafale de vent, qui s'engouffre dans mes ailes, m'arrache un cri de panique, plaque un grand carton à dessin sur le sol.

La signora Vinelli s'affole, les mains au ciel, suppliant Santa Maria di Miracoli de ne rien casser dans sa demeure. Son bon sens de fille de marchand de laine lui donne l'idée concrète de refermer la fenêtre. Elle hurle en apercevant la pluie tombée sur le rebord de la commode, ce meuble d'un bois hideux et sombre sur lequel ma cage est posée. Sous l'accalmie, je relève la tête et, au bout de mon bec, je vois la rue défigurée par une tempête, des paquets de pluie drue giflant les murs des maisons, inondant les pavés. La Rieuse avait dû sentir la tempête et rester à l'abri. Je comprends maintenant pourquoi Gabriele avait eu ce mauvais pressentiment. Ce garçon-là, il n'est pas ordinaire.

— *L'acqua alta ! L'acqua alta !*

À présent, Carlotta Vinelli vocifère comme une truie qu'on va égorger. Elle pousse un braiment contre son âne de mari qui n'est jamais là quand elle a besoin de lui. Elle hurle à la mort telle une louve à la nuit tombée, et pleure des larmes de crocodile dans le regret éternel d'avoir quitté sa ville natale, Vérone, où de pareilles intempéries n'existent pas. Ses sanglots viennent grossir la pluie qui commence à ruisseler sous la porte d'entrée, à envahir l'atelier d'une flaque, puis de deux. Elle change ses souliers plats pour chausser ceux à talons hauts, dont la semelle en bois lui permet d'enjamber les flaques d'eau, puis elle se dirige à l'autre bout de l'atelier, attrape l'œuvre posée sur le grand chevalet, celui qui est à l'abri des regards, que le maestro peint la nuit. L'oisillon de Mazzorbo a l'interdiction formelle de s'en approcher et l'échassier sourd-muet n'y a qu'un accès limité, quand le maître est là et le convie à le rejoindre pour quelques explications.

Ce tableau, je ne l'ai vu que de loin et de dos. C'est un

grand panneau de bois d'environ trois mètres de haut et autant de large. Quand la matrone s'en saisit et se dirige vers la cheminée, j'aperçois enfin l'œuvre, qui me fait face et me bouleverse : en plein milieu de la scène, Jésus est sur la croix, portant une couronne d'épines. Son corps criblé de plaies est sanguinolent, un morceau d'étoffe cache sa nudité, des clous percent ses mains. La crucifixion du Christ.

Je suis abasourdi par l'intensité des personnages. Leurs visages cadavériques et leurs mains torturées, lumineux sur ce fond sombre et sans vie, m'hypnotisent : les mains de Jésus, clouées et déformées par la douleur, celles de Saint Jean-Baptiste, tenant l'agneau, symbole du Christ sacrifié, celles de Marie, suppliantes, avec Jean l'évangéliste à ses côtés, la soutenant, se tordant les mains, impuissant.

Entre les mains épaisses de Carlotta Vinelli, Jésus et sa croix sautent d'une flaque à l'autre, franchissant l'atelier. La matrone mal dégrossie, honorée de la mission soudaine d'avoir à sauver Jésus des eaux, vient de saisir l'escabeau, qu'elle installe près de l'âtre. Elle y monte jusqu'à la dernière marche, pose le grand panneau de bois sur le rebord très haut de la cheminée, là où est remisée la clé de ma cage, et s'enfuit dans la cuisine pour se percher sur la table.

Et moi ? Si l'eau monte jusqu'à ma cage et me submerge, je fais comment ? J'appelle Noé et son arche ? La panique me gagne. Je n'ai jamais vécu *l'acqua alta* car dans le palais de mon précédent patron, nous résidions au second étage, où nous avions nos appartements et notre salle de réception. J'avais entendu le banquier parler de *l'acqua alta* à ce marchand allemand, auquel il louait son entrepôt, au rez-de-chaussée du palais. Il lui avait expliqué que le lieu serait inondé au rythme des fortes marées et des cycles lunaires, parce que les fleuves et les rivières se déversent dans la lagune et le sirocco, vent venu du sud, empêche cette masse d'eau de repartir dans l'Adriatique.

Dans la Sérénissime engorgée, où est Gabriele ? A-t-il réussi à s'abriter ? Au bout de deux heures, l'eau a disparu de l'atelier, repartie à sa source. La matrone au chignon ramolli par l'humidité ambiante est redescendue de la table de la cuisine, a mangé une part de gâteau pour ravaler son angoisse, m'a lamentablement ignoré.

— Ah, te voilà enfin !

Le petit déplumé est dégoulinant jusqu'au cou, le regard ahuri, la voix bredouillante. Il n'a pas de pain et dans la bataille, il a perdu la pièce de monnaie, engloutie dans les flots. Il triture ses mains vides, ferme les yeux et offre son visage à la punition corporelle, qu'il pense mériter, pour une fois. Mais *la signora* Vinelli, encore sous le choc de la montée des eaux, fuit l'atelier en oubliant de le frapper. Aussi vite que ses souliers à hauts talons le lui permettent, elle part retrouver son amie, la grenouille de bénitier du quartier, pour lui raconter ses péripéties, si rares dans sa vie de dinde farcie de vide. Je me dis qu'une grenouille, ça doit être davantage à son aise dans une telle situation de moiteur.

— Gabriele est mouillé.

— Gigi, j'ai eu la peur de ma vie.

— *Acqua alta, acqua alta, acqua alta.*

— L'eau arrivait à toute allure dans le *campo*.

— *Acqua alta, acqua alta, acqua alta.*

— Moi, je ne sais pas nager.

Il se met à me raconter chaque détail, minute après minute, intarissable. Dans son esprit, je vois les images, celles que son cerveau a mémorisées. Notre télépathie me transcende. J'aperçois des flaques partout, les averses venues grossir le courant, les rafales de vent faisant gonfler cette masse sombre, un fleuve déchaîné dans les rues, tourbillonnant sous les porches, emportant tout sur son passage. Des cris de panique, des femmes à la recherche de leurs enfants, le pont sur lequel Gabriele était perché, menaçant d'être submergé.

Il me raconte comment cette eau monstrueuse lui avait rappelé les histoires sordides de Venise, racontées à Mazzorbo les soirs de veillée, à propos des criminels punis et noyés dans le canal, leurs os retrouvés dans les canaux asséchés pendant l'été. Il avait pensé à son père, naufragé au fond de l'Adriatique, fauché par une lame d'écume alors qu'il relevait un filet de pêche. Dans l'esprit de l'apprenti avaient défilé les images importantes de sa vie, comme celles qu'on dit voir avant de mourir : le visage de son père, tel qu'on le lui avait décrit, ses premiers dessins d'enfant, quand il faisait des croquis de la Vierge en copiant les retables de l'église Santa Caterina, le regard indifférent de sa mère qui avait haussé les épaules devant ses esquisses, la gifle de sa grand-mère, indignée qu'il perde son temps à une activité aussi inutile que le dessin, le sourire du *padre* Samuele, qui l'avait encouragé à devenir apprenti peintre, qui avait réussi à convaincre sa mère et sa grand-mère que le petit, il ne serait pas pêcheur comme son père.

Gabriele arrête son récit. À son tour, il voit dans mon esprit, il y déchiffre ma vie intérieure. Il comprend ma terreur vécue devant la montée des eaux. Il sait ce que je vais lui demander : me libérer de ma prison, me sortir de ma cage pour apprendre à voler, pour le jour où je devrai fuir le déluge.

— Gigi veut sortir de la cage.

— Oui, j'ai compris.

— Gigi veut apprendre à voler.

— Si je fais ça, je suis viré.

— Gigi a peur de *l'acqua alta.*

— Je comprends bien, Gigi, mais c'est impossible. Et si tu ne revenais pas dans ta cage ?

Il a raison. Nul n'est à l'abri d'une pulsion de liberté. Je n'ai jamais volé alors, qui sait ? Il peut être envisageable qu'un tel exercice de libération me déclenche une passion et me fasse perdre la raison. Je dois rester convaincant, lui enlever l'image qu'il vient de voir dans mon esprit.

— Gigi et Gabriele sont amis.

— Je sais que tu aimeras voler.

— Gigi et Gabriele ont confiance.

— Je vois aussi qu'un jour, tu n'auras plus envie de retourner dans ta cage.

— Gigi est un gentil perroquet.

— Je ne peux pas.

Je lui tourne le dos, le croupion vexé et dédaigneux. Il m'agace à lire dans mes pensées et, en plus, il ne pense qu'à lui, à sa carrière. Il me déçoit à être aussi vénal que les autres humains. Je maudis mon tempérament ottoman, enflammé. Je n'aurais pas dû m'emballer si vite au sujet de notre télépathie, notre soi-disant communion entre être vivants. En fait, il ne mérite pas mon amitié.

— Gabriele est un con.

Le petit déplumé hausse les épaules, dégoulinantes d'eau boueuse, ce qui donne naissance à un ruisseau grisâtre, en cascade sur sa chemise et son caleçon de chanvre, formant une flaque marron sur le sol encore humide.

— Oui, je suis con.

— Gabriele est nul.

— Con et nul, et tu n'es pas le premier à me le dire.

— Gabriele n'a pas de couilles.

L'apprenti marque un temps d'arrêt. Les couilles, même pour un garçon jeune, c'est un sujet important, à Venise, Mazzorbo ou Constantinople. Son visage s'empourpre.

— Et toi, Gigi, tu es un hypocrite. Tu as fait semblant d'être mon ami pour que j'ouvre ta cage. Un hypocrite qui calcule tout.

Je rentre la tête dans mon cou, mon bec noir enfoui dans les plumes bleues de mon dos, et je fais semblant de m'endormir. L'indifférence est la pire des réponses.

— Qui a mis le panneau là-haut ?

Benito vient d'entrer dans l'atelier, furieux. Il est trempé, débraillé, ses habits sont collés à son squelette d'échassier, ses cheveux noirs, toujours camouflés sous sa calotte de lin, sont désormais plaqués sur son front. Sans attendre la réponse du petit déplumé, il attrape l'escabeau laissé dans un coin, y grimpe pour saisir le grand panneau de bois hissé sur le rebord de la cheminée. Gabriele, servile et muet, lui tient l'escabeau un peu branlant, puis son regard monte les barreaux au rythme des pas de Benito. Il découvre alors le secret du panneau. Devant la scène du

Christ, le visage de Gabriele se fige, interloqué. Il se met à pleurer.

— Tiens-moi l'escabeau, imbécile.

— Je ne peux pas.

— Et arrête de pleurer comme une fille.

Les mains de l'apprenti tremblent sur l'escabeau, ce qui déclenche la colère de Benito.

— Mais tu vas me flanquer par terre !

Benito hurle. Il accède à la dernière marche de l'escabeau. Il tend ses bras le plus loin possible, étire les deux échasses qui lui font office de jambes et gagne ainsi quelques précieux centimètres. Ses mains touchent enfin le bord du panneau, à mi-hauteur, pour parvenir à l'attraper en équilibre. Trois mètres de haut, c'est une toile compliquée à manipuler.

Sans détacher son regard du Christ crucifié, le petit déplumé a réussi à maîtriser son tremblement. Quant à moi, j'ai rouvert les yeux, je me suis tourné vers le spectacle que m'offrent l'élève et l'apprenti, dont je ne perds pas une miette Je traque le regard de Gabriele, qui scrute vers le haut, vers Jésus cloué à sa croix. Je vois qu'il pense à Sainte Catherine et l'Enfant Jésus. Depuis qu'il est entré dans l'église de Mazzorbo, dédiée à cette sainte, dont le retable montre son union mystique avec le Christ, il lui voue une adoration. Il avait six ans. Le *padre* Samuele lui avait parlé de cette martyre, sa naissance à Alexandrie, sa grande instruction, sa vocation religieuse. Gabriele avait compris que son destin serait guidé par cette figure pieuse, ce modèle de vie exemplaire.

Les yeux de l'apprenti quittent le souvenir du visage éclairé de Sainte Catherine pour revenir vers l'élève, qui redescend de l'escabeau très lentement, le grand tableau entre les mains. Gabriele semble fixer un endroit précis, au niveau de la taille de Benito. Sa bouche s'ouvre en grand, ébahie. Le petit déplumé vient de faire une nouvelle trouvaille, qui semble presque aussi incroyable que la crucifixion. Il doit absolument y voir de plus près.

Moi, j'ai une envie folle de leur demander de prendre la clé de ma cage, la petite clé dorée posée sur le rebord de la cheminée. Pour s'approcher de Benito, pour vérifier ce qu'il a crû apercevoir, Gabriele ose monter jusqu'à la deuxième marche de l'escabeau où il marque un temps d'arrêt.

Sur le pantalon de l'élève, en toile de lin beige clair, à la hauteur de ses fesses, il y a une tache écarlate, rouge comme le sang.

Louis attendait le lundi soir avec impatience. Entre deux séances à l'atelier d'écriture, et malgré la remarque cinglante d'Émilie au sujet de son récit trop descriptif, il continuait à passer le plus clair de son temps à fouiller les archives de l'histoire vénitienne, à choisir chaque mot, à ciseler les phrases. Archéologue, historien, joaillier. Il se délectait à l'idée qu'elle allait le lire, apprécier son style littéraire et l'énergie investie dans cet exercice.

Au fil des semaines, il s'était surpris à comparer les deux femmes qu'il rencontrait chaque lundi. Cette Sophie horripilante, peu sûre d'elle au début de leur collaboration, complétement inculte et hors-sujet en permanence, et qui, désormais, lui tenait tête en se prenant pour une directrice de collection littéraire. Émilie était diamétralement opposée : de la finesse d'esprit, une grande culture générale, une féminité discrète à laquelle Louis était de plus en plus sensible. Était-il tombé amoureux d'elle ? Serait-elle celle qu'il attendait depuis si longtemps ? *Je fais souvent ce rêve étrange et pénétrant, d'une femme inconnue et que j'aime et qui m'aime. (…) Son regard est pareil au regard des statues, et, pour sa voix, lointaine, et calme, et grave, elle a l'inflexion des voix chères qui se sont tues.* Ce lundi soir, dans la petite salle de la maison de quartier, Émilie venait de parcourir son texte à voix haute.

— Benito est donc une fille ?

— Oui.

— Une fille qui a menti depuis le début ?
— À tous.
— Benito, c'est qui dans votre vie ?
— Personne.
— Une sœur ?
— Je suis fils unique.
— Une cousine ?
— Jamais connu ma famille, en dehors de ma mère et ma grand-mère.
— Une collaboratrice ?

Louis pensa à la Française, son allure masculine, sa maigreur cachée dans des vêtements amples et noirs, des cheveux coupés courts, pas un soupçon de maquillage, aucun bijou. Une seule fois, il l'avait vue habillée différemment : c'était au printemps, quand il lui avait rendu visite dans son café, celui situé en face de la librairie de Félix. Il était venu s'excuser.

Quelques mois auparavant, il avait été odieux avec elle, après avoir lu le manuscrit qu'elle avait écrit, intitulé *Louise*. Il avait été tétanisé d'y reconnaître la description de sa propre famille à lui, le périple de son grand-père engagé comme aviateur durant la seconde guerre mondiale en Europe, mort à la guerre, laissant sa femme veuve, la grand-mère de Louis, avec leur petite fille tout juste née, Karen. Sophie lui avait répondu que cette écriture avait été automatique pour elle, qu'elle y avait passé ses nuits pendant plusieurs mois, à écrire cette histoire à laquelle elle ne comprenait rien. Louise, jeune femme française et juive, réfugiée en Normandie dans une ferme pour fuir le nazisme, et Jack, aviateur canadien, échoué près de cette ferme, qui serait décédé de ses blessures suite à son accident d'avion si Louise ne l'avait recueilli et soigné. Le plus impressionnant pour l'éditeur avait été d'y découvrir ses origines familiales, le détail de la vie conjugale de son grand-père, des précisions que Louis ne connaissait pas lui-même, confirmées par sa mère. Sophie s'était défendue d'avoir fait des recherches, sur sa famille à lui ou sur une autre famille, lui indiquant que la Normandie était un endroit inconnu pour elle, où elle n'avait jamais mis les pieds de sa vie, et que le thème de la Résistance lui était tout autant étranger.

C'est Félix qui avait aidé Louis à digérer son émotion, lui expliquant que Sophie avait certainement vécu un phénomène pas si rare, celui de l'écriture automatique. Quand la main d'une personne est guidée pour rédiger un texte, un message qui arrive d'une mémoire ancienne, à travers le temps et les frontières, des souvenirs qui aident à comprendre le moment présent, à le dénouer parfois.

— Félix, si ce n'était pas toi, je hurlerais de rire.

— Ces phénomènes existent alors, on a deux possibilités.

— Lesquelles ?

— Soit on les ignore, car ils nous dérangent.

— Ce qui est mon cas.

— Soit on y prête attention, en acceptant qu'on ne puisse pas tout expliquer.

— Le lâcher-prise, tu sais bien que ce n'est pas mon point fort.

Louis avait emprunté à Félix un ouvrage nouvellement paru, rédigé par un neuroscientifique américain de grand renom, qui y décrivait le résultat de ses recherches sur les états modifiés de conscience. Il donnait l'analyse des phénomènes vécus par le cerveau, à partir des résultats d'électroencéphalogrammes des patients observés dans ces états de transes, de méditation, de rêves.

— Louis, souviens-toi que de grandes inventions humaines ont été trouvées de cette façon.

— Albert Einstein et sa théorie de la relativité ?

— Par exemple. Sophie, quand elle a rédigé son manuscrit, elle s'est probablement connectée, sans le vouloir, à une mémoire ancienne.

— Dans quel but ?

— L'histoire de Louise et Jack devait être retranscrite pour apporter un message.

— Cinquante ans après, quel intérêt ?

— Si on ne comprend pas l'intérêt tout de suite, on le comprend plus tard.

— Et un message pour qui ?

— Pour ceux qui ont écrit l'histoire, et pour ceux qui l'ont lue.

Au printemps dernier, quand il lui avait présenté ses excuses, il l'avait vue autrement. Dans ce café, la Française semblait heureuse d'avoir ses amis autour d'elle, elle était souriante, comme soulagée d'un poids, celui d'avoir enfin terminé l'écriture de ce roman dérangeant. Elle avait une allure féminine, habillée d'une petite robe noire ajustée, et portait des boucles d'oreille en forme de plumes.

Depuis leur collaboration en septembre, elle avait repris son uniforme informe, androgyne, un peu à la manière de Benito. Comme l'élève peintre, elle était fuyante, insaisissable. La question d'Émilie était donc pertinente, perturbante même. Mais que venait faire cette Sophie dans l'histoire de Gabriele ? Quel message se trouvait autour de ce personnage double, menteur et muet ? Elle était déjà de trop dans la vie de Louis. La question d'Émilie le sortit de sa réflexion:

— Louis, je vous demande de créer du positif dans votre texte.

— J'ai introduit le personnage de Bartolomeo.

— En effet. Qui vous a inspiré ce personnage ?

— Mon meilleur ami, qui est libraire.

— C'est bien, mais ce n'est pas suffisant. Benito doit devenir une amie pour Gabriele.

— Pourquoi ?

— Pour deux raisons, et la première est pour ne pas plomber votre lecteur.

— Et la seconde ?

— Pour vous aider à sortir de votre état d'esprit sombre.

— Moi, sombre ?

— Arrêtez de mettre de la trahison partout.

— Vous n'imaginez pas ce que j'ai enduré.

— Notre pire ennemi, c'est nous-même.

— Pas toujours.

— Votre création littéraire est l'occasion de donner une nouvelle coloration à votre vie.

— Les mésaventures de Gabriele ne vont pas changer mon histoire personnelle.

— Le passé est terminé, vous ne pourrez rien y changer. Mais vous pouvez agir sur le présent et l'avenir.

— Facile à dire quand tout va bien.

— Notre pensée crée notre réalité.

— Encore une idée à la mode.

— Ce sont les scientifiques qui l'affirment, monsieur le cartésien.

Louis aimait le style direct de la jeune femme. Il s'amusait à observer le vert de ses yeux, qui changeait de tonalité au fil de ses humeurs. Vert franc quand elle voulait l'intimider, vert malachite pour imposer sa souveraineté de professeur, le vert d'une pomme pas mûre pour ses remarques acidulées, vert amande pour l'amadouer, vert tilleul pour le détendre et l'amener à modifier ses personnages, vert olive pour signaler une coquille dans son texte, vert menthe au moment de lui serrer sa main toujours fraîche et tonique, vert émeraude à l'occasion d'une périphrase poétique, vert bleuté à la fin du cours, déjà partie sous d'autres cieux, et surtout, vert Véronèse, quand elle racontait Venise.

Elle savait prendre le pouvoir et, en même temps, ses cheveux bouclés, une auréole d'un blond vénitien autour de son visage mince, parlaient de sa douceur, de sa féminité. C'est une femme comme elle, de feu et de glace, un œil expert et une fine plume, qu'il lui fallait pour développer son activité littéraire.

— Émilie, j'ai une proposition à vous faire.

— Je vous écoute.

— Comme vous le savez, je vais déployer une nouvelle gamme de publications au sein de ma maison d'édition.

— Des romans ?

— Oui, et dans cet objectif, j'ai créé un poste de lectrice.

— Pour lire les manuscrits et choisir ceux qui méritent d'être publiés ?

— Précisément. Il s'agit davantage d'un travail de directrice de collection.

— Je comprends.

— Sauf que la personne à qui j'ai confié cette fonction n'est pas du tout à la hauteur.

— Et ?

— Accepteriez-vous cette mission ?

Émilie écarquilla ses yeux, devenus verts foncés, nuageux, dans les profondeurs de son étonnement. Du vert bouteille jeté à la mer. Sa voix perdit de sa limpidité, un peu brouillée, comme l'eau kaki du Grand Canal par temps d'orage. Louis restait muet, en suspens, hésitant à répéter sa question. Elle reprit ses esprits, son regard s'adoucit jusqu'à l'opaline, son visage s'apaisa, le front lisse de la lagune par temps calme, et elle remercia Louis de son offre, en la déclinant. Elle ne pouvait pas y répondre positivement, faute de temps.

— Émilie, prenez le temps d'y réfléchir.

— C'est juste impossible pour moi.

— C'est une mission à temps partiel, pour commencer.

— Je suis très occupée avec mes cours.

— Je vous laisserai toute latitude. Vous choisirez vos jours et vos horaires de travail.

— J'ai déjà trop peu de temps libre.

— Pour votre rémunération, votre prix sera le mien.

— Moi aussi, j'aimerais trouver le temps d'écrire.

Le regard d'Émilie quitta celui de Louis pour errer vers le plafond. Elle se leva, effaça le tableau blanc, remit de l'ordre dans les feutres posés sur le rebord du tableau.

Dans une démarche raide, elle revint s'asseoir près de son élève.

— Louis, je vais être directe avec vous.

— J'apprécie votre franchise.

— Même si j'avais du temps libre, je ne travaillerais pas avec vous.

— Pour quelle raison ?

— Parce que je n'en ai pas envie.

— …

— Désolée.

— C'est une bonne raison. Je peux savoir pourquoi ?

— Parce que vous détruisez toutes les femmes qui s'approchent de vous.

La trahison. Le mot arriva à l'esprit de Louis. Cette jeune femme venait de le trahir. Elle lui avait donné tous les signes d'un grand intérêt pour lui, de nombreuses discussions partagées autour de son projet de publication de romans, de leur passion commune pour la Renaissance italienne, de l'histoire de Gabriele. Il avait été un élève assidu et obéissant, ponctuel à chaque cours, qu'il lui payait à l'avance. Et la mission qu'il venait de lui proposer, cette mission en or, elle venait de la repousser d'un air presque hautain.

Elle se prenait pour qui ? Elle n'était donc qu'un modèle légèrement amélioré de toutes ces femmes qu'il avait croisées dans sa vie. Juste une couche de vernis en plus, qui s'écaille un peu moins vite. Sûre d'elle, professionnelle, attentionnée, et puis, changement complet de visage. Le masque tombe, fin du carnaval. Louis pensa à la trahison de Benito, qu'il venait d'écrire. Ce passage était-il prémonitoire ? Il en était troublé.

Face à la jeune femme, calme et froide, assise et muette, il resta inerte, décontenancé, puis un sursaut de colère le mit en marche. Il repartit de la salle de cours en claquant la porte, la gifle de l'illusion perdue.

Cette femme n'était pas celle qu'il attendait. Comme Verlaine, il était maudit.

Ce jeudi matin, après une nuit courte, à lire trois manuscrits et à dormir peu, mon téléphone sonna. J'ai pensé à Denise, qui ne m'appelait que très rarement en semaine, entre nos rendez-vous du dimanche matin. Pourvu qu'il ne lui soit rien arrivé. À l'approche de l'hiver, je la trouvais affaiblie, terrassée par une toux sèche, et tout ce travail de lecture que je lui imposais, dont je me sentais coupable. Notre projet l'avait fait vieillir d'un coup.

— Sophie, c'est Louis Keller.

— …

— Vous m'entendez ?

— Oui.

— Je vous demande de contacter Félix au plus vite.

— Moi ?

— Vous l'assisterez pour faire la promotion de Guy Audiard.

L'éditeur raccrocha sans me saluer. J'avais souhaité une bonne journée à un combiné devenu silencieux. Denise, surexcitée au téléphone, me conseilla de joindre Félix, qui attendait mon appel.

Le libraire m'expliqua qu'*Amshi* était en phase d'impression. Trois mille exemplaires, de quoi fournir toutes les librairies québécoises pour la période de Noël. Il l'avait relu et corrigé, puis soumis à Guy Audiard pour accord, qui, dans la foulée, avait signé son contrat reçu par mail.

Pour la promotion, nous devions l'organiser au plus vite avec l'auteur. Le rendez-vous fut pris dès le lundi suivant, à 16 heures, le seul créneau disponible pour Guy Audiard. Félix a prévenu Louis Keller de mon absence à notre traditionnelle rencontre du lundi après-midi, qui lui répondit que j'étais dispensée de la lecture des manuscrits jusqu'à nouvel ordre, afin de me consacrer entièrement au lancement du roman de Guy Audiard.

J'étais ravie d'être ainsi libérée de mon obligation de lectrice. Ce lundi de décembre était le premier jour d'une nouvelle existence pour moi. En simultané, j'allais vivre deux grands bonheurs : la rencontre avec l'auteur d'*Amshi* et la non rencontre avec l'éditeur d'*Amshi*.

— Monsieur Audiard, Sophie et moi sommes très heureux de vous accueillir.

— Je vous remercie... je suis très ému !

— Allons nous installer dans mon bureau.

Le rendez-vous avec Guy Audiard se déroula dans la librairie de Félix, au centre-ville de Trois-Rivières. Avant d'y pénétrer, j'ai jeté un regard vers le café d'en face, celui que j'avais tenu avec Denise durant l'année passée, à partir du mois de septembre, et que nous avions quitté en juin parce que les propriétaires étaient revenus vivre ici. La devanture était différente. Notre pancarte n'était plus là.

Le lieu ressemblait davantage à un salon de thé chic. Une bouffée de nostalgie m'envahit. L'année dernière, ma fille Jess était à mes côtés, mal dans sa peau, le plus souvent cachée derrière le comptoir pour fuir le contact. Mes amis étudiants, des adultes égarés dans leur vie comme je l'étais en arrivant de France, étaient venus me rendre visite à plusieurs reprises. Ensemble, nous parlions de notre année à l'université, nos intervenants à la personnalité hors du commun, nos cours peu ordinaires, notre chemin parcouru depuis. J'avais le souvenir lointain de certains clients agréables, de nos habitués, des groupes parfois bruyants, des personnes exigeantes, voulant être servies avant les autres, et ma rencontre avec l'éditeur. À l'opposé de son ami libraire, il avait été glacial, indifférent puis, en plein hiver, à la lecture de mon manuscrit, il avait explosé de colère contre moi. Désormais, je me sentais loin de cet endroit, de cette période de ma vie, pourtant récente.

Assis face à Guy Audiard, avec son habituel enthousiasme chaleureux, Félix fit les présentations, m'attribuant le titre élogieux de directrice de collection de la maison d'édition Louis Keller, et il mena la discussion.

— Guy, nous allons organiser ensemble la promotion de votre roman.

— Vous pouvez compter sur ma présence à chaque instant.

— Sophie vous accompagnera partout, à votre disposition durant toute cette période.

— J'en suis très heureux.

L'auteur me sourit. Il était agréable, la voix posée, le visage ouvert, lumineux. Un bel homme. Le charme du quinquagénaire aux tempes grisonnantes, le regard brun et enveloppant, la poignée de main sincère, la silhouette mince. Un homme simple, mais pas ordinaire.

— Pour nous, libraires, Noël est une période importante.

— Je me rendrai disponible autant que nécessaire.

— Quelles sont vos disponibilités pour la fin d'année ?

— Je suis assez libre à cette période.

— Le soir-même du Réveillon de Noël, nous pouvons organiser une belle séance de dédicaces.

— Je m'adapterai à votre calendrier.

— Et pareil au réveillon du Nouvel An.

— Ça me va. Je suis divorcé, ma fille unique vit en Europe et mes amis sont peu nombreux.

Vers 19 heures, nous terminions de planifier les séances de dédicaces dans les plus importants points de vente québécois, ainsi que les rendez-vous avec les principaux médias. Je me rendis alors chez Louis Keller pour lui présenter notre campagne de promotion d'*Amshi*. Félix ne pouvait pas m'accompagner, étant en réunion avec des confrères ce soir-là. Je savais que l'éditeur m'attendait puisque Félix lui avait téléphoné devant moi pour lui annoncer ma venue, mais je me sentais mal à l'aise. Je n'étais jamais allée chez lui en soirée.

Je me suis cognée à la grille, devenue invisible dans le noir de la nuit tombée. L'allée d'hibiscus était méconnaissable, chaque arbuste me tournant le dos sur mon passage, toutes feuilles repliées. Les arbres, déjà assoupis, m'ignorèrent. J'étais une étrangère dans le parc d'un manoir hanté. Malgré mon coup de sonnette répété, Louis Keller ne vint pas m'accueillir. J'ai osé pénétrer dans le couloir sans y être invitée.

— Chère Sophie, entrez donc !

— Monsieur Keller, je ne vais pas vous déranger longtemps.

— Vous ne me dérangez pas.

— Je ne fais que passer.

— Vous boirez bien un verre à ma santé ?

Louis Keller parlait fort, un sourire béat sur le visage, affalé sur son fauteuil en velours bordeaux, les jambes tendues et croisées, les pieds posés sur son bureau. Les semelles de ses chaussures en cuir noir touchaient le rebord du sous-main en cuir vert anglais, jonché de feuilles en pagaille, qui semblaient être des factures, des relevés bancaires, des courriers officiels. Dans la main droite, il tenait un verre de whisky à moitié plein. De l'autre, il faisait danser une bouteille presque vide. Un marin qui trinque seul, dans un roulis alcoolisé. Le jardin d'hiver était dans la pénombre. Les plantes et les oiseaux dormaient. Je ne me suis pas assise, avec l'idée de repartir aussi vite que possible.

— Je trinque à la santé d'Émilie la traîtresse.

— Voici le détail de notre campagne de promotion.

— Émilie n'est pas si jolie.

— Attention à votre verre, monsieur Keller.

— Émilie va m'attendre toute la soirée.

— Il va se renverser sur votre bureau.

— Bien fait pour elle !

Au-dessus du sous-main, la main droite de Louis Keller était flottante, navigante, son verre transformé en gondole agitée au vent du soir. Le clapot du whisky le fit rire aux éclats. Les feuilles de papier, des paquets d'écume sur l'eau verte du canal en cuir, voguaient dans les yeux de l'éditeur. J'étais bouleversée par la situation, impuissante.

— Je n'ai pas prévenu, mais je rentre quand même !

Je vivais une pièce de théâtre de plus en plus burlesque. L'éditeur, enivré, n'avait plus aucune retenue et sa mère venait de faire son apparition sur scène, avec des airs d'actrice grandiloquente, toute habillée de noir avec chapeau Panama assorti, les mains encombrées de nombreux paquets aux marques des magasins à la mode. La vue de sa mère déchaîna un nouveau fou-rire chez l'éditeur. Je n'avais qu'une envie, fuir. Mais une main de fer me retint dans mon élan vers le couloir, celle de Karen Keller.

— Vous, vous restez là.

— Je suis désolée, mais je dois rentrer chez moi.

— Vous me servirez de témoin, si besoin. Et toi, je te prends encore en flagrant délit d'alcoolisme.

— Mère, voulez-vous trinquer à ma santé ?

— Cesse ton spectacle ridicule.

— Un petit verre, juste pour vous décoincer.

Le rire de l'éditeur se transforma peu à peu en sarcasme. Il venait de poser son verre et sa bouteille sur les feuilles de papier. Je savais que ma place était ailleurs, mais Karen Keller me barrait la voie de secours. Elle se tenait près de moi, mon bras pris dans l'étau de sa main grande et fine. Je sentais son parfum élégant. Louis Keller se releva de son fauteuil, trouva un peu d'équilibre en se tenant debout, appuyé à son bureau. Sa voix avait forci. Il fit le tour de son bureau, toujours en appui, les yeux dilatés. Au milieu du bureau, Karen Keller ne s'était pas reculée. Sa main compressait un peu plus mon bras. J'étais une petite fille obligée de regarder un vaudeville qui allait devenir un film d'horreur.

— Tu es complètement ivre.

— La faute à qui ?

— Ton alcoolisme mondain, tous les journaux en ont parlé.

— Vous m'avez détruit.

— Mon pauvre Noé, tu es pitoyable.

Je ne comprenais rien à leur dialogue, qui avait davantage l'allure de deux monologues entrechoqués. L'alcoolisme mondain de l'éditeur, je l'avais lu dans quelques articles, qui évoquaient son attitude virulente durant des soirées, des inaugurations. Sous l'emprise de l'alcool, il injuriait les critiques littéraires qui avaient descendu en flèche une de ses parutions, ou bien il dénonçait les complots médiatiques, ces salauds de journalistes, tous solidaires pour boycotter ses nouvelles publications. Mais pourquoi Karen Keller venait-elle, encore une fois, de l'appeler Noé ? Noé et son arche ? Ou peut-être son deuxième prénom ? Cette femme me tenait si près d'elle que mes pensées avaient résonné dans sa tête. Elle répondit à ma question.

— Noé, le grand sauveur des oiseaux ! Et qui s'est noyé dans l'alcool.

Sa phrase provoqua un électrochoc dans le regard de l'éditeur, une énergie électrique se diffusa dans son corps, qui n'était plus vacillant mais agressif, bondissant sur Karen Keller. Un guépard bionique. J'étais tétanisée. Je vis ses mains puissantes d'homme sur son cou mince de femme. Le prédateur et sa proie. Leurs visages blafards, fantomatiques, leurs regards fous. Karen Keller le menaça :

— Lâche-moi immédiatement ou…

— Ou quoi ?

— Je te déshérite.

— Votre argent, il me dégoûte.

— Tu n'as donc pas de cœur ?
— C'est vous qui parlez de sentiments ?
— Toi qui m'as abandonnée quand j'étais malade.
— J'ai beaucoup travaillé pour m'en sortir.
— Toutes tes années de silence alors que j'étais faible.
— Loin de vous, je suis devenu fort.
— Tout ce luxe indécent que tu étalais, tes orgies avec des femmes aux airs de putes, tes vacances dorées, pendant que moi, j'étais seule et abandonnée.

Karen Keller pleurait et hurlait sa souffrance. L'éditeur restait imperturbable, les mains en étau autour de son cou. Cet homme allait étrangler sa mère, sous mes yeux.

— Arrêtez !

Mon hurlement stoppa net l'élan de Louis Keller, qui desserra le cou de sa mère, qui, elle-même, relâcha mon bras. Le couloir me sembla loin, la porte d'entrée n'avait jamais été aussi lourde, mes enjambées étaient si petites. Dans un élan de survie, je me suis retrouvée dans l'allée d'hibiscus, puis dans la rue, hébétée.

— Denise, tu te rends compte ? Louis Keller a failli tuer sa mère !

— C'est terrifiant.

— Je ne m'habitue pas à l'idée.

— Leur relation sent vraiment le règlement de compte familial.

— Je ne veux plus jamais me retrouver seule avec lui.

— Nous devons en parler à Félix.

— Cet homme est dangereux.

— Heureusement que tu es occupée à la promotion d'*Amshi* et que tu n'as plus à y aller le lundi après-midi.

Depuis cette altercation, dix jours s'étaient écoulés, pendant lesquels j'avais été monopolisée par ma nouvelle mission. Le temps était passé très vite, je n'avais pas eu l'occasion de rendre visite à Denise plus tôt afin de lui raconter en détail mon quotidien de directrice de collection, et aussi pour revenir sur cet incident traumatisant.

À son habitude, Denise analysa le comportement de l'éditeur. L'addiction parle d'une blessure d'enfance, un gouffre sans fond, un vide jamais comblé.

— Guy citerait Mère Teresa, elle qui a tant insisté sur l'importance de la paix dans la famille.

— Guy ? Tu l'appelles déjà par son prénom ?

— Oui, et c'est réciproque.

J'avais un air triomphal. L'évocation de l'auteur me fit changer de visage en un seul clic. Depuis notre première rencontre, dans la librairie de Félix, ma relation avec lui avait rapidement évolué. Nous nous téléphonions tous les jours pour nous confirmer une précision d'horaire, valider un moindre détail. Il était attentionné, demandant de mes nouvelles avant tout questionnement professionnel. J'étais sous le charme de cet homme discret et humain, dont le style littéraire m'avait déjà séduite. Denise était ravie pour moi.

— Nous nous sommes tutoyés dès notre première rencontre.

— Ma petite Sophie, tu penses que vous êtes âmes-sœurs ?

— Entre nous, c'est une évidence.

— C'est l'homme que tu attendais ?

— Je ne veux rien imaginer. C'est un peu tôt.

À l'instant précis où je formulais cette phrase, le sourire amusé de Denise nous renvoya à sa prédiction, quelques mois plus tôt. « Je vois un homme parmi des livres. » Guy était bel et bien l'homme de mes rêves. Littéraire, discret, sensible, déconnecté de la matérialité, et un pédagogue passionné, proche des enfants, dans le partage humain. La grande différence entre nous était la confiance. Il était serein, sûr de lui, de son écriture.

— Dans *Amshi*, j'ai donné le meilleur de moi-même.

— Combien de temps y as-tu consacré ?

— Un peu plus de deux ans à rédiger, raturer, reprendre des phrases, trouver des mots plus justes, être sincère dans les sentiments de mes personnages.

— Guy, tu as un vrai talent.

— J'accepte ton compliment, merci. Je souhaite vraiment partager des émotions avec mes lecteurs.

— Des émotions et un questionnement personnel.

— Cet homme d'affaires, je l'ai trouvé attachant dans sa fragilité.

Dès la parution de son roman, Guy a été très sollicité, au-delà de nos prévisions pourtant optimistes. Une séance de dédicaces chaque jour, parfois deux, dans la même ville. Nous avions adapté nos calendriers respectifs. *Amshi* venait de bénéficier d'articles de presse louangeurs. Un premier roman, un auteur qu'on découvre, un romancier québécois, une écriture sensible, un portrait d'homme émouvant, autant d'arguments qui donnaient envie de le lire, de l'offrir pour Noël. C'est lors de nos déplacements, faisant voiture commune, que nous échangions le plus.

À ces occasions, Guy m'avait livré d'autres confidences : le Népal, il n'y avait jamais mis les pieds. Comme beaucoup, le nom de Katmandou l'avait fait rêver, puis l'avait découragé. La plupart des documentaires en montraient le côté sombre. Pour nourrir son inspiration, il avait pensé séjourner dans un monastère tibétain, mais il avait reculé devant le coût, l'éloignement, la nourriture. Il n'était pas un héros et me l'avait avoué avec simplicité.

— J'ai plutôt l'idée de faire une retraite dans un monastère bouddhiste canadien.

— Ce sera un bon début.

— Dans mon prochain roman, je pars pour un autre lieu aussi vaste que passionnant : l'Inde.

— Quelle destination mystique…

— Sophie, si tu veux, je t'emmène avec moi.

Je n'avais pas compris son invitation. J'avais rougi, ce qu'il n'avait pas vu. De son cartable d'instituteur, il venait d'extraire quelques feuilles agrafées ensemble, un texte dont il m'avait lu un passage. Senteurs d'épices, saris au rose fuchsia, temples hindouistes.

— C'est le début de mon second roman.

— Tu l'as déjà bien avancé ?

— J'ai juste écrit ce premier chapitre.

— Merci de cette grande avant-première. J'en suis très honorée.

— Qu'en penses-tu ?

— On retrouve bien ton style littéraire, évocateur et sensible.

— Je te remercie.

— On retrouve aussi Bill, ce qui est très agréable.

— J'ai eu envie de lui faire vivre un second voyage initiatique, un an après le Népal.

Sur ses habitudes d'écriture, Guy avait été aussi généreux d'explications. Il écrivait le soir, après dîner, et jusqu'au lendemain midi. Nuits blanches et thé noir, sieste dans la torpeur de l'après-midi suivant. Pendant les jours sans classe, bien sûr. En semaine, il arrêtait d'écrire à 2 heures du matin précises afin d'être en bonne forme pour assurer sa mission de pédagogue devant ses élèves d'école primaire. Ses petits rituels d'écriture ? Assis à son bureau, face à son ordinateur, dans le silence, un verre d'eau avec du sirop de grenadine, une couverture sur les épaules, des vieilles chaussettes en laine, trouées au bout. J'avais ri.

— Sophie, ça reste entre nous, d'accord ?

— Bien sûr.

— Tu m'avais imaginé avec un grand pull à col roulé, une vieille machine à écrire et des cheveux hirsutes du genre Hemingway ?

— Peut-être.

— Un cendrier plein de mégots et une bouteille de whisky vidée de son contenu ?

— J'aime ta franchise.

— Pour tout te dire, l'odeur de la cigarette me donne la nausée et l'alcool me fait dormir.

Lors des dédicaces, Guy était égal à lui-même : humain, drôle, adepte de l'autodérision, heureux de discuter avec chaque lecteur, en toute humilité. Son grand bonheur était de croiser des élèves avec leurs parents, de voir la surprise et la fierté dans leurs yeux. « C'est mon maître d'école. »

À la fin de nos journées, pendant que je conduisais sur la route du retour, Guy me citait des pensées intimes et des prières de Mère Teresa, dont sa préférée était : *Je suis le crayon de Dieu. Un petit bout de crayon avec lequel il écrit ce qu'il veut.* Il venait de relire des ouvrages de cette femme admirable, qui l'avaient transporté dans la misère humaine des bidonvilles de Calcutta. Il me faisait découvrir des romanciers indiens, avec des extraits pittoresques, évoquant leurs habitudes alimentaires, familiales ou religieuses.

— Sophie, en parlant de romans, as-tu reçu d'autres manuscrits intéressants ces derniers temps ?

— Pas vraiment.

— Sur la quarantaine de manuscrits que tu reçois chaque semaine, il y a bien quelques pépites...

— Pourquoi me poses-tu la question ?

— J'ai hâte de faire partie d'une belle équipe d'auteurs.

— Tu sais, l'édition romanesque, c'est tout nouveau pour nous.

— Oui, et je suis très flatté d'être le premier !

— Tu auras peut-être terminé ton second roman avant qu'il y ait d'autres auteurs publiés.

— Vraiment ? Tu sais, je n'en suis qu'au début. Il ne sera pas prêt avant plusieurs mois, voire une année.

— Oui, bien sûr.

— D'ici là, vous aurez étoffé votre catalogue. En tous les cas, je vous le souhaite…

— Pour être tout à fait sincère avec toi, Guy, je ne m'occupe plus des manuscrits en ce moment.

— C'est monsieur Keller qui s'en charge ?

— Je ne sais pas.

Ma réponse surprit Guy. Pour lui, j'étais la principale collaboratrice de l'éditeur, en partenariat avec Félix, que nous croisions de temps en temps, une fois par semaine, lui-même étant très affairé dans sa librairie en cette période de Noël. Il m'avait accordé sa totale confiance, j'assurais le quotidien de la promotion, je lui téléphonais si besoin. Je n'avais plus de nouvelles de Louis Keller et je n'en demandais pas à Félix. J'étais en immersion totale avec Guy. J'avais aménagé les horaires de mon travail à temps partiel d'aide à domicile, celui qui me finançait mon quotidien.

Dès qu'elle le pouvait, quand la distance était raisonnable et l'endroit accessible par les transports en commun, Denise nous retrouvait sur les lieux de dédicaces. Depuis que nous n'avions plus de manuscrits à lire, nous nous sentions libres. Quand elle arrivait dans la librairie où nous étions de passage, elle venait nous embrasser affectueusement, s'adressant à Guy comme à un fils, et lui, il profitait de chaque instant libre pour échanger avec elle, leur sujet favori étant la spiritualité. Quand Guy était occupé avec un lecteur, elle me faisait un clin d'œil et disparaissait dans le magasin, un papillon rose ou parme, parti à la conquête de jolies fleurs livresques à butiner. Parfois, je la retrouvais dans un rayon, occupée à discuter avec une cliente au sujet d'un auteur et de son style littéraire. J'étais heureuse de sa présence, bienveillante et joyeuse.

Le soir du réveillon de Noël, dans une libraire de Trois-Rivières, elle nous avait rejoints. Son dîner de fête était prêt, nos couverts étaient mis, son cadeau pour moi devait être déjà posé dans mon assiette, mais rien ne pressait. Devant Guy, assis à une table ronde dans le hall de la librairie, la file d'attente était longue. Entre deux signatures, il nous adressait un regard complice.

— Ma petite Sophie, plus je connais Guy et plus je l'apprécie.

— C'est un homme d'une grande bonté.

— Il aime les gens, il prend du temps avec chaque lecteur.

— Les libraires l'adorent.

— J'ai bien envie de l'inviter à dîner ce soir.

— Je crois qu'il est attendu.

Guy la remercia chaleureusement de son invitation, qu'il déclina. Il allait rejoindre sa mère. Denise et moi avions passé notre réveillon à vanter ses qualités humaines et son physique agréable, à pouffer comme deux adolescentes sur mon soi-disant pouvoir de séduction dont venait de me gratifier mon amie, à boire et à manger avec gourmandise, à déballer nos cadeaux avec un émerveillement enfantin, à rire à gorge déployée à chaque chant du coucou, tous les quarts d'heure. La vie, pour nous, était si belle.

La semaine suivante, en prévision du jour de l'An, le rythme a été identique, aussi soutenu. Malgré la fatigue, Guy et moi avons gardé notre bonne humeur et notre enthousiasme, notre patience face à l'énervement de certains clients, trop pressés pour attendre leur tour, notre compréhension pour certains libraires qui n'avaient pas pensé à se réapprovisionner. Je maîtrisais l'organisation, la logistique, portant à Guy toutes mes attentions. Que souhaitait-il pour son déjeuner ? Avait-il envie d'un autre café ou d'une seconde bouteille d'eau ? Avec lui, c'était simple, évident. Pas de caprices liés à son nouveau statut.

Le soir, nous rentrions, la voix cassée par les nombreuses paroles échangées, l'esprit étourdi d'avoir croisé tous ces lecteurs, le tourbillon des prénoms écrits en dédicace, la main de Guy presque douloureuse d'autant de signatures. Nous étions harassés et heureux.

Venise, au fil du printemps 1536

Quand Gabriele redescend de l'escabeau, suivi de Benito qui s'agace de le trouver si près de lui, je vois défiler quelques images dans l'esprit du petit déplumé. Elles me transportent sur une île, certainement Mazzorbo, dans une habitation miséreuse. Cette masure aux volets en piteux état, à la façade recouverte d'une peinture de bateau rouge écaillée, semble se trouver sur une rive, face à un grand panorama maritime.

À l'intérieur, assise sur un banc à la lumière de la fenêtre, il y a une jeune fille, qui doit être la sœur de Gabriele. On dirait l'apprenti, en fille. Son visage est ovale et mince comme une olive, ses cheveux et ses yeux sont bruns, sa bouche entrouverte laisse voir quelques dents déjà pourries. Le dos courbé au-dessus d'un tissu de lin blanc, elle brode. Ses doigts agiles font danser une aiguille, formant de minuscules arabesques transparentes.

Elle est absorbée par son travail et, en même temps, dans la légèreté de son adolescence balbutiante où quelques espoirs sont encore permis, elle pense à une histoire, la légende qu'elle préfère : celle des marins d'ici, ceux qui ont plongé dans la lagune, charmés par le chant des sirènes. Seul un jeune matelot, fidèle à sa fiancée restée sur l'île, résista à l'envoûtement. La reine des sirènes, acceptant sa défaite, fit alors surgir de l'eau un filet d'écume, qui se solidifia pour devenir le voile de la future mariée. Un voile merveilleux de délicatesse qui inspira les femmes de l'île, devenu le point de broderie à la divine légèreté : *il punto in aria.*

La jeune fille rêve de rencontrer un matelot aussi fidèle. Dans cet instant d'égarement, elle se pique le doigt, ce qui déclenche le courroux de la femme près d'elle, sa mère. Cette femme, dont les yeux sont usés par tant d'ouvrages, avait le regard perdu dans l'Adriatique, le corps de son mari naufragé, ses mains de pêcheur, rongées par le sel. La femme est lasse. Son employeur, un notaire avare et avide, use son corps de femme. Les ménages, bien sûr, mais aussi les grossesses. Les bébés qu'il faut ensuite noyer dans le canal de Santo Espiritu, le silence entre les femmes de Mazzorbo, qui jamais ne dénoncent.

Devant la maladresse de sa fille, la femme trouve un peu de force pour la réprimander. Elle lui ordonne de sécher le sang sur son doigt avant qu'il tache son ouvrage. La jeune fille rêveuse obéit puis se lève, ce qui soulève un cri de sa mère, qui réveille la grand-mère endormie sur une chaise usée, dans la pénombre de la pièce. Sur le banc, il y a une grande tache de sang, devenue marron en se mêlant aux teintes du bois. La mère se met à pleurer et elle dit à sa fille : « Te voilà femme ». Sa voix est lourde de fatalité, présage de souffrances, la mort annoncée de l'insouciance.

La grand-mère, courroucée d'avoir été réveillée, lui ordonne de s'approcher. La jeune fille, arrivée près d'elle, reçoit une gifle violente et le mot d'explication : « Tâche de fuir les hommes ». Gabriele vient d'entrer dans la masure. Il aperçoit la marque de sang. Il fait marche arrière, à reculons, et sort de la maison, muet.

— Benito, j'ai quelque chose à te dire.

Benito ne se retourne pas, affairé à replacer le grand panneau de bois sur le chevalet au fond de l'atelier. L'apprenti reformule la même phrase.

— À oser me parler, tu te prends pour qui ?

— Je connais ton secret.

— Je t'interdis de m'adresser la parole.

— Benito ?

— Tais-toi. Tu me déconcentres.

— … ou Benita ?

Gabriele, enhardi, me jette un coup d'œil. Cherche-t-il mon soutien ? Le bec dans mon plumage, je fais le mort. Benito nie l'évidence, se rebiffe, rougit, saigne de plus belle, ressent la tache froide dans le fond de son pantalon, y porte la main, pousse un cri, fond en larmes.

— Benito, je ne dirai rien à *la signora* Vinelli…

— Je suis foutue.

— … à une condition.

— Je savais que tu allais me porter malheur.

— Tu veux connaître ma condition ?

— Dès que tu as franchi la porte, j'ai vu les problèmes arriver.

L'apprenti propose de discuter vite et bien. La nuit tombe, la matrone va bientôt rentrer, *il maestro* aussi. Le petit gars de Mazzorbo donne sa condition : son silence contre l'apprentissage. Il veut apprendre les enduits, la tempera, les glacis. Benito hésite, vérifie que sa chevelure trempée reste bien cachée sous sa calotte de lin, que ses vêtements sèchent et reprennent leur ampleur androgyne. Elle regarde en direction de la fenêtre, comme une envie de fuir, pulsion que je comprends très bien. Son regard m'ignore, elle n'imagine pas un instant que j'entends tout, que je comprends chaque mot.

— C'est d'accord.

— Merci.

— Je file avant que *la signora* Vinelli me voit dans cet état.

— Benito, on commence mon apprentissage demain matin.

— En fait, je m'appelle Warda.

— Warda ?

— En hébraïque, ça veut dire « rose », la couleur rose.

— Hébraïque ?

— Je vis dans le Ghetto.

— Avant de partir, explique-moi une chose.

— Vite !

— Pourquoi t'as menti ?

— Une fille peut faire de la dentelle, pas de la peinture.

Elle est déjà partie. Gabriele me toise avec un air de supériorité, qui m'horripile. Certes, il a pris le dessus sur moi et sur Benito-Warda, ce qui le propulse du rang de petit déplumé à celui, honorifique, d'aigle royal, chef d'atelier, patron de l'échassier sourd-muet devenue une aigrette à pattes roses, et alors ?

— Pour l'enduit, on fait comme ça.

Le lendemain, dès que *la signora* Vinelli est sortie pour retrouver son amie la grenouille de bénitier, Warda se dirige vers la remise, une pièce attenante à l'atelier où sont rangés les fournitures. Elle en extrait une longue planche de peuplier, qui deviendra la prédelle du triptyque, placée sous le tableau principal.

Gabriele est perdu. Le seul retable à trois pans qu'il connaît est celui des noces mystiques de Sainte Catherine, ornement principal de l'église de Mazzorbo. Je jubile devant son désarroi, je pousse un roucoulement de contentement, mais il ne me regarde plus du tout, hypnotisé par la jeune fille. Pour lui, je suis devenu transparent comme un glacis. De rage, j'ai mis la Rieuse au courant de la situation. Benito, une fille ? Et alors ? Pour elle, les Humains se ressemblent tous.

— Warda, tu parles de quel triptyque ?

— Celui commandé par les Cuccini, pour mettre dans leur chapelle.

— Il y a un rapport avec la crucifixion ?

— La crucifixion du Christ, c'est le panneau principal.

— Et les panneaux de côté ?

— Je suis en train de les finaliser avec le maestro. Huile sur tempera. Maintenant, on prépare la prédelle.

Sous le regard éberlué de Gabriele, Warda mélange du plâtre et de la colle animale, obtenue à partir de peaux. Le *gesso* est prêt. Il va pouvoir être étalé sur la planche de peuplier.

— Tu vas y dessiner quoi ?

— La déploration du Christ.

— Quand il est redescendu de la croix ?

— On va le dessiner allongé par terre. C'est l'idéal pour un panneau comme ça, tout en longueur.

Warda râle. L'aigrette, elle a du caractère. Cette planche de peuplier est vraiment inégale, pas facile à uniformiser, malgré le *gesso*. Même en la marouflant avec une fine toile, elle risque de se fissurer et se craqueler au fil des saisons. Dans la remise humide et non chauffée, les planches de bois ne peuvent pas sécher correctement. Au diable l'avarice du maestro et surtout celle de sa femme. Warda ne mâche pas ses mots. Elle explique à l'apprenti que le peuplier pousse vite, qu'il est donc peu cher, mais c'est un bois de qualité très moyenne, trop tendre.

Elle lui montre ensuite les deux panneaux latéraux du triptyque, qui sont posés sur des chevalets. Elle y travaille depuis plusieurs semaines, avec l'aide du Maestro qui y met son empreinte chaque soir. La famille Cuccini a demandé de représenter les deux saints protecteurs de Venise, un sur chaque panneau, glorieux sur leur piédestal de marbre, sur fond sombre : Saint Théodore, terrassant un dragon, et Saint Marc, en présence du lion ailé qui le symbolise. *Il maestro* lui a donné des astuces pour mettre davantage en lumière les visages des saints. Son pinceau virevolte, passe d'un détail à l'autre. Ses mains me fascinent.

— Si tu savais comme j'ai hâte de peindre enfin sur une toile.

— Même pour les grandes œuvres ?

— Les toiles ne sont pas limitées en taille. Plus besoin d'assembler des planches de bois.

— Et sûrement moins lourdes à porter au client.

— Dès que ta toile est sèche, tu l'enlèves de son châssis, tu la roules et tu l'emportes.

— Incroyable ! Mais pourquoi le maestro ne s'en sert pas ?

— Il dit que c'est trop cher. C'est surtout qu'il a du mal à évoluer. Comme pour l'huile.

— Tu aimerais peindre à l'huile ?

— Bien sûr ! La tempera, j'en ai marre. Ça sèche trop vite. Avec la peinture à l'huile, on peut reprendre chaque détail, récupérer une erreur, travailler un motif sur plusieurs jours, mettre de l'épaisseur, de la texture.

— Comme une sculpture ?

— Tu as tout compris. La peinture à l'huile, c'est la liberté.

— Tu m'apprendras ?

— Pour commencer, tu seras mon barbouilleur.

— Je suis prêt.

— Demain, je te montrerai comment on prépare un fond.

Le petit déplumé et moi sommes désormais loin l'un de l'autre, indifférents, et pourtant, je le vois réagir comme moi. Avec la même passion, nous absorbons les paroles de Warda. La précision de ses gestes nous sidère. Le pinceau et le chiffon travaillent de concert, passent d'une main à l'autre, tournoient comme des objets de jonglerie. Les visages prennent vie, les drapés deviennent lourds, les corps se mettent en mouvement. Elle saisit un minuscule bout de bois, une chute de planche de peuplier, qu'elle utilise pour gratter les endroits où la peinture a durci. Ses doigts triturent la matière, lui donnent des formes bizarres, des effets optiques nouveaux.

Nous nous abandonnons aux effets de teinte, au charme des couleurs intenses qu'elle manie avec habilité, les faisant vibrer les unes après les autres : le noir des sarments de vigne brûlés, l'ocre de l'argile, le rouge de la sinopia, le vert azur de la malachite, le bleu outremer du lapis-lazuli, le blanc de plomb en rehauts. Sous le pinceau de la jeune élève, le visage de Saint Théodore s'anime, devient réaliste, s'apprête à parler. Je suis admiratif. Gabriele se met à pleurer, ému par la beauté de ses gestes. Je sais qu'il ressent aussi du découragement. C'est inévitable : le talent de cette jeune aigrette lui montre le long chemin, les nombreuses années de labeur qu'il va devoir parcourir. En est-il capable ? Il doute.

Quand elle a parlé du sfumato de Léonard de Vinci, il n'a pas osé lui demander des explications. Il fait le fier devant moi. Il fait le patron, le hautain, mais il se sait ignare et Warda lui renvoie cette image pitoyable de lui. Elle sait lire et écrire, son grand-père est un érudit, passionné de peinture, qui l'a initiée très tôt au dessin. Il y a trois ans, à son arrivée à l'atelier Vinelli, alors elle avait douze ans comme lui, elle savait déjà faire des portraits et des perspectives, ce qui avait épaté le maestro.

Mais lui, le petit gars pauvre d'une famille de pêcheurs incultes, comment pourra-t-il découvrir ces nouvelles techniques picturales, initiées par des grands artistes de talent, dont il méconnaît les prouesses et même le nom ? La jeune fille ne pourra pas tout lui apprendre. Il réalise que les instants partagés avec elle, en l'absence de la matrone, seront rares. Avec elle, il devra se concentrer sur la technique. Pour sa culture générale, il verra plus tard. Dans son esprit, je vois pointer une lueur d'espoir, une idée : le *padre* Samuele, qui est un homme instruit, pourrait lui apprendre à lire et à écrire. Quand il retournera à Mazzorbo, peut-être à l'Ascension, il lui fera sa demande.

L'apparition de Carlotta Vinelli abrège la réflexion du petit déplumé. L'élève et l'apprenti se remettent dans la situation d'avant, avant *l'acqua alta* de Venise et celle de Warda – des flots rouges et débordants. Gabriele redevient un garçon servile, se prend une gifle magistrale de la matrone mal dégrossie, qui ressort aussitôt parce qu'elle a oublié une part de gâteau à la grappa chez son amie la grenouille de bénitier, ce qui lui donnera l'occasion, pour la troisième fois de la journée, d'aller exprimer quelques repentances à l'église de Santa Maria dei Miracoli. Affairée à la chevelure de Saint Théodore, Warda joue l'indifférence totale. Cette fille est incroyable de sang-froid. Dès que la porte d'entrée claque, ils reprennent leur discussion, avec une complicité qui commence à m'agacer.

— Warda, maintenant je comprends pourquoi tu parles peu, ici.

— Je n'avais pas envie de changer ma voix.

— Nous, à Mazzorbo, on est taiseux.

— Mon grand-père dit qu'il faut autant économiser ses paroles que ses ducats.

— Et ta calotte sur la tête, ça cache bien tes cheveux longs.

— Mon grand-père dit aussi que Venise est la ville de la ruse.

— Pourquoi ?

— On n'y prospère que si on est rusé comme un renard.

Entre deux explications techniques, Warda raconte son projet de se convertir au christianisme, pour partir du Ghetto et devenir un peintre de renom.

— Mais pas question d'accepter une dot.

— Une dot, c'est quoi ?

— De l'argent que l'église te donne pour devenir catholique.

— Tu ne vas pas être triste de quitter ta famille ?

— Depuis que je suis toute petite, j'ai voulu aller voir ailleurs. Mon grand-père me grondait.

— Il avait honte de toi ?

— Pour lui, j'étais la trahison en personne. Mais le jour où il a vu mon premier dessin, il m'a laissée tranquille.

Le projet de conversion religieuse de Warda me fait penser à cette information, entendue chez le banquier. Des femmes musulmanes, capturées pendant les batailles navales, finissent dans les prisons de Venise et peuvent obtenir leur libération à condition de devenir chrétiennes. L'esprit vif et intelligent de la jeune fille me plaît, et me donne un projet nouveau : si je réussis à la séduire, elle pourrait me prendre pour modèle.

Le petit déplumé l'écoute avec intérêt, passe son temps à écarquiller les yeux. Son ignorance m'insupporte, lui qui se croit désormais supérieur à moi, tout ça parce qu'il a osé me refuser l'ouverture de ma cage. Son côté poussin qui sort de l'œuf, le gars jamais sorti de son île, l'élève n'y prête pas attention. Elle travaille en continu et n'arrête plus de parler, des flots de confidences qui déferlent de sa bouche, après avoir été un désert de paroles.

À Gabriele, elle montre une autre réalité humaine, celle des femmes, riches ou pauvres, juives ou catholiques. Si sa famille avait été noble et catholique, elle aurait eu deux destins possibles, aussi inintéressants l'un que l'autre : passer sa vie dans le couvent de San Zaccaria, rempli à ras bord de jeunes filles bien nées et vierges pour l'éternité, ou épouser un homme riche, qu'elle aurait été obligée de partager avec des courtisanes. Si sa famille avait été pauvre, elle serait morte jeune, de la peste par exemple, ou de la vérole. Sinistre fin de vie des prostituées ou des jeunes filles, violées puis embrochées par des hérétiques venus d'ailleurs pour tout piller au nom de leur religion. Finalement, le Ghetto n'est pas si mal.

Nos journées se déroulent ainsi, dans les messes basses de l'élève et de l'apprenti, et moi, je n'existe plus. Impuissant et désespéré, j'assiste à la naissance de leur amitié, nourrie de leur passion commune pour la peinture et leur projet respectif de devenir artiste. Seule la Rieuse me permet une conversation, quelques cancans locaux, des détails sur les périples en ville des deux tourtereaux. Mon plumage se fait terne et rare. Les plumes, que je m'arrache chaque jour, me servent d'unique repas. Grève de la faim.

— Ma chère consœur, vous en avez une tête !

La Rieuse vient d'atterrir à ma fenêtre. Elle a une drôle d'allure et les idées sombres, ou plutôt une tête presque entièrement noire, comme une personne masquée qui se rend au carnaval, mais sans entrain. Je vois bien qu'elle fait la fière, paradant pour garder bonne figure et pour éluder le sujet. Dieu, comment je la trouve laide. J'insiste.

— Pourquoi êtes-vous ainsi affublée d'une calotte noire ?

— C'est que je suis en période nuptiale.

— Vous êtes donc en couple ?

— J'y travaille, Monsieur le Perroquet.

— Mon dieu, c'est…

— Oui ?

— Tout ce noir sur vous, c'est lugubre.

Devant mon air horrifié, elle prend la mouche et me répond vertement.

— Pendant que vous serez coincé ici, à mariner dans votre solitude, je serai avec mes amis.

— Comme une grande fête ?
— On sera plus de mille, soit environ cinq cents couples.
— Quelle assemblée !
— On mangera et on dormira tous ensemble.
— Ma chère consœur, à quel endroit s'organisent vos festivités ?
— Sur un îlot, entre Burano et Mazzorbo.
— Chez le petit déplumé ?
— L'église Santa Caterina, je la connais bien.
— Et vos œufs ?
— Deux belles olives, grosses et bien vertes.

Le sujet de mon accouplement me revient ainsi en pleine tête. Bien sûr, je rêve de faire la connaissance d'une jeune femelle à mon goût, une intellectuelle gourmande de sexe. Du neurone et du croupion. Seulement, comment la rencontrer ? Moi, le prisonnier sans permission de sortie, je suis condamné au célibat et à la masturbation sur mon barreau central.

— Vous parlez de fête mais vous semblez contrariée.
— Non...
— À moi, vous pouvez tout dire.
— C'est une confidence un peu délicate.
— Je ne la répéterai à personne, puisque je ne parle à personne, en dehors de vous.

Ma remarque fait basculer notre relation, qui s'apaise, pour la première fois. La Rieuse n'essaie plus de me dominer. Nous sommes à égalité, sur le même perchoir d'une cage, la prison de nos émotions d'oiseaux. D'instinct, elle sent que mon esprit habile lui sera utile pour analyser la situation dans laquelle elle se trouve, dont elle aimerait sortir avec dignité. Ma congénère se met à nu devant moi.

— Je viens de me prendre le bec avec ma meilleure amie.

— Pour quel motif ?

— Dans notre colonie, nous convoitons le même mâle.

— Je vois. Une histoire sexuelle.

— Ce n'est pas si simple.

— Vous devez choisir entre ce mâle et votre amie ?

— Comment avez-vous deviné ?

— Je suis désolé de vous annoncer que cette situation est d'une grande banalité.

— Si je fais un œuf avec lui, je perds ma meilleure amie.

— Vous êtes, toutes les deux, tombées amoureuses du même homme.

— Moi qui pensais que ça n'arrivait qu'aux autres filles.

— Permettez-moi d'ajouter que la situation est également d'une grande cohérence.

— C'est-à-dire ?

— Votre amie est forcément proche de vous, de vos valeurs, de vos goûts.

— En effet.

— Il est donc naturel que vous ayez les mêmes attirances sexuelles.

Sous son masque de plumes ténébreuses, la Rieuse ouvre les yeux en grand, deux billes en verre de Murano, le bec béant sous l'effet de surprise. Une lueur d'admiration dans son regard, de la paillette d'or dans une paire de perles rondes et noires, flatte mon ego. Dans d'autres circonstances, dans une incarnation humaine par exemple, j'aurais été invité dans les soirées mondaines pour la puissance de mes analyses. Tapis rouge pour penseur émérite.

— Vous me conseillez quoi ?

— Ma chère consœur, plusieurs possibilités s'offrent à vous.

— Oui ?

— Vous avez de quoi noter ?

— Ce n'est vraiment pas le moment de faire de l'humour.

— Dans une petite tête de mouette, on n'entrepose pas beaucoup d'informations.

— S'il vous plaît, pas de sarcasmes. Je suis à bout.

— La première possibilité qui me vient à l'esprit est d'en parler à votre amie.

— C'est fait ! Mais elle ne veut pas lâcher le morceau.

— Je peux éventuellement vous servir de médiateur.

— Vous feriez ça pour moi ?

— Je le ferais au nom de notre amitié.

— Sauf que pour la médiation, ça va être compliqué.

— Pour quelle raison ?

— Vous êtes bloqué ici.

— Vous m'amenez votre amant et on discute.

— Et mon amie aussi ?

— Il est vrai que ça va faire du monde sur le rebord de ma fenêtre…

Je lui confirme que je suis prêt à tout. Avec sa tête charbonnée, elle me fait pitié. S'être autant maquillée avec une couleur qui n'en est pas une, et tous ses efforts de plumage pour s'apercevoir que son amant couche avec sa meilleure amie.

Quelques jours plus tard, j'apprends que le don Juan a refusé de négocier et de trancher car choisir, c'est renoncer. « Je vous désire autant l'une que l'autre », avait-il répondu. Comme tout mâle qui se respecte, il vivait son rêve d'avoir deux femelles pour lui seul, dans le même nid si possible, mais les donzelles avaient refusé. La Rieuse fait une moue de dégoût.

— Vous auriez fait l'amour avec deux femelles dans le même nid ?

— Moi, je n'ai de coït qu'avec mon barreau central.

— Et pourquoi pas un harem, pendant qu'il y est ?

— Le harem est une pratique ottomane, que je connais bien.

— Sauf que nous ne sommes pas à Constantinople.

— Votre amant est vénitien ?

— Pur sang.

— Alors, dites-lui que le harem comporte des inconvénients majeurs.

— L'argent ?

— Notamment. Financer une seule femme représente déjà un gros budget mensuel. Donc, quand il faut en nourrir, habiller et divertir plusieurs, c'est une fortune.

— Sans parler de tous les gosses.

— En effet.

— Et quoi d'autre ?

— Il lui faudra un grand espace pour loger sa colonie de femmes.

— Monsieur le Perroquet, j'adore votre esprit pragmatique.

— Sans compter les tracasseries quotidiennes d'avoir à gérer les jalousies entre la favorite du moment, celle qui l'a été, celle qui aimerait l'être.

— Un vrai poulailler, ce harem !

La Rieuse, rassasiée d'arguments, me remercie chaleureusement, s'apprête à prendre son envol, hésite, se retourne vers moi. Mes nombreux conseils méritent bien quelques bribes d'informations, en cadeau.

— Hier, les deux tourtereaux sont allés au Ghetto.

— L'aigrette a présenté le petit déplumé à ses parents ?

— Vous allez un peu vite en besogne.

— On dit que le Ghetto est fermé le soir.

— La petite, elle a déjà dormi dans la rue, sous un porche à l'abri de la brume de mer. Tout ça parce qu'elle avait trop de travail ici et que les portes étaient déjà refermées le soir.

— Bien fait !

— Moi, je la trouve bien courageuse.

Je hausse les épaules, une pointe de jalousie fait rosir mon plumage bleu, je demande davantage de détails. J'apprends qu'ils ont marché jusqu'à l'Arsenal où le petit gars de Mazzorbo ambitionnait de retrouver sa mère. Dans leur dédale, ils ont rencontré des rats dans des recoins malfamés, des rues bordées de taudis, de la puanteur et de la boue, des bouges où les ouvriers s'enivrent de *teriaca*, des entrepôts immenses, et que des réponses négatives. « Fabiola Girardini ? connais pas. » Tout ça pour se voir refuser l'entrée à l'Arsenal, les visites étant interdites.

Devant la déception de Gabriele, Warda a proposé une nouvelle destination : l'officine de l'imprimeur. Ils y ont trouvé Bartolomeo, tel qu'il était lors de sa première visite à l'atelier Vinelli : élégant dans ses habits, chaleureux dans ses paroles, heureux de vivre. Comme l'élève préférait ne pas parler, toujours prudente pour éviter d'être démasquée, c'est l'apprenti qui a engagé la conversation.

— Monsieur Bartolomeo, nous ne faisons que passer.

— Jeunes amis, soyez les bienvenus.

— Nous n'allons pas vous embêter longtemps.

— Sensa va être ravi de faire votre connaissance.

Dans l'atelier typographique, un apprenti de l'âge de Gabriele leur a montré le dernier ouvrage édité : un recueil de poésie byzantine. La prochaine fabrication, encore sous presse, serait une pièce de théâtre. Bartolomeo était radieux, avec Sensa paisiblement lové dans ses bras.

— Parfois, nous imprimons de la littérature plus savante.

— Quoi, par exemple ?

— Des traités de mathématiques ou de médecine.

— Ah…

— Depuis la chute de Constantinople, de nombreux érudits grecs se sont refugiés chez nous avec leurs manuscrits.

La Rieuse, elle a tout vu depuis la fenêtre de l'imprimerie, stupéfaite de l'aplomb du petit déplumé, de ses innombrables questions à Bartolomeo. L'apprenti était ébloui par les livres, surtout cette édition d'un poème d'Hésiode, imprimée sur peau de vélin, ornée de lettres initiales et de frontispices peints en or par des miniaturistes.

— Gabriele, ton coup de crayon pourrait nous être très utile, ici.

— Ce serait un grand honneur pour moi.

— À Venise, un livre a été imprimé à partir de gravures sur bois, d'après des dessins de Raphaël.

— Le *padre* Samuele m'a surtout entraîné aux portraits.

— Fais-moi une esquisse.

Sensa a été désigné d'office comme modèle. L'imprimeur a mis à la disposition de l'apprenti le matériel nécessaire. Au premier abord, Gabriele a semblé surpris par la douceur du papier et la légèreté du fusain, puis sa main s'est déliée, libérant son impulsion. Le croquis a pris un mouvement agile, reproduisant le corps effilé et tendu de l'animal, celui du chat paré à sauter sur un rat, les muscles en suspens. La Rieuse, elle n'entre pas dans les détails mais je vois bien qu'elle a trouvé le portrait de Sensa très réussi, tout comme Bartolomeo.

— Gabriele, tu es talentueux. Tu pourrais travailler pour moi.

— C'est vrai ?

— J'ai besoin de dessinateurs habiles pour illustrer les livres que j'édite.

— Ça me plairait.

— Tu pourrais travailler aussi pour d'autres artisans.

— Des artisans ?

— Des fabricants de vitraux, de mosaïques et de sculptures.

— Je n'y avais pas pensé.

— Continue ton apprentissage chez Jacopo. Mais si tu as envie de changer de métier, reviens me voir.

L'apprenti et l'élève sont repartis, avec l'intention de passer par le Rialto sur le chemin du retour. Le petit déplumé était joyeux et volubile, sautillant d'une patte sur l'autre. L'aigrette l'écoutait en souriant. Sortir de son île, de son Ghetto ou de son atelier, c'est toujours intéressant.

— Ma chère consœur, pourquoi cette idée de passer par le Rialto ?

— La petite, elle voulait acheter des poires confites.

— Je reconnais bien l'éternelle litanie des femmes.

— Oui ?

— Acheter des fruits confits, palper des savons parfumés, caresser des tissus chatoyants, se gorger des senteurs de jasmin, de rose musquée et de lavande.

— Imaginez-vous que c'est au Rialto qu'ils ont vu la mère de Gabriele !

— Elle n'était donc pas à l'Arsenal ?

— Elle sortait d'une grande bâtisse élégante.

— Du genre château avec des tourelles ?

— À peu près. Des femmes joliment vêtues entraient et sortaient de l'endroit.

— Probablement un magasin de tissus pour dames du grand monde.

— Moi, je me suis dit qu'elle devait y vendre ses dentelles.

— En effet.

— Le petit, il était heureux.

— Et sa mère, elle a réagi comment ?

— Elle était très étonnée de le croiser à cet endroit. Elle ne lui a même pas demandé de ses nouvelles.

— Vraiment ?

— Elle a filé à l'Arsenal en disant qu'elle y avait beaucoup de travail, des cordages à terminer avant la dernière sonnerie de la cloche de Marangona, celle qui annonce la fin de la journée de travail.

Quelques jours avant Noël, Louis retrouva Émilie dans la classe de la maison de quartier. La jeune femme était égale à elle-même, le regard direct, vert pomme, et la poignée de main tonique, vert menthe.

Elle ne fit aucune allusion à l'absence de son élève le lundi précédent. Comme il ne l'avait pas prévenue, elle était restée seule dans la salle de cours. Finalement, cette plage de temps libre l'avait arrangée. De son cartable, elle avait sorti son cahier de brouillon aux lignes bien tracées, son bloc de dessin, sa trousse de bonne élève, sa boîte de fusains. Elle avait retroussé les manches de son pull, rassemblé ses cheveux bouclés dans un chignon souple et elle avait commencé à écrire le scénario de son prochain roman pour enfants, avec quelques premières esquisses.

Elle savait tenir une classe d'adolescents, gérer les émotions d'un groupe aux hormones rebelles, elle commençait à imposer son style graphique dans le magazine mensuel féminin où elle publiait une courte bande dessinée pour parler de l'actualité, elle savait refuser les avances de son collègue au lycée et de certains pères d'élèves. Alors, cet homme macho et égocentrique, elle n'en avait pas peur.

Elle n'évoqua pas la colère qu'il avait eue, quand elle avait décliné sa proposition de collaborer avec lui. Directrice de collection ? Même si l'éditeur avait eu une personnalité plus agréable, elle n'aurait pas accepté. Son rêve à elle, c'est devenir auteur à temps plein, vivre de sa création. En dehors de ses cours, qui finançaient son quotidien, elle gardait jalousement son temps libre pour nourrir son projet. Elle écouta Louis lire son épisode, forcément plus long que les fois d'avant. Il avait eu davantage de temps pour y travailler.

— Ainsi, vous avez transformé Benito en Warda.

— Et Warda est devenue l'amie de Gabriele, comme vous m'avez imposé de le faire.

— Louis, je ne vous ai rien imposé.

— Je n'ai pas vraiment eu le choix.

— J'ai seulement suggéré que Gabriele ne reste pas seul et désespéré.

— Du coup, j'ai fait réapparaître Bartolomeo.

— C'est très bien.

— Gabriele a donc deux personnes bienveillantes autour de lui.

— D'ailleurs, l'imprimeur pourrait être un mentor pour lui.

— Lui ou le père Samuele. Je vais y réfléchir.

— Mais l'histoire de sa mère, c'est quoi ?

— Vous verrez bien.

— Louis, arrêtez avec vos trahisons féminines.

Louis ne répondit pas, mais il était déterminé à ne plus suivre les conseils d'Émilie. Descendu de son nuage amoureux, il n'avait plus à lui plaire, il n'allait plus obéir à ses ordres, bien présentés, jolis rubans et emballage cadeau, pour avoir l'air de conseils. La traîtresse, elle savait y faire, avec son visage d'ange et son regard enchanteur. Une sorcière déguisée en fée. C'est pour mieux te manger, mon enfant.

Sorti de sa phase de séduction, Louis redevenait un petit garçon effronté, dans le refus de l'autorité des adultes et des enseignants. Après tout, c'était lui l'auteur, et il ferait désormais seul ses arbitrages. S'il était revenu à l'atelier d'écriture, en ravalant sa colère et sa profonde désillusion, c'est parce qu'il avait besoin d'elle, comme un garde-fou dans cette aventure de création littéraire qui l'obsédait de plus en plus. Il avait peur d'avancer dans l'histoire de Gabriele et, en même temps, elle l'aimantait. Elle hantait ses jours et ses nuits.

Près de son lit, sur son chevet, il avait des carnets de notes recouverts de mots, de bouts de phrase, qu'il se hâtait de relire le matin et de retranscrire avant que sa mémoire les efface. Chaque nuit le faisait s'engouffrer dans un dédale sombre et périlleux de sa vie. Le matin, il se retrouvait en haut d'un pont, attiré par l'eau en-dessous, avec la pulsion de replonger dans cette histoire pour en suivre le courant, qui allait l'emporter loin, au gré de souvenirs intimes où seul il irait, qui pourraient l'engloutir. Il savait qu'Émilie, de son regard froid et technique, l'empêcherait de sombrer dans la folie.

— Finalement, avez-vous trouvé quelqu'un pour lire tous les manuscrits ?

— Personne.

— Il ne vous reste qu'une solution…

— Laquelle ?

— Faites-le vous-même.

— Je n'en ai pas la moindre envie.

— C'est pourtant l'avenir de votre maison d'édition.

— Je ne peux pas perdre mon temps à lire.

— Pourquoi ?

— J'ai tant de choses à écrire.

Émilie eut un sourire intérieur. Elle comprenait si bien cet état d'agacement, la frustration de n'avoir jamais assez de temps pour écrire, devoir consacrer une énergie précieuse à d'autres activités, nécessaires pour la survie économique, si futiles pour l'âme.

La question des manuscrits fit ressurgir Sophie dans l'esprit de Louis. La veille, il l'avait aperçue dans une librairie de Québec. Il était passé, histoire de voir comment se déroulait la promotion de ce premier roman de sa nouvelle collection. La Française était plantée derrière une colonne de romans, telle une tige maigrelette sans feuillage autour, à sourire bêtement aux lecteurs venus faire dédicacer *Amshi*, à minauder devant l'auteur, comme une femelle en chaleur.

Il avait été surpris d'avoir eu cette comparaison si triviale. Dans sa petite robe noire ajustée, elle ne ressemblait pas à la liseuse androgyne, ce qui l'avait agacé, puis angoissé. Cette femme allait lui porter malheur. Et si elle se mettait à raconter la scène violente entre sa mère et lui ? Pour moins que ça, il avait eu des déboires avec des anciens collaborateurs, qui avaient diffusé des rumeurs sur les réseaux sociaux. Déstabilisé, énervé, il n'était pas allé se présenter à Guy Audiard, qu'il n'avait toujours pas rencontré. De toute façon, il n'aimait pas son livre. Sans Félix, le manuscrit aurait été mis à la poubelle.

Il avait choisi de repartir de la librairie, incognito. Mais, à hauteur des caisses, une femme âgée, petite silhouette un peu bossue, habillée en violet de la tête au pied, l'avait interpellé.

— Monsieur Keller, je suis fan de vos encyclopédies.

— Je ne vois pas de quoi vous parlez.

— Grâce à vous, j'ai beaucoup appris sur les fleurs.

— Merci, mais je suis pressé.

— Et je vous félicite pour votre nouvelle activité littéraire.

— Bonne soirée.

— *Amshi* est un véritable succès. Excellent choix !

Il avait salué la vieille dame en violet et était sorti rapidement de la librairie, inquiet d'avoir été vu, reconnu, et un peu flatté aussi par ce compliment inattendu. À part Félix, personne ne le lui en faisait. Les encensements des journalistes étaient lointains dans sa mémoire. Les boniments de ses ex-épouses avaient été vite oubliés.

Il ne se rendit pas compte que la main d'Émilie, impérieuse et péremptoire, était tendue vers lui pour le saluer et lui souhaiter un joyeux Noël. Il haussa les épaules, en bougonnant, ce qui fit rire la jeune femme.

— Émilie, vous vous moquez de moi.

— Un peu.

— Pourquoi ?

— Quel que soit le sujet, vous êtes négatif.

— La vie est difficile.

— Vous ressemblez à un ours jamais content, toujours en manque de miel.

— Noël est une période que je déteste, comme tous les moments en famille.

Elle s'excusa. Elle eut une pensée pour sa famille à elle, qui allait se retrouver autour d'un repas festif et joyeux. Ils seraient tous là, venus de loin pour certains, heureux de partager cet instant précieux pour tous, d'apporter un cadeau choisi pour chacun.

Elle se souvint des confidences d'une amie enseignante, pour laquelle les repas familiaux étaient une corvée, un moment où ressurgissaient les jalousies, les non-dits, les intolérances. Elle pensa à cette autre amie, devenue veuve la veille de Noël, son mari décédé à l'âge de quarante-deux ans d'un arrêt cardiaque, leurs deux jeunes enfants orphelins d'un coup, pour qui cette fête était devenue indécente.

— Louis, je vous souhaite une belle écriture.

— Merci, et à l'année prochaine.

— Vous savez que nous avons bientôt terminé.

— Bientôt ?

— Disons qu'il nous reste une à deux séances, au maximum.

— Vous en avez marre de moi, c'est ça ?

Émilie lui répondit qu'ils avaient fait le tour de leurs possibilités, l'un avec l'autre. Elle lui avait apporté le maximum de conseils, d'éclairages. Elle ne pouvait plus rien pour lui et elle ne faisait pas de clientélisme.

Son ton sec, militaire, qui n'appelait aucune remarque, laissa Louis pensif. Il eut l'impression de s'entendre, quand il menait son ancienne équipe. Était-elle aussi cinglante avec tous ses élèves ? À son contact, la jeune femme avait-elle évolué vers davantage de rigidité ? Lui-même, avait-il subi l'influence de sa mère ? S'il avait eu une mère douce et attentionnée, serait-il un autre homme ? Louis rentra chez lui.

Dans son jardin d'hiver, les feuilles de bananiers n'avaient pas de stupides guirlandes scintillantes, pas de décoration factice qui n'aurait jamais égalé le bleu intense de ses orchidées et le jaune lumineux des citrons. Ses oiseaux étaient assoupis. Pour eux, Noël n'existait pas. Il s'assit dans son canapé, bercé par la mélodie des violons de Vivaldi et la lumière douce de son lustre de Murano, et il s'y endormit.

— C'est moi !

Le lendemain matin, alors qu'il dormait profondément, allongé sur son canapé, sa mère surgit comme une diablesse. Excitée par tous les achats qu'elle allait faire, par ces cadeaux qu'elle allait offrir à ses amies du bridge, par sa suffisance de femme aisée. Elle avait mis un temps fou à choisir ses vêtements, les plus rutilants parce qu'à Noël, tout doit briller. Elle avait opté pour cet ensemble de circonstance, pantalon noir et veste rouge cintrée. Noir élégance et rouge Père Noël.

— Mon pauvre Louis, tu es dans un état pitoyable.

— Laissez-moi tranquille.

— Tu es un alcoolique et un raté.

— Et aussi votre fils.

— Tu me fais honte.

— …

— Tu m'as toujours fait honte.

Ce matin-là, Karen Keller cherchait le conflit. Comme souvent. Peut-être avait-elle été ainsi depuis sa naissance. Au fil de son écriture, la mémoire de Louis s'était précisée, des souvenirs où apparaissait sa grand-mère Alice, une femme grande et mince, autoritaire mais juste. Elle priait beaucoup, elle parlait peu. Elle ne se plaignait jamais de sa vie austère, devenue veuve à l'âge de trente ans quand son mari avait été porté disparu en France, pendant la seconde guerre mondiale. Ensemble, ils s'étaient engagés, lui dans l'aviation et elle, en tant qu'infirmière, tous deux embarqués pour l'Angleterre, lieu stratégique pour libérer la France de l'envahisseur allemand.

Sa grand-mère était revenue d'Europe, seule rescapée du couple. Elle avait repris sa petite fille, Karen, née un peu avant la guerre, qu'elle avait élevée seule. Elle ne s'était pas remariée, endossant une vie quasi monastique, dans sa grande maison sur les bords de la baie de Fundy, à Saint-John, dans le Nouveau-Brunswick. Louis se souvient davantage de sa grand-mère que de sa mère, à cette époque de son enfance. « Ta mère est malade de la tête », lui avait dit le docteur, venu à leur domicile pour ausculter le petit Louis, fiévreux, qui avait eu l'esprit assez clair pour lui poser la question. En général, le docteur venait pour sa mère.

Quand Louis interrogeait sa grand-mère sur ce sujet, elle se taisait. Il n'y avait pas d'autre famille autour de lui, enfant élevé dans le huis clos des deux femmes. À l'école, il entendait les ricanements des autres, des mots méchants qu'il se forçait à oublier. À la maison, il n'y avait aucune distraction, aucun bruit. La Bible avait été son unique ouverture sur le monde, jusqu'à sa rencontre avec Félix, âgé de onze ans comme lui. Au départ, Louis avait été très méfiant de ce garçon, le premier à être gentil avec lui. Félix lui avait montré des livres d'aventures, avec des personnages forts et fragiles.

— Ils sont fragiles comme ma mère.

— Comment ça ?

— Elle dort tout le temps.
— Tu ne la vois jamais ?
— Si, parfois elle se réveille et elle me crie dessus.
— Parce que tu as fait une bêtise ?
— Non, pour rien.
— Elle te fait des câlins quand même ?
— Non.
— Vous faites des jeux ensemble ?
— Elle me met dans la baignoire et elle m'appuie sur la tête.

Félix avait découvert la réalité d'une autre famille que la sienne, bienveillante et attentionnée, à l'opposé de celle de son copain Louis, qui était davantage peiné par ses oiseaux que par son propre sort. Félix, qui n'y connaissait rien aux animaux, avait été épaté par le don de son nouvel ami à soigner les oiseaux blessés. Une atèle fabriquée avec une brindille trouvée dans le jardin, équipée d'un fil de coton volé dans la boîte à couture de sa grand-mère, bien attachée autour d'une patte cassée, ou simplement du repos pour un oiseau à l'aile chancelante.

— Tu as du chagrin pour tes oiseaux parce qu'ils ont mal ?
— C'est surtout que ma mère les noie dans le puits du jardin.
— Mais pourquoi ?
— Ma mère, elle veut noyer tout ce qu'elle voit.
— Tout ?
— Tout ce qui est plus petit qu'elle.

Au contact de Félix, Louis avait compris que sa souffrance était légitime, que les punitions dans l'eau glacée de la baignoire étaient disproportionnées, qu'avoir les mains de sa mère appuyées fort sur sa tête pour le noyer, ce n'était pas normal. Tous les parents n'avaient donc pas des sautes d'humeur comme elle, tour à tour dépressive, euphorique, absente, violente. « C'est peut-être sa façon à elle de t'aimer », avait dit Félix.

— Mère, calmez-vous et partez faire vos achats de Noël.

— Tu n'as pas d'ordre à me donner.

— Je suis fatigué et j'ai besoin de calme.

— Tu me dois une explication.

— Je ne vous dois rien du tout.

— Tu as failli m'étrangler, et devant cette fille !

Ce matin de décembre, un peu avant Noël, Louis se dit que sa mère ne changerait pas. Elle avait toujours été ainsi, à l'agacer, le narguer, le provoquer, l'humilier, le détruire. Bien sûr, elle avait été soignée par de nombreux médecins, elle était souvent partie en cure, elle revenait dans un mutisme total, dans la grande maison silencieuse de Saint-John.

À l'âge de douze ans, Louis était parti à son tour, placé en internat, loin de son ami Félix et de ses oiseaux flottants dans l'eau du puits. Sa mère n'avait jamais supporté sa présence. Leur relation n'avait pas évolué avec les années.

Dans le jardin d'hiver de Louis, le ton était monté, rendant la discussion houleuse, de grosses vagues menaçantes qui risquaient encore de noyer les oiseaux de Louis, captifs dans la volière, impuissants devant ce coup de vent violent, avis de tempête.

— Vous étrangler ? J'en serais capable… Vous avez bien failli me noyer.

— Tu m'as gâché la vie.

— S'en prendre à un enfant, c'est lâche.
— Tu le méritais.
— Je méritais de mourir ?
— Parce que tu crois que je faisais ça par plaisir ?

Louis se détourna de sa mère, de son visage de femme déformé par la haine, devenu masculin, anguleux, avide. Il eut besoin de faire le point avec lui-même, d'échanger avec ses oiseaux sur ce sujet complexe. Il n'avait jamais associé plaisir et noyade.

Ce qu'il avait gardé dans sa mémoire, un ancrage pour la vie, c'était les mains de sa mère. Elles étaient devenues un étau encerclant son crâne d'enfant, un étau de plomb, le faisant sombrer au fond de la baignoire remplie d'eau glacée. Il revoyait la présence de sa grand-mère, arrivée dans cette salle de bain, il l'avait entendu crier contre sa mère, pour la première fois. Puis son départ à l'internat, son émancipation dès l'âge de seize ans, sa rage de réussir, sa mère revenue vers lui vingt ans après, au décès de sa grand-mère.

— Mère, un enfant ne mérite jamais de mourir.
— Toi, tu devais mourir.
— Pourquoi ?
— Parce que tu n'étais pas un enfant.
— Je ne comprends rien à ce que vous dites.
— Tu n'étais qu'un déchet.

Karen Keller s'effondra sur le canapé. Louis la regarda, sans s'approcher. Il resta debout près de ses orchidées bleues, avec l'envie de se fondre en elles, d'être loin.

Sa mère pleurait en silence. Ses larmes ravinaient ses joues minces, ses bras étaient verrouillés sur sa poitrine bloquée, pliée en deux sur son ventre creux. Il pensa qu'elle allait se vider de son contenu. Pas trop envie qu'elle vomisse sur son canapé en cuir caramel. Il lui proposa un thé à la bergamote. Elle ne lui répondit pas. Une autre voix était sortie d'elle, venue de ses entrailles. La voix d'une jeune fille que la vie vient de crucifier.

— Louis, tu es l'enfant d'un viol.

1536, Venise à l'Ascension

L'Ascension, l'élévation du Christ ressuscité, jour de célébration pour les Chrétiens et pour moi, c'est la descente aux enfers, la mort qui m'ensevelit, ma tombe qui se creuse.

Le soleil de la fin d'après-midi s'infiltre dans l'étroitesse de la calle Castelli, ce qui me rend plus déprimé encore. J'imagine la moitié de l'Europe venue faire son marché à la Sérénissime, l'effervescence commerciale, des animations colorées et bruyantes, la Rieuse forniquant ou en train de couver auprès de ses nombreux amis.

Depuis l'épisode de sa tête noire, en tenue nuptiale, elle n'est pas revenue. Pendant ces semaines interminables, j'ai croupi dans ma cage dorée, fermée à double tour, dans cet atelier déserté. Je hais les jours fériés car ils me plongent dans une profonde solitude, la sensation terrible d'être exclu de la fête.

Aujourd'hui, l'absence de la matrone mal dégrossie me pèse, son caquètement incessant et stérile aurait pu meubler ce silence de plomb, que je déteste plus encore que les messes basses entre le petit déplumé et l'aigrette blanche. Devant leur complicité, je suis dévoré de jalousie. Je n'existe plus pour personne. L'indifférence est une petite mort. Et comme je m'arrache les plumes de désespoir, Carlotta Vinelli m'a menacé, pas plus tard qu'hier, de me revendre à un patron de bistrot :

— Dans une sombre gargote, on ne verra plus ton cul déplumé !

Je me suis imaginé dans un lieu glauque, un bouge chargé de vapeurs de vinasse, d'odeurs répugnantes d'une friture qui aurait achevé de me mettre à nu, les ricanements graveleux des hommes enivrés de *teriaca*, accoudés aux tonneaux vidés de leur soif, leurs sempiternelles histoires d'ouvriers ou de marins, des êtres ordinaires qui se font passer pour des héros, les coups d'œil des femmes, au visage vérolé, avinées et avides de chair d'homme.

Je me suis vu être la risée de tous ces colosses, des criminels remis en liberté pour curer les canaux asséchés de la ville. Leurs corps enfoncés dans le limon jusqu'à la poitrine, noirs comme des diables, bâillonnés d'un chiffon pour ne pas respirer la puanteur, affairés à ramasser la vase à la pelle, à ricaner à chaque os trouvé dans ce limon, déchet de l'humanité. Dans mon cauchemar, certains avaient des accès de fièvre, une éruption de furoncles sur le visage, nous contaminant tous de la peste.

Hier, je n'ai pas daigné répondre à cette poufiasse, pensant à son cul à elle, dodu comme celui d'une dinde engraissée pour un banquet. L'image, qui était sensée me faire sourire et me redonner un peu de joie de vivre, me submergea de nostalgie.

J'ai revécu les dîners somptueux chez mon ancien maître le banquier. Certes, je n'étais pas devenu un attribut de richesse sur les tableaux de maîtres mais, au moins, j'assistais à des soirées parfois érudites, souvent musicales et gastronomiques. J'ai humé le souvenir du poisson grillé et sa sauce aux baies, du lapin aux épices, d'un chapon rôti avec des oranges et de la cannelle, les crèmes à la vanille et les gâteaux au miel, des corbeilles de fruits frais et dorés au soleil de la campagne.

— Je peux aussi te vendre à un ramoneur. Avec tes plumes, on pourrait faire un gros plumeau pour décrasser les cheminées… ou les latrines.

J'ai continué de l'ignorer, digne malgré mon allure déplumée. L'hilarité de *la signora* Vinelli avait grossi comme un torrent sous la pluie, dégoulinant en cascade de sa gorge grasse.

— C'est ça la bonne idée : je vais te revendre au *smerdariol* du quartier.

Cette profession, je la connaissais peu avant d'en avoir quelques précisions par la Rieuse, qui vient à l'instant de faire son apparition dans la lumière du soir naissant. Elle a retrouvé son plumage clair de l'hiver, a perdu un peu de poids, et semble détendue.

Après nos salutations habituelles, elle prête attention à ma question, avant même de parler d'elle. Cet homme qui passe dans la rue Castelli, de jour comme de nuit, équipé d'un lumignon rouge posé sur son grand chapeau ? Oui, elle voit bien. Il est vêtu d'une cape ample, portant deux seaux, placés à chaque extrémité d'un long bâton posé sur ses épaules. Le *smerdariol* serait-il un porteur d'eau ? Devant mon ignorance, ma congénère se gondole de rire.

— Des seaux d'eau ? Mon pauvre Bariolé, mais ce sont des seaux de merde.

— De merde ?

— De merde et de pisse. Veuillez excuser mon langage cru, mais il s'agit bien de cela.

J'apprends ainsi l'existence de la profession de porteur d'excréments, du bec de la Rieuse qui prend, pour l'occasion, des airs pincés et des emphases aristocratiques. Plus elle évoque la misère humaine, plus son allure prend des hauteurs dans des envolées verbales. Je risque donc d'être le compagnon de route de toilettes ambulantes, sur le barreau central d'un homme à la recherche de dames indisposées par un besoin naturel urgent. Au moins, je pourrais apprendre à voler. En pouffant, la Rieuse me prévient.

— On vous demandera peut-être de tenir le torchon.

— Quel torchon ?

— Celui de la toilette intime. Mais c'est plus cher : 3 sous sans torchon, 5 sous pour le torchon usagé, et le double pour un torchon propre.

— La belle affaire…

— Vous aurez une vue imprenable sur les parties intimes de ces dames !

— Ma chère consœur, je trouve votre humour graveleux.

— Vous serez comme au théâtre : un rideau rouge pour préserver la dignité des comédiennes.

— Et après, le tout est déversé dans les canaux de votre ville si élégante ?

— Vous n'y pensez pas ! Vous irez vendre votre précieuse récolte aux tisserands.

Je pâlis. Le bleu de mon manteau me devient soudain insupportable. Forcément, l'azote de l'urée fixe la couleur bleue. Le jaune de l'urine, le bleu des tisserands. Suis-je donc maudit, voué à une vie de décadence et de railleries ? Devant ma mine décontenancée, la Rieuse se rengorge, bombe le torse et me donne en pâture le menu détail de sa journée écoulée.

— Aujourd'hui, je suis allée voir les Épousailles de notre Doge avec la mer.

— Êtes-vous une admiratrice du Doge ?

— Pour moi, il n'est qu'un pantin. Mais je respecte nos traditions et j'étais aux premières loges.

— Pour ma part, je me méfie davantage de ceux du Grand Conseil.

— Ces hommes habillés de manteaux noirs, comme une bande de corbeaux ?

— Certes. Pourtant, ce sont eux qui dirigent votre ville.

— Vous semblez bien informé, Monsieur le Perroquet.

— L'un d'eux était un habitué des soirées fastueuses chez mon ancien maître le banquier.

— Des corbeaux de mer, je vous dis. Des cormorans qui n'ont jamais assez de poisson à se mettre dans le bec.

— En effet, cet homme était avide de pouvoir, avec un côté assez fourbe.

— Le cormoran pêche sous l'eau. On n'y voit rien. Il vole toute la nourriture et après, il fait des effets de manche avec ses grandes ailes noires.

J'ai pensé à Noé et à son arche, au cormoran qu'il avait puni d'avoir été sale, lui retirant l'imperméabilité de son plumage et lui attribuant cette épouvantable couleur charbon. Mais ces références, je préfère ne pas les étaler devant la Rieuse, dont l'inculture me désespère. La vision d'un plumage sombre me rappelle au souvenir de sa calotte nuptiale.

— En parlant des Épousailles du Doge… et les vôtres ?

— Les miennes ?

— Comment s'est terminée votre histoire sexuelle ?

— J'ai obligé mon amant à se positionner.

— Je vous en félicite.

— Je n'ai même pas eu à lui déballer vos arguments sur le harem.

— Laquelle de vous deux a-t-il finalement choisi ?

— En fait, il a choisi de ne pas faire d'enfant du tout, ni à mon amie ni à moi.

— Même pas l'instinct de se reproduire… c'est surprenant.

— Il a préféré filer doux avec des oiseaux migrateurs.

— Ma pauvre consœur, vous voilà donc abandonnée.

— Il m'a dit : « Je veux vivre la belle vie et pas m'emmerder avec des gosses. »

— Ce mâle est un égocentrique, un aventurier. Vous auriez été malheureuse avec lui.

— Et j'ai échappé au pire : être une mère célibataire. La honte.

— Je sens en vous une forme de soulagement.

— Je suis heureuse parce que j'ai perdu un amant, mais j'ai retrouvé une amie. Comme avant, on se fait nos virées entre filles, on va draguer sur les pieux, on rêve au prince charmant, et puis…

— Oui ?

— Pour tout vous dire, j'appréhendais de me retrouver bloquée dans un nid, et ne plus pouvoir aller et venir comme bon me semble.

— Je vous comprends tant.

— D'autant que je n'aurais pas eu la liberté de suivre le petit déplumé toute la journée.

La Rieuse est intarissable et je bois son récit. Elle a eu l'idée de pister Gabriele, pressentant qu'il lui donnerait plus d'histoires cocasses à se mettre dans le bec que le Doge, embarqué vers l'île du Lido sur son navire couvert d'or, pour jeter un anneau dans les flots en demandant la protection des marins. Effectivement, le petit gars de Mazzorbo lui avait apporté davantage de croustillant, en prenant, quant à lui, la direction d'une autre île de la lagune : la sienne.

En fin de matinée, il s'était dirigé vers l'Arsenal pour tenter d'y rejoindre sa mère, au cas où elle y serait encore. Ils pourraient prendre le bateau ensemble. Un jour comme la Sensa, dans l'effervescence et le tumulte, il avait espéré pénétrer plus facilement dans cette forteresse, une ville dans la ville, où il avait entendu dire qu'un navire pouvait être assemblé en une journée, entre la première et la dernière sonnerie de la Marangona.

Aux abords des immenses entrepôts, il avait stoppé sa course pour assister à une scène d'une grande violence : sur un pont sans parapet, des hommes se combattaient, entrechoquant la musculature imposante de leurs corps demi-nus. Les coups de poings fusaient, il fallait s'affronter jusqu'à faire tomber la bande rivale dans le canal pour prendre possession du pont. Les ouvriers de l'Arsenal Castelli, sur leur territoire, avaient la foule pour eux. Parmi les plus costauds, il y avait des *pegolotti*, ceux qui calfeutrent les fissures des bateaux. Ils combattaient les pêcheurs de Nicolotti, venus du quartier du Dorsoduro, bien entraînés à garder l'équilibre sur un bateau de pêche, quand il faut rester debout et relever des filets lourds de poissons, sur une mer Adriatique déchaînée.

Gabriele avait imaginé son père au milieu d'eux. Lequel était le plus ressemblant ? Il n'avait aucun souvenir de lui puisqu'il était bébé quand sa mère était devenue veuve, et elle n'avait jamais voulu en parler. Le *padre* Samuele lui avait dit que son père était certainement un homme brun et solidement bâti, courageux, et qu'il pensait à son fils, là où il était désormais arrivé, auprès de Dieu. Chaque coup entre les deux bandes suscitait de nouvelles enchères, des injures et des hurlements de la foule fanatisée par le sang qui dégoulinait des blessures des corps de ces molosses. Quand un marin tombait dans le canal, poussé par les adversaires, l'excitation grondait, délirante sur les pontons, des rugissements s'élevaient, l'argent passait de main en main, le combat devenait plus acharné. Le pont allait être pris par les ouvriers. Le pêcheur, tombé dans le canal, faisait le mort, comme la tradition le veut. La Rieuse est émue.

— Le petit, il était tout bouleversé de voir ça.

— La violence excite les foules et libère la cruauté des Humains.

— Le vin aussi.

— En effet.

— Il y avait des vendeurs ambulants partout, à l'ombre des maisons, pour garder au frais leurs tonneaux de *bacari*.

Hébété, l'apprenti avait repris sa route vers l'Arsenal. On peut mourir pour le travail, pas pour le plaisir de la bagarre. Là, il avait demandé à une femme, dans les mêmes âges que sa mère, si elle pouvait lui indiquer où trouver

Fabiola Girardini. La femme avait hoché la tête, hésité un peu, cherché dans ses souvenirs, et elle avait répondu qu'il aurait plus de chance de la trouver en allant voir du côté du Rio della Sensa, ce qui lui fit remonter la ville vers le nord.

Un autre spectacle l'y attendait, tout aussi dérangeant que celui des hommes : sur des gondoles aux ornements luxueux, avec leurs petits habitacles apparentés à des nids douillets, il aperçut des courtisanes alanguies dans des postures lascives, roucoulant telles des colombes de l'amour. L'une d'elles lui avait adressé un clin d'œil. Sur la joue de la jeune femme, l'apprenti avait aperçu un minuscule morceau de taffetas noir, grain de beauté mettant en valeur la blancheur de sa peau.

Gabriele avait été troublé à la vue de leurs larges décolletés et de leurs cuisses offertes, dans la brillance des soies et des voiles filigranés d'or, des velours chatoyants et des corselets bordés de dentelles, des tourbillons de jupons et des nuages de batiste. Rien à voir avec les femmes riches dont Warda lui avait parlé, se déplaçant sur l'eau dans des barques couvertes ou restées enfermées chez elles, séquestrées par leurs époux. La femme du banquier, elle avait choisi la prison dorée d'une demeure familiale sur les bords du lac de Garde. Au moins, elle avait un beau paysage à contempler, son regard pouvait s'évader aux limites de son imagination, alors que moi, de ma cage dorée, je n'ai aucune perspective, pas d'avenir, mon esprit est cloisonné par les murs de l'atelier.

Hier, j'ai surpris le regard du petit déplumé, abasourdi. Dans le contre-jour de la fenêtre, au travers du lin de la chemise de Warda, il venait d'apercevoir sa poitrine naissante. Les questions s'étaient bousculées dans son esprit de jeune puceau, auquel j'étais resté connecté par curiosité. À quel moment poussent les seins, les poils, les hanches des jeunes filles ? Warda avait-elle du désir pour lui ? Comment fait-on l'amour à une femme ? Entrer dans les pensés d'un être humain qui découvre le désir charnel, c'est très excitant.

Près du Rio della Sensa, le soleil devenu chaud avait sorti Gabriele de sa rêverie : il devait embarquer pour Mazzorbo au plus vite afin d'avoir l'après-midi pour y saluer sa famille et le *padre* Samuele, qu'il comptait bien convaincre de devenir son précepteur.

— Petit, pousse tes fesses.

— Pardon, madame.

Sur le bateau surchargé d'insulaires, profitant du jour férié de la Sensa pour rendre visite à la famille, une femme volumineuse, assise près de Gabriele, se trémoussait. Ses grosses fesses débordaient de sa robe, qui ne portait pas de dentelle, que des empiècements grossiers aux endroits d'usure. Elle sentait la sueur, la graisse et l'urine, les effluves de la pauvreté qui n'avaient échappé à la Rieuse, toujours avide de ces basses réalités.

En passant aux abords de Murano, l'air était calme, de façon inhabituelle. Les souffleries de verre avaient cessé de cracher leurs colonnes de fumée pour célébrer, elles aussi, les Épousailles avec la mer. L'évocation de Murano par la Rieuse m'offre un voyage dans mes souvenirs heureux, quand ce verrier de renom, ami de mon ancien patron le banquier, nous rendait visite et m'émerveillait de ses créations.

À partir de sable, de gravier et de cendre, ses mains délicates transformaient un morceau de verre en majolique décorative ou en cristal d'une grande finesse. Il manipulait des boules chauffées à blanc pour faire naître de son souffle des bulles transparentes, découpant le verre en fusion et lui donner la forme d'animaux ou de fleurs exotiques, graver un prénom sur un verre à vin, en utilisant une pointe de diamant. De simples morceaux de verre prenaient l'apparence de pierres précieuses, identiques à celles qu'aimait offrir mon patron à ses courtisanes, dont il se vantait, pour les unes et les autres, les pierres comme les femmes, de les choisir aussi jolies que bon marché.

La Rieuse prend un air triste, sombre présage pour la suite de son récit. Gabriele avait pénétré dans une masure misérable, le domicile familial.

— Ta mère est à l'Arsenal.

— Elle ne rentre pas pour la Sensa ?

La réponse de la grand-mère de Gabriele avait été de lui tourner la tête, en lui faisant signe de la main de s'éloigner d'elle. Les hommes, elle s'en était toujours méfiée, même ceux de la famille. Du côté de sa sœur, Gabriele avait pensé obtenir plus d'informations, mais la maison était déserte et les alentours aussi. Le *padre* Samuele pourrait lui en dire davantage.

L'apprenti avait franchi le portique d'entrée de l'église, saluant ses gravures de pierre, puis s'agenouillant devant le retable où Sainte Catherine était occupée à se marier avec le Christ. Il avait admiré le marbre finement dentelé et incrusté dans l'autel, son regard avait balayé la nef et son plafond de bois en forme de quille de bateau. Près de la boîte confessionnelle qui sentait la souffrance éternelle, puisque telle est la volonté de Dieu selon Carlotta Vinelli, il avait appelé le prêtre à voix basse. En vain. L'église était vide.

La cloche du campanile venait de sonner 2 heures de l'après-midi lorsqu'une femme voûtée et vêtue de noir, amie de sa mère, fit son apparition.

— *Il padre* Samuele ?

— Oui.

— Tu n'es pas au courant ?

La femme avait eu le regard possédé par la peur et elle avait imploré la miséricorde de Dieu. Sous l'insistance de Gabriele, elle lui avait fait promettre de ne pas répéter ce mot prohibé qu'elle allait prononcer : « sodomite ».

Devant les yeux écarquillés du garçon, elle avait expliqué que le *padre* avait signé un pacte avec le diable, qui l'avait écarté du droit chemin, que son chemin avait sûrement croisé celui d'une *befana*, que cette vieille sorcière de la lagune lui avait lancé le terrible le sort de coucher avec des hommes, ce vice effroyable.

— Je peux le trouver où ?

— Tu ne dois plus jamais approcher *il padre*. Il a le démon en lui.

— Il est en prison, c'est ça ?

Posée sur le pas de la porte de l'église, la Rieuse, n'en était pas revenue. Décidément, ce petit gars de Mazzorbo était un jeune homme à la vie intrépide. Fière d'être toujours là où il faut être, douée pour trouver les emplacements stratégiques et flairer les meilleurs coups, elle arrête son récit, attend mes compliments, que je lui offre pour obtenir la suite.

Gabriele avait repris le bateau, en pensant aux rumeurs qui circulaient sur l'île à propos de ces prisons souterraines, des sortes de puits. Le *padre* devait y être enfermé derrière les barreaux, les pieds dans l'eau arrivée par la grille, assis sur un tréteau, devenu la proie des gros rats de mer, en attendant d'être condamné et pendu entre les deux colonnes de la *piazzetta*, ou décapité, puis brûlé.

Gabriele voyait déjà le spectacle de l'horreur : le corps de Samuele, dépecé après son exécution, mis en quartier, les morceaux exposés aux yeux de tous. Il devait se rendre au plus vite au palais du doge et regarder sur la façade entre les deux colonnes de marbre rouge de Vérone, là où sont inscrites les sentences capitales. Non, il devait d'abord passer à l'atelier et demander à Warda de le suivre parce que, seul, il ne pourrait pas déchiffrer les inscriptions sur la façade.

— Warda n'est pas là ?

La question de Gabriele, elle m'est adressée. Il vient de débouler dans l'atelier, la fenêtre a claqué dans le courant d'air, congédiant d'un coup la Rieuse, envolée sans avoir eu le temps de finir sa phrase. Du coup, je me retrouve face à lui, dans une situation embarrassante.

Cela fait de nombreuses semaines que nous ne nous adressons plus la parole. Tiens, maintenant qu'il a besoin de moi, le voilà de nouveau gentil. C'est terrible comme les Humains sont décevants. Écœuré par son attitude versatile et calculatrice, je lui tourne le dos, mon croupion déplumé s'impose à lui.

Il part dans la cuisine, appelle *la signora* Vinelli. Le néant. Nous sommes en tête-à-tête. Il revient vers moi. Je sais qu'il va m'implorer.

— Je t'ai rapporté ça de mon île.

— Gigi est fâché.

— Tu verras, le sable est fin et les coquillages sentent bon la lagune.

— Gigi ne parle plus à Gabriele.

— J'ai pris aussi un rameau d'olivier pour te faire le bec.

Le petit déplumé ouvre ma cage, avec cette damnée clé, fossilisée dans le rebord de la cheminée depuis tant de mois. Sur le fond de ma cage, il dépose avec délicatesse le sable, les coquillages, le rameau d'olivier, sortis d'un sac de toile. Il apporte une écuelle d'eau et me caresse les plumes de ses doigts mouillés. Il entend ma question, ma méfiance.

— Tous ces cadeaux, c'est pour toi.

— Merci.

— J'ai bien vu que tu étais malheureux.

— Malheureux, Gigi.

— Et maintenant, tu peux t'envoler, mais que dans l'atelier.

J'hallucine. La surprise me coupe les ailes. Je reste le bec clos, mes doigts vissés à mon barreau central. Gabriele approche sa main, me la propose. Je m'y accroche et nous sortons de ma cage, main dans la main.

Pour la première fois de mon existence, je suis dans le vide. Le sol, tout en bas, en-dessous, me tourne la tête. J'ai le vertige. Gabriele me sourit, murmure des mots d'encouragement. Mes ailes sont engourdies, mon esprit bourdonne comme une ruche, je suis désorienté. Il commence à tourner sur lui-même lentement, le bras tendu au bout duquel je suis accroché. Son mouvement crée un vent léger, qui vient gonfler mes ailes et donner une réalité à mon rêve. Décollage imminent.

Le premier vol de ma vie est balourd, avec un atterrissage rustique sur la commode hideuse, près de ma cage. C'est stupide de revenir aussi vite vers sa prison. Ce conditionnement primitif m'agace. Je dois assumer mes origines levantines, montrer mon côté conquérant. Mon second vol me projette jusqu'au rebord de la fenêtre. Je suis rayonnant, fier de moi. Gabriele me complimente. C'est la Rieuse qui serait épatée.

— Tiens, l'apprenti est de retour !

Dans l'entrée, *la signora* Vinelli fait claquer ses semelles de bois sur le sol. Comment sait-elle que Gabriele est de retour ? Nous a-t-elle aperçus par la fenêtre ? M'a-t-elle vu voler ?

À la vitesse d'un éclair, le petit déplumé me remet dans ma cage, verrouille la porte, cache la clé dans sa poche. Elle s'approche de lui, le gifle avec force, se prépare à lui labourer le ventre. Il est étendu sur le sol, de tout son long, comme le Christ descendu de la croix.

Je fulmine. Je dois agir vite, et à très grand bruit. En me voyant, elle pousse un cri strident.

— Quel monstre !

La matrone mal dégrossie est statufiée par la vision d'horreur que je lui offre, qui a la vertu de lui faire oublier l'apprenti. Le spectacle est satanique. Dans un râle de plaisir très évocateur, je me frotte le cloaque contre les barreaux de ma cage, je tourne ma queue dans tous les sens, je prends un air langoureux, j'ouvre mon bec pour montrer ma langue noire et gonflée de désir. J'imite à la perfection les bruitages entendus chez mon ancien patron le banquier, quand il invitait une courtisane à terminer la soirée dans sa chambre nuptiale.

— Cet oiseau est habité par le diable.

Je suis assez fier du résultat. Gabriele est désormais libéré de l'emprise de cette mégère, qui s'enfuit dans sa cuisine pour se mettre à l'abri du péché. Et moi, je me suis procuré du plaisir, sans aucun état d'âme. Quand on est célibataire, il est naturel de s'adonner à cette activité auto-érotique, qui me soulage de mes tensions sexuelles.

« Nous sommes tous malmenés par nos instincts de reproduction et la survie de notre espèce. » C'était l'explication donnée par mon ancien patron au prêtre de sa paroisse. L'homme d'église venait souvent dîner au palais, en privé, et il prenait une gorgée de bon vin à chaque remarque embarrassante du banquier, afin d'éviter d'y répondre. Ainsi, il se concentrait sur le bruit sonnant et trébuchant des ducats de son généreux donateur. Le prêtre profitait également de ce divin breuvage pour y noyer ses pensées interdites et le souvenir de ses récents écarts de conduite. Orateur prédicant à sa chaire devant Dieu, négociateur de pardons en échange de chair féminine.

Carlotta Vinelli fait-elle partie de ces ouailles qui offrent leurs charmes pour mériter l'absolution ? *Il maestro* Vinelli est-il de cette même catégorie d'hommes que mon patron le banquier, autant affairés à leur travail qu'à leurs muses ? Une fois, j'ai rêvé de Jacopo Vinelli. Il était en train de peindre son grand tableau au fond de l'atelier, à l'époque où nous n'avions pas encore eu l'honneur d'en découvrir le thème de la crucifixion.

Mon tempérament enflammé m'avait fait imaginer la scène d'une Madone en position suave. Son modèle était une princesse byzantine, posant nue devant lui, sur une estrade en bois, éclairée de la lumière de bougies disposées en cercle autour d'elle, son peignoir tombé à ses pieds, ses longs cheveux noirs dénoués sur ses épaules graciles. « Venez, chère amie. La lumière est parfaite. J'ai besoin de vous tout de suite. » Gabriele est revenu près de moi.

— Gigi, merci de m'avoir sauvé.

— Bon débarras, la poufiasse.

— Tu l'as dit.

— Gabriele, attention !

— Merde, la revoilà.

Carlotta Vinelli est écarlate, sanguinolente, bouffie de hargne, les manches remontées sur ses bras puissants. Un boucher qui surgit de l'abattoir après la tuerie. Où sont passés les pigments achetés hier ? *Il maestro* les avait posés sur la table de la cuisine et depuis, personne n'est entré dans l'atelier, sauf l'apprenti. De sa main boudinée, elle dégaine un index gras et accusateur vers Gabriele.

— C'est toi le voleur !

— Moi ?

— Tu les as chapardés pour les refourguer sur ton île de gueux.

— Madame, je n'ai rien pris.

— Je me disais bien que tu étais parti comme un voleur, hier soir.

— Je vous jure que non.

— C'est Benito qui avait raison.

— Benito ?

— Il m'a tout raconté.

— Il vous a dit son secret ?

— Oh, ce n'est plus un secret pour personne : il t'a vu voler les pigments et s'enfuir, soi-disant pour aller voir ta famille.

Sous la claque virulente de la matrone, Gabriele roule à terre, les idées trébuchent dans sa tête. En vrac, il pense à Warda qui a glissé les pigments sous sa chemise de lin pour aller peindre chez elle. La Sensa, comme chaque jour férié, est un supplice pour elle, une journée perdue, car dénuée de ce qui est sa raison d'être : peindre. L'aigrette est une obsessionnelle de la couleur. Mais pourquoi a-t-elle menti ? Pourquoi l'avoir désigné coupable de ce vol ? Pour éloigner d'elle les soupçons de Carlotta Vinelli ? Pour se débarrasser de lui, de la promesse qu'elle doit tenir, sous peine d'être démasquée dans son mensonge androgyne ?

Dans l'esprit de Gabriele, j'entends raisonner les paroles d'un homme, un peu âgé, peut-être un insulaire de Mazzorbo. Il dit qu'il faut se méfier des Juifs, ces roublards qui prêtent sur gage, et surtout ne jamais mettre les pieds dans le Ghetto, sous peine d'être possédé par le Malin.

La grosse dinde farcie de méchanceté s'acharne sur Gabriele, toujours à terre. Elle le roue de coups de pied dans le ventre, hurle qu'il est viré, lui ordonne de prendre la porte. Il gémit, sa bouche est en sang. Je dois intervenir en urgence.

— Carlotta est une poufiasse.

L'effet de mon annonce est immédiat. La matrone délaisse son souffre-douleur pour se diriger vers moi et m'envoyer un crachat aussi pesant qu'une huître de la lagune, avant de reprendre la direction de son quartier général, la cuisine. Dans son dos, j'éructe tous les jurons de mon lexique, en turc et en vénitien. Pendant ce temps, Gabriele réussit à se remettre sur ses jambes chancelantes. Il s'est redressé, son visage est désormais immobile, ses yeux sont fixes. Le petit garçon soumis est devenu un jeune homme décidé. Sa main téméraire vient ouvrir la porte de ma cage, après avoir pris la clé au fond de sa poche, sans trembler. Son regard pour moi, déterminé, est celui de l'adieu.

— Fous le camp, Gigi !

L'ombre massive de Carlotta Vinelli revient vers nous, un gros nuage dans un ciel d'orage. Je dois choisir vite. Gabriele a pris la fuite, détalant comme un lapin, un slalom entre les jupons bouillonnants de la matrone et une chaise fracassée au sol pendant le combat. La porte d'entrée claque sur son passage. La fenêtre de l'atelier est de nouveau entrouverte, à quelques centimètres de moi. Le monde m'appartient, si j'en décide ainsi.

— Toi, l'oiseau de malheur, tu restes là.

À peine le temps de réfléchir et les doigts épais de Carlotta Vinelli verrouillent la porte de ma cage, mettant fin à mon hésitation. Étrange mélange de sensations. Moi qui ai tant rêvé de m'envoler par cette fenêtre, enviant la Rieuse de son indépendance, jaloux de ses figures de style dans la rue Castelli, me voilà presque soulagé de n'avoir pas eu à choisir.

Mon avenir vient de m'être imposé par cette femme vulgaire. Je dois accepter cette réalité. Je suis né captif, mon esclavage m'a coupé les ailes, la fatalité me fera mourir en cage. C'était probablement ma seule chance de fuir, mais je ne pouvais pas la saisir. Personne ne m'y a préparé.

Moi, je n'ai pas la personnalité romanesque d'un héros sans peur, meneur de grands destins. Je suis un simple esclave anonyme, incapable d'une mutinerie, une bête de somme qui subit sa condition domestique, un animal qui n'a plus rien de sauvage et de grandiose. Cette vérité m'accable d'un coup. Je sombre dans un sommeil lourd.

— Je l'ai guetté toute la nuit.

Le lendemain matin, je reçois la visite assez matinale de la Rieuse. Je ne vois pas son air inquiet. Elle ne voit pas mon air piteux et ma queue basse. Hier soir, elle a croisé la route de Gabriele, tout juste enfui de l'atelier, et elle l'a suivi dans le dédale de la ville.

— Le petit, il a couru sans s'arrêter, jusqu'à la nuit tombée.

— Il ne devait pas être rassuré.

— La pénombre donne à la Sérénissime un visage étrange…

Au fil de sa course, Gabriele avait pensé à Warda, leurs périples dans Venise, sa découverte de chaque quartier. La place centrale, le boulanger et son four, l'église et ses mendiants, le puits et sa margelle de pierre, des marchands de salamis et de légumes. Il avait aimé cet essaim de villages, lovés les uns contre les autres, donnant forme à la ville. Il avait longé les canaux auxiliaires, fines ramifications d'un arbre dont le Grand Canal formait le tronc massif et structurant.

Mazzorbo était si différente, si petite. Les îles en font rêver certains, pour leurs trésors et leur exotisme. Pour lui, son île est sa prison, minuscule et castratrice. En visitant le Ghetto avec ses murs hauts et ses deux portes à chaque pont, fermées de minuit à l'aube, gardées par quatre gardiens payés par les Juifs eux-mêmes, il avait compris la sensation d'enfermement de Warda. Les grilles qu'elle avait toujours voulu franchir, pour respirer et s'ouvrir au monde. Mazzorbo, c'est le Ghetto de Gabriele. Les grilles infranchissables, ce sont les eaux de la lagune, des pièges mortels pour qui s'y aventure. Les gardiennes en sont les vieilles femmes de pêcheurs, fossilisées dans leurs croûtes de sel, leur amertume face à une existence si dure, leurs intransigeances.

Dans la pénombre qui avait envahi la ville telle une brume de mer sournoise, Gabriele avait été pris de panique. Au détour d'une ruelle, les lueurs rouges d'un *capitello* étaient menaçantes. Les images pieuses de ce petit autel, sensées décourager les malfrats, avaient les mêmes visages inquiétants. La nuit avait métamorphosé les rues, le canal devenait un mur de pierre et les façades se mettaient en mouvement. Était-ce le fameux canal Orfano, où les criminels sont noyés secrètement la nuit ? Pourquoi ce quai chancelait-il sous ses pas ? Que disait cet oiseau en hurlant dans la nuit ?

Au milieu d'un *campo*, la margelle du puits s'était brusquement écartée, montrant la bouche immense d'un gouffre sans fond. L'ondée venue de la mer, un déluge de pluie, de vent et de grêle allait l'aspirer pour l'emporter dans ces flots déferlants, pour l'engloutir dans ce trou béant. Sous la chemise de Gabriele, la sueur avait inondé son torse, ruisselant sur la pomme qu'il avait volée à un étal, qu'il serrait dans sa main crispée. Au moins, ce fruit était une réalité.

Il avait couru, des larmes de sel dans les yeux, acides et aveuglantes, comme envoûté. *L'acqua alta* revenait-elle ou était-ce une vision ? Pour y échapper, il s'était jeté à corps perdu sous une porte cochère, soulagé de n'avoir pas été trompé par l'ombre, qui aurait pu être celle d'un puits. Transi de peur, il s'y était blotti comme un animal traqué, il y avait guetté les bruits de la nuit, ne s'endormant qu'aux premières lueurs du matin. Deux heures après, il avait été réveillé brutalement par la porte qui venait de s'ouvrir, frappant de plein fouet ses jambes recroquevillées sur le sol glacé et humide. La voix de la Rieuse tremble.

— Ce matin, il n'avait qu'une idée en tête : tout raconter à sa mère.

— Je comprends. J'étais pareil avec la mienne. Pas de secret entre nous.

— Sous vos airs intellectuels, vous êtes un grand tendre, Monsieur le Perroquet.

J'apprécie la finesse de sa remarque. J'aime son attention envers l'apprenti, ce métissage de curiosité et de gentillesse. Par empathie, je m'intéresse à elle. Ses parents ? Elle les voit peu. Elle est libre et émancipée depuis longtemps. Gabriele était donc décidé à confesser toute son histoire à sa mère, prêt à recevoir ses reproches et, bien entendu, il allait lui demander pardon. Il acceptait sa défaite, il lui dirait qu'elle avait raison de ne pas croire en lui, en son projet démesuré de devenir peintre. Il allait lui promettre de devenir pêcheur dans l'Adriatique. Sa grand-mère l'avait prédit : « Il n'y a jamais eu d'artistes dans la famille. Ça ne va pas commencer maintenant. »

La tête encore embrumée de fatigue, dans la ville endormie, digérant les festivités de la veille, l'apprenti avait pris la direction du Rialto et de cette grande bâtisse aux airs de château avec ses tourelles en surplomb, d'où il avait vu sortir sa mère. Avec un peu de chance, il allait l'y rencontrer à nouveau. Il avait croisé un seul homme, surgi d'une taverne voisine, le sourire satisfait d'avoir mangé et bu de bon matin. L'homme s'apprêtait à pénétrer dans cette maison imposante, l'air guilleret. Gabriele avait hésité.

Une femme en était sortie, souriante, maquillée et parfumée, habillée d'une jolie robe ourlée de dentelle. Sa main blanche et fine était venue caresser sa joue : « Tu es trop jeune pour entrer, mon chéri. » La Rieuse est au comble de l'excitation. Je n'y comprends rien.

— Ma chère consœur, expliquez-moi.

— Sa mère est une catin !

— Incroyable…

— Vous vous rendez compte ?

— Oui, merci. J'ai côtoyé un grand nombre de courtisanes.

— Ce n'est pas pareil.

— Les tarifs ne sont pas les mêmes, voilà tout.

— Si ma mère faisait la pute, je me taperais la honte.

— A-t-il compris ?

— C'est certain.

— Il a réagi comment ?

— Il a choisi de fuir cette réalité.

— Pour aller où ?

Ma question stoppe le flot de ricanements de la Rieuse. D'un hochement de tête, son bec pointé au loin, elle m'indique le Grand Canal. Son silence est pesant.

— Il est reparti sur son île ?

— En quelque sorte.

— Arrêtez de tourner autour du pot.

— Disons qu'il y est allé… à la nage.

Gabriele s'était frayé un chemin parmi les marchands matinaux, avait franchi le pont mobile du Rialto, entre deux passages de navires à hauts mâts. Il avait couru le long d'un quai, avalé par une autre marée humaine, se faufilant entre les marins et les ouvriers débarquant des cargaisons de poissons, de légumes, de métaux et autres marchandises.

Il y avait trouvé un cordage et un gros pavé, qu'il avait noués ensemble et portés dans ses bras. Il avait repris sa course, qui l'avait conduit à sauter sur les bateaux de pêche attachés les uns aux autres, sorte de grande passerelle en bois flottant, au bout de laquelle il avait eu un acte désespéré, un dernier sursaut de vie, enfilant le cordage autour de son cou, le bloc de pierre solidement noué à l'autre extrémité, plongeant dans le canal pour y rejoindre son père, au fond des flots, échoué depuis si longtemps.

Le mois de janvier a toujours une saveur particulière. La nostalgie des festivités passées trop vite, l'hiver à son comble, dans la froideur piquante et la nuit précoce, le départ d'une nouvelle année toute neuve, porteuse d'espoirs et de bonnes résolutions.

Louis se trouvait en dehors de ces considérations humaines, celles des gens à l'existence paisible. Lui, il était un combattant d'une guerre sans nom, qui garde comme unique calendrier celui de ses douleurs personnelles. Émilie, à laquelle il n'avait pas pensé souhaiter une bonne nouvelle année, était sarcastique. Peut-être une rentrée scolaire un peu difficile.

— Louis, bravo pour la chute !

— …

— On ne peut pas faire plus sombre.

— J'ai suivi mon intuition.

— Au moins, je vous ai découvert un nouvel univers de compétences.

— Lequel ?

— Vous êtes un expert de la noyade.

— Vous n'imaginez pas à quel point.

— Vous vous êtes beaucoup documenté ?

À la grande surprise de la jeune femme, l'éditeur expliqua en détail son choix des armes : la technique de la mafia italienne – placer les pieds du condamné dans un sac de ciment à prise rapide, aurait été anachronique. Il avait hésité avec l'approche vénitienne de mettre le condamné dans un sac lesté, pour être jeté dans le Rio degli Orfani à la nuit tombée, sauf que Gabriele n'aurait pas pu s'enfermer tout seul dans un sac. Louis ricana.

— Heureusement que la pêche était interdite dans ce canal…

— Pourquoi avoir choisi la pierre et la corde ?

— Parce que c'est la technique ottomane.

— Pour les prisonniers ?

— Pour les femmes adultères du harem.

— Je vois.

— La corde autour du cou, une grosse pierre au bout de la corde et un grand plongeon dans le Bosphore.

Émilie masqua sa répulsion devant le calme de Louis, dont le regard s'apparentait à celui d'un bourreau qui venait de faire son travail. Propre, efficace. Cet homme la consternait. Elle devait abréger leur rencontre.

— Louis, je veux vous revoir une dernière fois.

— Je n'ai plus rien à écrire.

— Trouvez-moi un autre épilogue.

— Je déteste les *happy ends*.

— Si vous ne voulez pas sauver Gabriele, alors faites quelque chose pour Gigi.

— Pourquoi ?

— Parce que vous êtes un peu Gabriele, et un peu Gigi.

— Vous pensez à quoi ?

— Donnez à Gigi la liberté dont il rêve.

— Mais il est domestiqué, donc condamné à la captivité. Comme nous tous.

— Toute existence peut basculer.

— L'amour peut tout changer, c'est ça ?

— Je ne suis pas fleur bleue.

— Vous n'avez pas à m'imposer la fin de mon histoire.

— Libérez Gigi, et vous serez libéré de votre passé.

Émilie rangea ses affaires à la hâte, un peu nerveuse. Cet homme devenait monstrueux, avec une forme de délectation dans l'horreur humaine. Elle pensa à ce film poignant, racontant une guerre récente, dans un pays d'Europe de l'Est, et son héros, un homme sensible et instruit, métamorphosé en meurtrier. Pas difficile d'imaginer que son élève pourrait devenir un tortionnaire sous d'autres latitudes. Quand la guerre change un être, l'autorise à massacrer, au nom d'un idéal.

Mais elle, quelle serait son attitude dans un contexte de conflit ? À chacune de ses lectures, elle se posait la question. Bien sûr, elle s'imaginait en femme engagée, résistante, luttant pour la liberté et pourtant… si elle était menacée, torturée, serait-elle assez forte pour se taire ? Pour sauver sa famille, elle pourrait aussi dénoncer, collaborer, tuer, pour ne pas laisser tuer ses proches. La violence peut nous changer. Tous. Et pas forcément en héros. Louis restait assis, les bras croisés, le regard fixe.

— Émilie, vous savez bien que je suis incapable d'écrire une histoire positive.

— Vous vous complaisez dans la souffrance et la noirceur.

— C'est plus fort que moi.

— Véronèse, il aimait la clarté et la couleur.

— J'aime la couleur aussi.

— Alors, mettez-en dans votre esprit.

— Comme moi, il était libre de penser et d'agir.

Louis connaissait par cœur l'histoire du tableau peint à Venise par Paul Véronèse, *La Cène*. Il y avait représenté Jésus, entouré de nombreux personnages, sacrés et profanes, et s'était amusé à y faire figurer des bouffons, des hallebardiers, des nains, des perroquets, des chiens, autant de symboles de divertissement, de plaisanterie, de thèmes licencieux.

Le samedi 18 juillet 1573, quand *il maestro Veronese* fut accusé d'inconvenances par le tribunal de l'Inquisition et convoqué pour expliquer son tableau, il avait répondu : « Nous autres, peintres, nous prenons la même liberté que prennent les poètes et les fous. »

Louis se sentait libre d'écrire sa douleur. Émilie avait déjà la main sur la porte, prête à éteindre la lumière de la classe. Elle détestait l'ombre, les lamentations, les êtres plaintifs. Elle ne supportait plus son élève, qui lui plombait son début d'année. Les cours avec son groupe du vendredi soir étaient tellement plus agréables. Louis n'avait pas bougé de sa chaise.

— À lundi prochain, pour notre dernière séance.

— Émilie, je ne changerai rien à la fin de mon histoire.

— Alors, vous ne changerez rien à votre vision du monde.

— Vous ne connaissez pas mon histoire.

— Chaque parcours de vie a une part d'ombre.

— Plus ou moins. Mon ami Félix a eu une enfance heureuse.

— Il est évident que certaines croix sont plus lourdes à porter que d'autres.

— Si c'était à refaire, je choisirais une autre famille.

— Louis, vous devez accepter votre enfance. Elle fait partie de vous.

— …

— Au fait, je vous ai trouvé un rêve d'enfant.

— Lequel ?

— Vous avez peut-être rêvé d'être peintre.

— Je ne m'en souviens pas.

— Vous rêviez d'être un grand artiste peintre, mais vos parents vous ont arraché vos dix doigts et votre rêve s'est évanoui.

Louis perçut l'ironie dans la voix de la jeune femme. Elle venait de le toucher au plus profond de son être. Elle le comprit, elle s'excusa, sa voix se radoucit.

— Louis, je veux que votre histoire se termine avec une femme bienveillante.

— Bienveillante ?

— Pour régler votre problème avec les femmes.

— …

— Gabriele n'a croisé que des femmes traîtresses, stupides ou méchantes.

— Je n'ose pas vous dire que j'ai un nouveau problème à régler.

— Avec qui ?

— Avec un homme.

Émilie revint vers Louis, s'installa face à lui. Une seule table entre eux. Elle accueillit son silence. Il ne la regardait pas. Il avait posé ses mains sur la table, les paumes ouvertes, pour y lire dans les lignes du passé de sa vie.

Elle écouta sa confidence. Son père, soi-disant mort à sa naissance, qu'il avait imaginé, idéalisé, le mentor qu'il avait invoqué pendant toutes ces années, jusqu'à la semaine dernière, et la révélation de sa mère, violée avant d'être femme. Cet homme ordinaire qui avait ensemencé sa mère, dans un moment de pulsion banale, et sa lâcheté de déserteur. Plus aucune trace.

Louis était décidé à rechercher l'identité de cet homme, père de famille, parti du Nouveau-Brunswick peu après le viol, sans laisser d'adresse. Il venait enfin de comprendre les pulsions de sa mère, noyant ses oiseaux dans le puits, le noyant dans la baignoire d'eau glacée, plusieurs tentatives pour détruire tout ce qui parlait de ce viol, lui, l'enfant de la honte, l'enfant d'une vie sacrifiée.

Timidement, Louis sourit à la jeune femme, embarrassé de lui avoir infligé un peu plus de noirceur dans sa soirée.

— Émilie, vous me parliez d'une femme bienveillante pour terminer l'histoire de Gabriele.

— Oui…

— Depuis que ma mère m'a parlé du viol, il y a une femme qui revient dans mes nuits.

— Qui est cette femme ?

— Je ne la connais pas. Elle n'existe que dans mes rêves.

— Depuis longtemps ?

— Depuis l'âge de vingt ans, quand Félix m'a offert un recueil de poèmes de Paul Verlaine.

— *Les Poèmes saturniens* ?

— Oui, avec ce poème en particulier, qui débute ainsi : *Je fais souvent ce rêve étrange et pénétrant, d'une femme et que j'aime, et qui m'aime…*

— À qui ressemble-t-elle ?

— À personne. Elle n'a pas vraiment de visage. Seulement une expression bienveillante, d'une douceur infinie.

— Et que fait cette femme dans vos rêves ?

— Elle me tend la main et elle me dit : « Louis, tu es sauvé. »

La fin d'année a été marquante pour moi, peu ordinaire. J'étais effervescente, envahie par la joie d'avoir trouvé une raison de vivre, cet état amoureux qui me transportait de jour en jour, un soleil en plein hiver, une beauté tout neuve. Je surprenais parfois des regards masculins sur moi, comme aimantés par ma lumière, une sensation nouvelle, gênante puis agréable.

Le soir du réveillon du Nouvel An, nous avions organisé la dernière séance de dédicaces de l'année dans une importante librairie de Montréal. La libraire, amie de Félix, avait fait une promotion importante. Affiches, annonces à la radio, courriels à tous les clients de la librairie, invitations personnalisées aux décideurs locaux.

La table de Guy trônait au milieu du rayon littérature, entre deux montagnes d'*Amshi*, fraîchement sorties de l'atelier de notre imprimeur. Dès 13 heures, en avance sur l'heure officielle de la dédicace, des lecteurs arrivèrent et patientèrent. Félix nous rejoignit pour déjeuner et faire le point sur l'excellente fréquentation des précédentes dédicaces.

J'étais fébrile, heureuse, féminine dans ma robe noire un peu ajustée. J'avais souligné mes yeux d'un maquillage soutenu. Mes boucles d'oreille voletaient dans mes cheveux plus longs, teintés d'un brun aux reflets auburn. Tout au long de l'après-midi, nous avons reçu la visite de journalistes, réclamant une interview et des photos. Je canalisais au mieux cette ébullition autour de Guy afin de satisfaire chacun. Les journalistes étaient prioritaires, mais les lecteurs ne devaient pas se sentir lésés. Je me tenais à ses côtés, en retrait, à sa disposition. Guy ne fit qu'une pause pour aller aux toilettes. Il était heureux, impliqué, il partageait avec chaque personne un mot, une idée, il personnalisait chacune de ses dédicaces.

— Guy, les lecteurs t'apprécient beaucoup.

— C'est parce que je les aime.

— Et aussi parce que tu sais le leur dire.

— L'amour ne doit jamais être caché.

À son habitude, il cita une phrase de Mère Teresa : *Fais en sorte que chaque personne qui vient te voir, reparte plus heureuse.* Je l'ai trouvé très inspiré, presque mystique. Il était dans un état de grâce. Vers 18 heures, j'ai profité d'un moment plus calme pour m'absenter.

— Je dois téléphoner à Denise. Tu m'excuseras quelques instants.

— Tu l'embrasseras pour moi.

— Elle me demande toujours de tes nouvelles.

— C'est une très belle âme.

Pour ce réveillon du Nouvel An, Denise avait proposé de cuisiner une oie rôtie et quelques pommes dorées autour. Je devais la prévenir de mon heure d'arrivée chez elle, selon le déroulement de cette dernière séance de dédicaces. La forte affluence allait me faire terminer plus tard que prévu, en incluant le trajet de Montréal à Trois-Rivières. « Denise, n'allume pas le four trop tôt. » Au téléphone, elle était ravie d'apprendre le succès de Guy, elle me proposa de l'inviter comme pour le réveillon de

Noël, et, d'une voix soudain mystérieuse, me prédit que cette année toute neuve, qui allait débuter dans quelques heures, promettait d'être un grand millésime pour moi. « Ma petite Sophie, tu te souviens de ma prédiction : *Je vois un homme parmi des livres.* »

De retour auprès de Guy, je l'ai trouvé en pleine discussion avec une de ses collègues enseignantes. Elle ne m'a pas aperçue. Il n'a pas senti ma présence, en retrait, derrière lui.

— Guy, je suis vraiment heureuse pour toi.

— Je te remercie.

— Tu as le succès que tu mérites.

— Il est vrai que j'ai beaucoup travaillé ce roman.

— Tu écris la suite ?

— Elle est presque finie !

Sa réponse me surprit. La semaine précédente, il m'avait lu un passage de son deuxième roman, la suite d'*Amshi*, quelques paragraphes du premier chapitre, tout juste terminé. Il avait souhaité recueillir mon avis dès le démarrage de cette histoire. J'avais été séduite par son nouvel univers littéraire, en Inde, aux côtés de Bill, chef d'entreprise américain, guérisseur, engagé dans un autre périple initiatique.

Pendant la lecture de Guy, je m'étais imaginée avec lui, dans les montagnes du Cachemire, les plaines fécondes traversées par le Gange, les forêts de mangrove et leurs ponts de racines, les temples hindous recouverts d'or, les cités médiévales, les palais et les monastères aux peintures bouddhistes millénaires. Ensemble, nous étions partis nous immerger dans cet immense pays où Guy trouvait son inspiration. Je l'accompagnais. Je n'imaginais pas encore être sa femme. C'était prématuré. J'étais son attachée de presse, son agent littéraire, sa confidente. Nous étions très liés, peut-être intimes.

Je n'osais pas y croire et pourtant, je sentais bien que nous nous rapprochions de plus en plus, au fil des dédicaces. En trois semaines, nous avions fait connaissance, nous avions ri de nos points communs, deux quinquagénaires passionnés de littérature et de spiritualité, pour lesquelles Guy avait une grande longueur d'avance sur moi, ce qui ne nous posait aucun problème. Il m'avait parlé de sa solitude d'homme divorcé, sa fille partie vivre en Europe, son expérience très récente du succès et déjà lourde de conséquences, de désillusions : ses quelques amis devenus jaloux en quelques jours, de nouveaux amis, vite arrivés, dont il se méfiait.

À cette collègue enseignante, pourquoi venait-il de dire qu'il avait presque abouti son deuxième roman ? Par orgueil ? Pour tester sa réaction et son éventuelle jalousie ? Cela ne lui ressemblait pas. Malgré la file d'attente de lecteurs en demande d'une dédicace, sa collègue était loquace.

— Pour ton deuxième roman, tu vas rester chez le même éditeur ?

— Certainement pas.

— Tu n'es pas satisfait ?

— Les droits d'auteur sont minables.

— Tu as déjà des contacts avec d'autres maisons d'édition ?

— J'ai promis de ne rien annoncer tant que je n'ai pas signé avec eux.

— Eux ? Quel suspens…

— Je peux juste te dire que ça va être un grand changement.

— Tu vas devenir riche !

— C'est une importante maison d'édition, qui a de gros moyens de diffusion et de promotion…

— C'est très excitant.

— … et des collaboratrices vraiment compétentes. Plus rien à voir avec ce que je vis actuellement.

Le réveillon du Nouvel An fut affreux. Sur la route du retour, que je n'ai pas partagée avec Guy parce qu'il avait eu la bonne idée de prendre sa voiture pour être autonome, j'ai pleuré sans arrêt. J'étais donc nulle à ses yeux. Je me suis sentie trahie.

— Sophie, je comprends ton chagrin.

— Je suis anéantie.

— Moi qui le trouvais tellement bien, humble et miséricordieux.

— Je suis en colère aussi.

— C'est bien naturel.

— Il a profité de moi, de ma gentillesse. Il m'a utilisée.

— En fait, cet homme est un grand calculateur.

— Un grand calculateur, sous des airs de grand sage.

L'oie était desséchée, les pommes avaient perdu leur moelleux, j'étais vidée de ma substance. Denise arrêta sa pendule pour boucler le caquet du coucou et permettre un silence de recueillement. Messe d'enterrement. Je n'ai rien ajouté. Mes paroles auraient été cinglantes. Pour ce salaud qui venait de me ravager le cœur, pour cet éditeur cinglé qui, indirectement, me faisait vivre un nouvel échec, pour mes parents et mon mari qui ricanaient dans ma tête explosée, pour Denise dont la prédiction était fausse. Une grande année qui s'annonçait pour moi ? Un homme parmi des livres ?

Denise était muette. Elle ruminait sa culpabilité. Pourquoi n'avait-elle rien vu ? Comme moi, elle avait laissé le charme de Guy Audiard agir. Deux écervelées, voilà ce que nous étions. Nous avions extrapolé, nous avions utilisé chaque détail pour nourrir notre réalité, qui n'était pas celle de l'auteur. Je me suis jurée de ne plus jamais lire de romans d'amour, de créer une association internationale dans le but d'interpeller le monde entier sur les conséquences dévastatrices des contes de fées sur les enfants.

Mon prince charmant était un homme d'affaires véreux, un escroc au visage d'ange. Et moi, je n'étais plus une princesse, mais la sorcière mal-aimée, celle qui attire le mauvais sort. Ma petite robe noire s'était transformée en sac informe, pas assez vaste pour y cacher mon chagrin. Le dessert, un gâteau au chocolat noir, fondant au milieu et saupoudré de sucre glace, mon gâteau préféré, tout l'amour de Denise pour moi, relâcha ma tension.

— Denise, je suis maudite.

— Tu rencontreras d'autres hommes.

— Si les auteurs sont tous comme ça, j'arrête tout.

— Tous les hommes ne sont pas des manipulateurs.

— Plutôt tomber amoureuse d'un personnage de roman.

— Ne vis pas ta vie par procuration.

Je m'en voulais d'avoir suivi mon intuition, celle qui me soufflait que mon amoureux serait un auteur. Ce n'était pas une intuition mais un fantasme, et je m'étais égarée sur ce chemin virtuel. Denise m'obligea à rester dormir chez elle, dans la chambre de son fils. Je me sentais plus vieille encore qu'elle, éteinte, usée. J'avais cent ans. Décidément, j'ai toujours été en décalage avec les fêtes et la joie des autres.

Le lendemain matin, premier jour de l'année nouvelle, j'avais la gueule de bois, la langue pâteuse et la tête lourde. Après le petit-déjeuner, un gros bol de café très noir sans rien manger, je suis partie chez l'éditeur, sans le dire à Denise. Au bout de la troisième sonnerie, il m'a enfin ouvert la porte. Il était habillé d'une robe de chambre élégante, d'un tissu bordeaux satiné. Il était aussi blafard et peu loquace que moi, à peine surpris de ma venue en ce jour férié. Statufiée sur le pas de la porte d'entrée, j'ai récité mon texte comme une comédienne débutante, débitant mes phrases en rafale, les joues en feu et les mains tremblantes.

Je lui ai souhaité une bonne année, je lui ai annoncé ma démission, je l'ai salué sans attendre une éventuelle réponse de sa part, et j'ai fait demi-tour, courant dans l'allée d'hibiscus pour retrouver l'abri de ma voiture, stationnée dans la rue. Libérée.

1536, Venise au lendemain de la Sensa

L'air est lourd de puanteur. Venise respire les lendemains de fête, la pourriture des déchets, le sang coagulé des bagarres, l'urine des buveurs, le vice des femmes. Dans cette pesanteur, la foule encore engourdie sur les quais s'active mollement au son de la première cloche de la Marangona.

Sur l'eau, la Sérénissime est ressuscitée. Dans le trafic déjà dense, des gondoliers crient pour se frayer un passage, des marins hurlent en maniant leurs embarcations et l'un d'eux pousse une gueulante après cet imbécile qui patauge dans l'onde poisseuse du canal, en s'y débattant comme un chat sauvage. Mais qu'est-ce qu'il fout là, cet abruti !

La Rieuse est postée au premier plan, sur un pieu de bois auquel une gondole est amarrée. Elle n'en mène pas large. Le petit déplumé, elle s'y est attachée, à force de suivre ses péripéties de l'atelier Vinelli aux ruelles de Venise, en passant par son île natale.

— Petit, attrape ma main.

Gabriele n'a pas entendu. Ses oreilles sont encombrées par l'eau, le beuglement des bateliers, le piaillement des mouettes, les jurons de sa grand-mère quand il avait refusé d'apprendre à nager. D'instinct, il tend le bras vers l'ombre. Une poigne énergique l'attire à la surface de l'eau et le tire vers le bord du quai.

Il glisse sur les pierres humides et lâche prise. La même voix lointaine, masculine, se fait entendre à nouveau. Serait-ce la voix de son père, venu des bas-fonds pour le secourir ? Ou pour l'emporter avec lui dans une ville engloutie au fond des mers ? Le corps de son père aurait-il pu sombrer comme une pierre au milieu de l'Adriatique et arriver jusque dans le canal, au gré des courants ? Gabriele dégouline sur le quai, où il a enfin réussi à grimper. L'eau brouille sa vue. Il est étendu comme un maquereau échoué sur une plage.

— Petit, tu es sauvé.

La voix n'est plus la même. C'est celle d'une femme, venue aider l'homme à la poigne de fer, au front plissé comme la mer houleuse, aux épaules carrées et au corps trapu, torse nu, déjà loin sur le quai parce qu'un déchargement l'attend.

La main posée sur l'épaule de Gabriele, une douce pression sur la toile de sa chemise trempée, est également celle de la femme. Ses doigts sont petits et minces, la peau est claire et intacte, aucune trace d'usure de vie. Ces phalanges, ce poignet et cette paume satinés ne sont pas les outils d'une dentellière de Mazzorbo ou d'une ouvrière aux cordages de l'Arsenal. C'est une main qui joue du luth, qui tourne les pages d'un livre, qui tient un verre de vin en cristal. La femme sourit, ce qui éclaire son visage auréolé de cheveux blonds. Elle tend la main à Gabriele pour le saluer et elle s'éclipse. Elle aussi, elle est attendue.

Gabriele s'ébroue, redonne un peu de volume à son maigre plumage, lance un remerciement en direction de cette femme lisse à la robe de taffetas rose et de cet homme rugueux au caleçon long en chanvre brun, tous deux évanouis dans la foule du quai. Il est ébahi. Il vient de croiser un homme à la carrure de son père et une fée de la lagune. Il pense au *padre* Samuele, qui aurait aimé son élan poétique, qui avait promis de lui lire des poésies de Dante, qui doit être mort, pendu ou décapité entre les deux colonnes de la *piazzetta*.

— *Padre* Samuele, je vous demande pardon d'avoir essayé de mourir.

Le *padre* aimait tant vivre. Pour lui, pour honorer sa mémoire, Gabriele n'a pas le droit d'en finir.

— *Padre* Samuele, je suis perdu. J'ai besoin de votre lumière.

Assis sur le quai, Gabriele prend le temps de regarder autour de lui. Finalement, depuis l'âge de six ans, il a toujours travaillé et couru après un peu d'argent, après la reconnaissance de sa mère et la mémoire de son père, s'activant comme un forcené pour combler ce vide masculin et le quotidien miséreux.

Dans les ventres bombés des voiliers qui approchent, de retour des Indes, il imagine les caisses remplies de trésors aux teintes flamboyantes et aux parfums entêtants – soies, fourrures, épices, et tous ces pigments qu'il a tant palpés, broyés, investis d'espoir. Pour ces navires aux entrailles vides qui viennent de lever l'ancre, quel voyage les attend ? Une aventure qui tournera court, abrégée par des pirates ou un naufrage ? Ou bien un périple sans obstacle avec, à destination, l'exploration d'un nouveau monde ?

Cette femme qui lui avait souri sur le quai, était-ce l'épouse de Bartolomeo, que Gabriele n'a pas encore rencontrée ? Warda avait entendu dire qu'elle était une poétesse florentine, réfugiée à Venise, et qu'elle organisait des soirées de lecture avec des érudits grecs, également en exil.

Au loin, les îles apparaissent dans la brume. Au-dessus de Murano, les fumées des verreries esquissent des silhouettes animales, fondues dans les nuages diaphanes, estompées dans la lumière crue du matin, diluées dans l'eau paisible de la lagune. Le soleil réchauffe le corps transi du petit gars de Mazzorbo. Ses vêtements commencent à sécher. La flaque d'eau formée autour de lui s'évapore déjà sur les pierres du quai, dessinant des ruisseaux fins aux formes d'arabesques.

— Merci, *Padre*. J'ai compris.

Le message est limpide. La silhouette du chat dans les nuages, la jeune femme au visage de poétesse, et sur les pierres, le lavis aux allures de calligraphie.

Gabriele se lève, défroisse sa chemise d'un coup de main décidé, peigne sa chevelure hirsute avec ses doigts écartés, ignore cette odeur de poisson qui lui colle à la peau, rêve d'un bol de tripes fumant, regarde le soleil en face. Il sait comment retrouver le chemin, celui qui le mènera à l'officine de l'imprimeur, parce qu'il vient de choisir : il sera apprenti dessinateur, avec Bartolomeo comme maître. Il fera des croquis, des esquisses, des épures, pour les livres édités par son maître, pour des vitrailleurs et des sculpteurs.

Et, dans un avenir plus lointain, il se rendra à l'atelier du Titien, pour reprendre ses études de peintre. Il aura l'audace d'aller vers le nord, sur la rive de la lagune, là où le Maître réside. Dans une grande maison à deux étages, aux fenêtres larges entourées de pierres, il osera sonner. Une gouvernante lui ouvrira la porte d'un air mal aimable, écoutera sa demande, lui demandera d'attendre, partira dans une autre pièce pour annoncer sa visite, reviendra avec un sourire, le conduira à travers un jardin verdoyant, aux arbres en fleurs et aux parfums d'agrumes. Il arrivera dans l'atelier où plusieurs toiles de lin seront posées sur des chevalets. Certaines seront très avancées, d'autres seront vierges, en attente de la toute première main, celle du barbouilleur qu'il deviendra.

Lui aussi, il aimera effleurer une toile de lin enchâssée sur un cadre de bois, il aimera y accrocher une peinture à l'huile, épaisse et consistante, pour sculpter une œuvre. Ce sera une vie nouvelle pour lui, si près de son île natale, l'âme de son père à portée de main. Sur le rebord de ma fenêtre, la Rieuse est radieuse.

— Monsieur le Perroquet, le petit est ressuscité !

Je me sens heureux et soulagé pour Gabriele. Je suis également assailli par d'innombrables questions, harcelantes depuis hier. Si j'avais choisi de fuir de ma cage grande ouverte, quelle aurait été ma destination ? Celle de Constantinople ? Je ne suis pas convaincu d'avoir la capacité physique d'endurer un vol d'une telle distance. Et puis, en avais-je le désir ?

À Constantinople, en admettant que je puisse l'atteindre, j'y aurais peut-être vécu une profonde désillusion. Mes parents vieillis, leurs corps dégradés par l'usure du temps, leur mémoire défaillante au point de ne pas me reconnaître. Ou partis loin du harem du sultan. Ou, pire encore, l'indifférence dans leurs regards. Quand on part, on devient l'étranger, et on le reste même dans son pays natal, au retour. Plutôt garder le souvenir embelli de ma vie byzantine que renouer avec une réalité décevante. Je dois aussi avouer que la liberté me fait peur car je ne suis pas disposé à en payer le prix : m'exposer au monde, à la cruauté des Humains et des animaux sauvages, vivre dans la faim, le froid, sans limite, sans les barreaux sécurisants de ma cage dorée, qui me met en valeur, un écrin pour la gemme colorée que je suis.

Ayant terminé son compte-rendu, ma congénère prend congé de moi et prend son envol, un peu agacée de mon regard absent. Si notre relation doit durer, elle devra faire davantage de concessions et m'accepter tel que je suis, comme j'accepte son arrogance de commère. Moi, je suis un perroquet intellectuel.

Depuis hier, jour de la Sensa, journée symbolique pour moi, j'ai compris que ma grande capacité cérébrale pouvait se transformer en obstacle majeur pour tout passage à l'action. Hier, dans l'atelier déserté, une autre évidence m'est apparue : je suis incapable de vivre seul. La solitude est ma plus grande peur, plus terrible encore que mon emprisonnement. Pour moi, la solitude est une pièce noire et vide, moi qui aime tant la couleur et la compagnie, un lieu dans lequel je me laisserais mourir. J'ai besoin de parler, d'échanger, de toucher, d'être caressé. Je suis un mâle à forte tendance féminine, peut-être un handicap supplémentaire pour oser l'aventure.

Au terme de ma grande réflexion existentielle, j'ai enfin abordé la question fatidique : avec qui aimerais-je passer le reste de ma vie ?

— Benito ?

Benito ne me répond pas. Comme d'habitude. Benito ne sait pas que je sais. L'élève est affairée à broyer les pigments rouges, cette couleur dangereuse qui rend les gens agressifs, qui autorise les pulsions les plus basses, libératrice de la face sanguinaire de tout être vivant. La couleur qui l'a trahie, au fond de son pantalon.

— Benito ?

Pas davantage de réponse. La matrone est partie chez son amie la grenouille de bénitier, mais l'heure du repas de midi approche. Le temps est compté. Je dois conclure.

— Warda ?

Benito-Warda a cessé son labeur, le geste arrêté net, en suspens au-dessus de la table des pigments. Ses yeux, arrondis comme des ducats neufs, se sont levés vers moi et me fixent, ce qui ne me cloue pas le bec.

— Warda, ouvrir la cage de Gigi.

— Comment tu sais ?

— Warda, ouvrir la cage de Gigi.

— Tu comprenais tout ce que je disais à Gabriele ?

— Warda, ouvrir la cage de Gigi. Vite.

— Quel enfoiré !

— Gigi va tout dire.

— Essaie toujours. La mère Vinelli ne t'écoutera pas.

— Gigi va tout dire.

— Si j'ouvre ta cage, je me fais virer.

— Benito est une fille ! Benito est une fille ! Benito est une fille !

Je répète cette phrase, je la chante à tue-tête, avec une force inouïe. Ma langue est gonflée, épaisse et vigoureuse, ce qui fait vibrer chaque mot dans l'atelier transformé en caisse de résonnance. Warda pâlit, abandonne le rouge des pigments, frictionne ses mains sur le lin beige de son pantalon, cherche l'argument pour éviter sa punition à venir, soudain fébrile en entendant le claquement des talons de bois près de la porte d'entrée. Elle attrape la clé sur la cheminée, sa main tremble en ouvrant la porte de ma cage, elle maudit son père de l'avoir faite fille, elle m'injurie d'être un mâle à la voix puissante.

Profil bas, le corps engourdi par mon élan brutal, je sautille d'une patte, je volette d'une aile, j'atteins le rebord de la fenêtre. Tant bien que mal, je me faufile par l'entrebâillement en me dandinant, laissant l'élève immobile, pétrifiée par son geste fatal.

Le soleil du printemps m'éblouit. Dans la rue Castelli, tout est blanc. Devant moi, se dessine la silhouette de l'église Santa Maria dei Miracoli, miraculeuse vision, si souvent imaginée, qui me gonfle d'un souffle nouveau. C'est mon premier envol, un peu lourdaud, hésitant, avec l'angoisse de m'écraser au sol et ne plus parvenir à décoller. Un coup d'aile énergique m'éloigne du pavé de la rue, me donne hauteur et confiance.

Je ne vais pas prendre la route du Levant. Je vais survoler des *fondamenta* et des ponts de bois, longer des quais et traverser des *campo*, ignorer le ricanement des mouettes, la course effrénée des chats après les rats, les regards étonnés des enfants. Je vais frôler les pierres brûlantes des maisons et les odeurs nauséabondes de la pauvreté. Je pars à sa recherche dans le dédale de la Sérénissime. Malgré mon esprit si peu aventurier, j'ai décidé de retrouver le petit déplumé.

Quand on débute une nouvelle aventure, on pense à la première fois. Le premier rendez-vous, le visage de l'autre, nos sensations. On va aimer ou pas, on va être à la hauteur ou pas, la première impression qui donnera une couleur indélébile. On ne pense pas que cette aventure aura une dernière fois, l'ultime rendez-vous, la fin de la route à deux, quand les chemins se séparent. Il en est ainsi d'une relation amoureuse, d'un contrat de travail, d'un atelier d'écriture.

Louis était nostalgique à l'idée de ne plus revoir Émilie, dont la franchise l'avait aidé à renouer avec l'enfant qu'il était encore dans son costume gris. Bien sûr, sa dignité l'obligeait à refouler cette émotion proche de la sensiblerie, comme il l'avait qualifiée pour ne pas y porter trop d'intérêt. Pour cette dernière fois, Émilie n'a pas fait d'efforts particuliers. Maquillage aussi discret que sa tenue vestimentaire, pas de regards appuyés, des phrases simples et directes. Sujet, verbe, complément.

— Votre fin est très bien.

— À vrai dire, j'ai aimé l'écrire.

— Vous sentez-vous soulagé ?

— Oui et, du coup, cette femme est revenue encore plus souvent dans mes rêves.

Louis, tu es sauvé. Il avait cherché les traces de la femme au visage bienveillant, à la douceur infinie. Il s'était imaginé en train de mourir, noyé dans le liquide amniotique, et une main tendue, celle de la sage-femme. Elle lui avait mis la tête en bas pour qu'il éjecte le liquide ingurgité. Une petite tape sur les fesses et son cri de vie. Sauvé. Mais un bébé peut-il garder une telle mémoire visuelle ? Sans trop y croire, il avait enquêté, prenant contact avec l'hôpital où il était né. Aucune possibilité de retrouver le nom d'une sage-femme, après autant de décennies. Cette femme au visage bienveillant, était-elle une infirmière, croisée onze ans plus tard, quand il avait été hospitalisé après sa dernière noyade ? Il n'avait pas obtenu davantage d'informations.

Pour trouver des indices sur son père, il n'avait pas eu d'autres choix que de questionner sa mère, seule survivante de ce drame, sa grand-mère Alice étant décédée. Après de fortes réticences, puis sur les conseils de son thérapeute, Karen Keller avait raconté.

— C'était pendant un mariage. Des amis de la famille.

— Dans le Nouveau-Brunswick ?

— À Saint-John, dans un restaurant avec un grand parc, et un bosquet au fond.

— Grand-mère Alice y était ?

— Nous étions invitées toutes les deux. Elle a discuté avec des amies. Je suis partie me promener dans le parc.

— Grand-mère s'est rendue compte de quelque chose ?

— Rien.

— Est-ce qu'il… est-ce que mon père me ressemble ?

— Je ne me souviens pas de son physique, seulement de deux détails.

— Lesquels ?

— Quand il est reparti de cet endroit, il avait un sourire au coin des lèvres et son bras autour des épaules de sa femme.

À partir de sa date de naissance, Louis avait poursuivi une autre piste, cherchant les mariages qui avaient eu lieu dans ce restaurant de Saint-John, neuf mois plus tôt. Les archives de la ville n'avaient rien divulgué, mais était-il né précisément neuf mois après ? De plus, son père n'appartenait pas à la famille qui célébrait le mariage. C'était un des nombreux invités, un proche sans être proche, un anonyme dans cette grande fête familiale. Un homme dont on ignore le métier, le nom, l'adresse.

Émilie était pensive.

— C'est une chance que votre mère ait bien voulu en discuter avec vous.

— Elle a eu beaucoup de mal.

— C'était peut-être la première fois qu'elle en parlait…

— Oui, je pense. En dehors de son thérapeute.

Pendant le récit de sa mère, Louis avait été déstabilisé. Cette femme, assise sur son canapé en cuir caramel, était devenue une inconnue. Face à lui, se trouvait une jeune fille tétanisée par la douleur physique, le ventre replié, dégoûtée par les effluves alcoolisées de cet homme et son odeur de transpiration aigre, inséparable de sa chair à elle, de son corps soudain souillé.

Elle avait détesté l'enfant qui grossissait son ventre. Elle avait utilisé tous les moyens pour détruire la vie en elle – les fils d'acier, les tisanes amères, les coups de poing, puis elle avait tenté, à chaque occasion, de noyer le petit garçon dont elle était la génitrice involontaire. Sa mère, la grand-mère Alice, avait gardé le secret, dans le silence et la honte. Pour la première fois, Louis avait ressenti de la pitié pour cette femme brisée, sa mère, jeune fille en fleur fauchée derrière un bosquet.

Devant Émilie, il pleura.

— Louis, vous allez devoir pardonner à votre mère.

— Je n'arrive pas à comprendre.

— Il est difficile d'aimer l'enfant d'un viol.

— Et l'instinct maternel ?

— Il n'est pas systématique.

— Je le croyais.

— Vous allez devoir pardonner à votre père aussi.

— Ce mec frustré ou obsédé sexuel ?

— Vous n'aurez jamais la réponse.

— Qui est responsable ? Son épouse, peut-être frigide ? Ma mère, innocente, et sa robe trop courte ? Ma grand-mère qui aurait dû mettre en garde sa fille ?

— Et votre grand-mère qui a eu une fille et pas un fils, et la famille des mariés qui a eu la mauvaise idée d'inviter votre mère, et le soleil qui a brillé et donné envie d'une promenade dans le parc, et le printemps qui apporte ses montées de sève et…

— Arrêtez !

— Le pardon est un long chemin, qui commence par l'acceptation.

Louis observa les mains longues et fines d'Émilie. Un jour, parviendrait-il à regarder autrement les mains d'une femme ? Depuis la révélation de sa mère, il avait regardé des ventres aussi, en cherchant à croiser des femmes enceintes, dans les rues, les magasins, dans les émissions de télévision, sur Internet. Il n'aurait jamais pensé en voir autant. Il ne voyait plus qu'elles, essayant de lire sur leurs visages. Ce sourire, est-il l'expression d'une grossesse désirée, l'enfant attendu et déjà aimé ? Ou le complot d'une femme pour garder un homme ? Cette grimace parle-t-elle d'une grossesse difficile, d'un enfant supplémentaire dans une famille déjà nombreuse ? D'un père qui n'est pas le mari ? Et tous ces ventres qui hébergent une graine en train de germer, d'une mère en devenir, qui l'ignore peut-être elle-même. Louis était devenu obsédé par la question.

— Louis, le pardon va vous aider à mieux vivre, et la créativité aussi.

— Pour moi, l'écriture a été une thérapie.

— Un acte aussi douloureux que libérateur ?

— En quelque sorte.

— Maintenant, renouez avec vos centres d'intérêt.

— Je vais y réfléchir.

— Vous pourriez peut-être vous inscrire dans un atelier de peinture.

Émilie rangea ses affaires dans son cartable en cuir, celui qui l'accompagnait depuis sa première année de collège. Il portait les marques d'encre et de peinture, la patine des salles de cours et des casiers. Avec douceur et précision, elle le referma. Il est son meilleur ami.

Sa main de joueuse de luth se tendit vers la main de Louis. Il eut envie de la serrer d'une façon particulière, une pression un peu insistante, pour accompagner une phrase du genre : « J'aimerais vous revoir. » Une proposition très honnête d'aller ensemble à un vernissage, de l'inviter à une séance de dédicaces du prochain roman qu'il publierait, de lui montrer sa future création, qui allait être picturale.

Il connaissait la réponse d'Émilie, qui serait nette et négative, sans flou, sans fausse promesse du style : « Oui, on se rappelle. Bien sûr, avec plaisir. »

Elle ne s'était pas attachée à lui, elle ne voyait pas l'intérêt de le revoir, elle avait accompli sa mission. Il avait bien compris qu'elle n'était pas la femme de son rêve.

Sa silhouette fine s'évanouit au bout du couloir sombre, vert de chrome et bleu de Prusse, vers d'autres horizons, loin de lui, dans le halo de sa chevelure d'un blond vénitien.

— Monsieur Keller, je viens de la part de votre ami Félix.

La vieille dame en violet portait un carton dans les bras, qu'elle maintenait de ses mains frêles, agrippées aux rebords. Le prénom du libraire fut un sésame, le code pour entrer dans la vaste demeure de l'éditeur. Il la dévisagea.

— On se connaît ?

— Nous nous sommes entrevus au moment de Noël.

— Je n'ai pourtant pas beaucoup bougé à cette période-là.

— C'était dans une librairie de Montréal.

— Peut-être.

— Lors d'une séance de dédicaces de Guy Audiard.

L'éditeur réprima un rictus. Il venait de se souvenir de la vieille dame en violet, puis de son départ rapide, presque fuyant, de cette librairie où il était resté en retrait, près des caisses. Guy Audiard, il ne l'avait pas encore rencontré à cette époque. C'est Félix qui s'était occupé de tout. De cet homme, Louis avait regardé quelques photos sur Internet, un instituteur parmi ses élèves, pédagogue humble, discret, missionnaire dévoué à l'éducation des futures générations.

Dans cette librairie de Montréal, Louis s'était agacé de son attitude si différente, avec ses airs d'écrivain à succès, romantique et exalté, habillé d'une large chemise blanche aux manches flottantes et au col froissé. De loin, il avait également aperçu cette Sophie, virevoltant autour de lui à la façon d'un papillon de nuit, et tous ces lecteurs mielleux, dégoulinant de compliments pour *Amshi.*

Quelques jours plus tard, aux prémices de l'année nouvelle, Guy Audiard était venu lui rendre visite dans son bureau. Les deux hommes se retrouvaient face à face, pour la première fois. L'auteur avait le visage d'un autre homme encore. Un guerrier assoiffé de conquêtes.

— Je souhaite toucher mes droits d'auteur.

— Monsieur Audiard, nous devons attendre d'avoir le volume total des ventes.

— Dans ce cas, je vous demande de me verser une avance.

— Je vais bientôt obtenir le chiffre d'affaires pour chaque librairie. Nous pourrons alors nous revoir.

— Je vous ai rapporté un maximum d'argent, donc je veux être payé

— Vous êtes bien exigeant.

— Mon roman est une aubaine pour votre maison d'édition.

— Certes, mais nous avons été les premiers à vous avoir donné votre chance.

Denise posa le carton par terre et attendit, debout, au milieu du bureau. Ses mains ridées s'étaient rejointes et croisées sur le devant de sa robe, là où les plis s'échappent de la ceinture pour donner de l'ampleur au tissu. Allait-il lui permettre de s'asseoir ? Ce carton de manuscrits pesait une tonne, l'allée d'hibiscus avait eu la longueur d'un ruban de couturière, elle avait soif.

— Monsieur Keller, je ne vais pas vous déranger plus longtemps.

— Excusez mon hésitation. Je me souviens de vous maintenant.

— Oui ?

— Vous m'avez parlé de mes encyclopédies.

— En effet.

— Ce carton, ce sont mes vieilles encyclopédies ?

— Il est rempli des derniers manuscrits que vous avez confiés à Sophie.

— Vous connaissez Sophie ?

— C'est mon amie.

— C'est donc vous qui l'aidiez à lire tous ces textes ?

Au fil de ses huit décennies d'existence, Denise était devenue une femme posée, avertie, prudente, mais elle n'avait pas prévu d'être ainsi mise à nu par un homme qui avait l'âge de son fils.

Pour se donner de la contenance et prendre le temps de choisir ses réponses, elle avait appris à retourner les questions, à se mettre en mode d'écoute active, car il est bien connu que tout un chacun aime parler de lui-même.

— Êtes-vous satisfait des ventes de Noël ?

— Vous ne répondez pas à ma question.

— Oui, j'ai aidé Sophie.

— Un thé vous ferait plaisir ?

Pendant que Louis s'absenta du bureau pour aller chercher deux tasses de thé à la bergamote, les yeux usés de Denise frôlèrent des silhouettes verdoyantes, une ombre bleutée sur le carrelage rouge, la volière habitée de nombreux coucous aux pépiements incessants.

— Monsieur Keller, vous allez faire comment pour lire tous ces manuscrits ?

— À vrai dire, j'ai commencé à faire ce travail de lecture moi-même.

— C'est beaucoup de temps, n'est-ce pas ?

— Pour être franc avec vous, je trouve ça fastidieux.

— Mon amie Sophie est douée pour ça.

— Oui, mais elle est partie.

— Elle n'est pas partie loin.

— Tenez, j'ai une enveloppe pour elle.

La grande main élégante de l'éditeur tendit une enveloppe blanche et rectangulaire en direction des mains petites et usées de Denise. Le contenu était un chèque pour Sophie, un pourcentage des ventes, comme prévu entre eux au début de leur collaboration.

— J'ai été odieux avec votre amie.

— Elle a beaucoup appris durant cette collaboration avec vous.

— Je l'ai blessée.

— Elle vous a pardonné.

L'éditeur gris acier et la vieille dame en violet plongèrent leurs silences respectifs dans leurs tasses de thé fumant. Ce voile de fumée entre eux permit à Denise de se protéger des idées sombres de cet homme, tapi dans son fauteuil en velours bordeaux, sa tanière d'homme blessé.

— Monsieur Keller, il y a d'autres Guy Audiard à découvrir.

— Je suis perdu.

Sur le visage de cet homme, en transparence, Denise vit celui de son fils, du même âge que l'éditeur. Cette image en filigrane la renvoya aux souvenirs heureux de l'enfance de Gilles, à leur relation fusionnelle, complice et joyeuse, puis à leur éloignement inévitable, à l'adolescence, et à leur séparation brutale, quand Gilles s'est marié et qu'il ne donnait plus aucune nouvelle, quand il a divorcé et que leur lien est resté distendu.

Elle pensa au récit de Sophie, prise dans l'étau de Karen Keller, obligée d'assister à cette terrible scène de violence familiale. Une mère et son fils. Leur impossibilité de s'aimer. Se déchirer à en mourir.

Sa mort à elle, Denise y songeait parfois. Sans nostalgie. Sa vie a été bien remplie, un voyage à chaque livre lu, plusieurs tours du monde à son compteur, dans le canapé rose fané de sa petite maison de banlieue. Son mari avait été un étranger, resté à quai, de l'autre côté du lit, ou devant le téléviseur. Elle n'avait pas de regrets. Cet homme, face à elle, avait encore de belles années à vivre.

— Vous devez garder confiance. Vous êtes un grand éditeur.

— Je l'étais.

— Je peux vous aider ?

Le thé à la bergamote ayant cessé de fumer, Denise immergea son regard de mère dans celui de l'éditeur, qui se mit à parler d'une jeune fille violée, détruite par sa naissance à lui, de toutes ces fois où il aurait dû mourir pour de bon, son instinct de survie pour retrouver son héros de père, disparu dans le grand flou de la lâcheté humaine.

La vieille dame en violet écouta avec bienveillance l'éditeur gris acier. Ils échangèrent beaucoup de mots, des bouts de phrases, des silences, et elle repartit. Souvent, elle revint le voir. Ont-ils inventé un lien de famille entre eux ? Louis, né orphelin. Denise, en mal d'enfant. Ils évoquèrent l'acceptation, le pardon, la résilience, l'élan vital, la joie auprès des animaux, la beauté des plantes, le bonheur de voyager en lisant. La vieille dame avait une sagesse thérapeutique, une douceur que l'homme blessé n'avait pas su voir chez les femmes qu'il avait connues et aimées.

Un jour, dans les vapeurs du thé à la bergamote, sous les yeux usés de Denise, Louis était redevenu un garçon de onze ans. Il venait de rentrer du collège. Il était allé directement dans sa chambre pour voir ses oiseaux convalescents. La porte de la cage était grande ouverte. Dans la maison familiale, il y avait un silence de mort. Il avait hurlé son chagrin, qui n'était pas le premier.

Sa mère avait hurlé contre lui, le traînant par les cheveux jusqu'à la salle de bain. Sa mère, parfois faible, si forte ce jour-là, surdose de fortifiants peut-être, l'avait empoigné, plongé dans la baignoire, mis la tête sous l'eau glacée. Il n'avait rien pu faire. Il avait senti la poigne d'acier de sa mère, l'eau glacée s'engouffrant dans sa bouche en cri, dans sa gorge étranglée, son battement de cœur arrêté.

— Et là, je me suis vu mourir. Denise, vous comprenez ?

— Expliquez-moi.

— Je voyais tout ce qui se passait, comme si mon esprit flottait au plafond, avec mon corps resté dans la baignoire.

— Vous étiez acteur et spectateur à la fois ?

— C'est ça ! Je me voyais dans la baignoire, avec ma mère en train d'appuyer sur ma tête.

— Épouvantable…

— Vous me croyez ?

La vieille dame en violet acquiesça en souriant. De tels phénomènes de mort imminente, quand l'esprit se sépare du corps, elle y croit. Elle était convaincue qu'elle pourrait, elle-même, en faire l'expérience. Peut-être parce qu'elle sentait sa mort approcher et qu'elle s'y préparait, inconsciemment. Durant quarante années, Louis avait gardé le secret de cet épisode troublant.

— J'avais honte d'en parler.

— Vous pensiez que personne n'allait vous prendre au sérieux ?

— J'en étais persuadé. Jusqu'au jour où Félix m'a prêté un livre de témoignages sur le sujet et là, je lui ai tout raconté.

— C'est terrible de rester autant d'années sans comprendre, et sans partager ce vécu.

— Le plus terrible, c'est que la scène est restée gravée en moi, pour la vie. Les mains de ma mère sur ma tête d'enfant.

Louis avait perdu connaissance dans les bas-fonds de la baignoire, à l'instant où sa grand-mère Alice était arrivée dans la salle de bain, alertée par des hurlements. Elle avait eu beaucoup de difficultés à arracher la poigne de sa fille, vissée sur la tête de son petit-fils. Elle avait finalement réussi à attraper l'enfant par la tête pour le sortir du bain, en le laissant vomir sur le sol, et elle avait appelé le médecin en urgence.

Louis s'était réveillé le lendemain, allongé dans un lit d'hôpital, où il avait passé plusieurs jours à guérir et à regarder le plafond.

En ce dernier dimanche de février, Denise m'invita autour d'un dîner végétarien, confectionné à base d'herbes et de plantes cueillies le matin. Le plat principal était un mélange de carottes et de céréales, disposées à la façon d'un crumble, agrémentées de plantes aromatiques et de feuilles comestibles. Le secret de ce plat ? L'idée de cueillir des plantes comestibles ? Mon amie garda un air mystérieux. C'était délicieux et délicat.

Nous avons évoqué nos brunchs du dimanche matin, nos lectures, nos fiches, mon stress du lendemain, mon grand oral du lundi, à 17 heures, mes rencontres angoissantes avec Louis Keller. Nous avons reparlé de Guy Audiard, en pleine page dans les magazines littéraires, sa tournée en Europe prévue au printemps, son image toujours très humble, sa réalité que nous connaissions bien. J'étais encore amère.

— Je ne voulais pas voir la réalité parce que j'étais amoureuse de lui.

— Et lui, il était prêt à tout pour réussir.

— Denise, est-ce que tous les auteurs connus deviennent ainsi ?

— Il y a des gens merveilleux partout, dans tous les milieux.

— Je te crois et, parfois, je doute.

— Tu feras la connaissance d'autres auteurs, qui resteront humbles malgré leur succès.

— Je n'ai pas encore reçu de réponses.

Je venais de proposer ma candidature de lectrice à d'autres maisons d'édition. J'ignorais que Denise et Louis Keller avaient partagé de longues discussions depuis le départ de Guy Audiard. Je savais seulement que mon amie était allée chez l'éditeur pour lui rendre les derniers manuscrits, et qu'elle avait trouvé le jardin d'hiver fidèle à mes descriptions. Est-il encore fleuri et verdoyant ? Les citrons avaient-ils été cueillis ? Y avait-il de nouveaux mandarins dans la volière ? Denise n'avait pas su me répondre, trahie par sa vue défaillante. L'évocation de ce jardin d'Éden me rendit nostalgique. Sa beauté me manquait. Les saisons étaient passées et moi, j'avais si peu avancé.

— Sophie, en attendant de trouver ta prochaine mission littéraire, il faut absolument que tu vives la même expérience que moi.

— Laquelle ?

— Une sortie botanique avec Louis Keller.

— Avec l'éditeur ?

— Depuis le mois de janvier, il organise une promenade chaque dimanche matin, dans la campagne aux alentours.

— Tiens, il est retourné à ses premières amours...

— Ce matin, j'y ai participé.

— Je comprends mieux ton air mystérieux et ton plat végétarien.

— C'était passionnant !

— Denise, c'est inconcevable pour moi.

— Tu ne le regretteras pas.
— Mais je lui ai donné ma démission le mois dernier !
— Et alors ?
— Ce n'est pas pour aller randonner avec lui quelques semaines après.

Denise ignora ma réponse, me détaillant sa sortie avec un enthousiasme débordant. Dans les brumes matinales, parmi les arbres et les plantes, en pleine nature, Louis Keller avait été captivant, attentionné aux questions de chacun, partageant des anecdotes avec tous. Il avait évoqué une recette délicieuse, à base d'essence de bergamote. « Comme il y en a dans le thé ? », avait demandé une participante. Il le lui avait confirmé. « C'est un arbre qui pousse chez nous ? » Il avait donné le lieu de prédilection des bergamotiers : la région de Calabre, au sud de l'Italie. Au groupe, tenu en haleine, il avait raconté la légende selon laquelle, par les nuits de pleine lune, la bergamote peut montrer l'endroit où naissent les fées.

J'ai écouté Denise, tout en restant sceptique. Le souvenir de la violente altercation entre l'éditeur et sa mère m'invitait à la prudence, sans oublier les moments où il avait été odieux avec moi. Mais, sous la pression de mon amie, j'étais au point de rendez-vous le dimanche suivant, parmi un groupe d'une quinzaine de personnes, plutôt âgées, à 8 heures du matin, sur le parking d'une aire de stationnement aux abords de Trois-Rivières. J'étais mal à l'aise. C'était la première fois que je revoyais Louis Keller depuis ma démission, début janvier.

— Bonjour, Sophie.
— Bonjour, monsieur Keller.
— Merci de participer à cette sortie botanique.

— C'est seulement pour faire plaisir à Denise.

— Votre amie est merveilleuse.

L'éditeur nous donna quelques informations pratiques quant au déroulement de notre promenade : la nécessité de rester rassemblés, des arrêts réguliers, des explications détaillées, un peu de cueillette aussi. Tous les questionnements seraient les bienvenus. Il fit la proposition que chacun s'appelle par son prénom. Notre groupe s'engagea sur un sentier pédestre, recouvert de neige. Le soleil était encore voilé par une masse nuageuse, qui promettait de se déchirer comme une poignée de coton.

Louis Keller, grande silhouette à l'avant, ressemblait à un arbre marcheur, habillé d'un manteau vert sapin. Cette couleur était un souvenir si particulier pour moi, celui du sous-main en cuir vert anglais de son grand bureau ovale. Je revoyais ses doigts minces le tapotant avec nervosité, mes fiches de lecture abandonnées dessus dans un geste indifférent, ses chaussures en touchant presque le rebord, le soir d'ivresse.

— Nous allons faire une première pause.

— Louis, on peut cueillir ça ?

Un homme du groupe venait de dégager la neige d'un petit talus, sous lequel se trouvait une touffe d'herbes sauvages que je ne connaissais pas. L'éditeur fournit beaucoup de précisions, répondant patiemment à toutes les questions, souriant à celles, parfois naïves, des participants, qui retrouvaient le parfum d'enfance d'une sortie scolaire.

Il était heureux, détendu, souriant. Je ne le reconnaissais pas. La veille de cette sortie, le samedi soir, Denise m'avait téléphoné, ce qui n'était pas ordinaire de sa part. Elle devait me prévenir, comme un préambule à mes retrouvailles avec l'éditeur. « Louis Keller s'est enfin libéré de son enfance. Tu verras, c'est un autre homme. » Elle avait ajouté que son écriture autobiographique l'avait beaucoup aidé à comprendre sa relation aux femmes, à mieux la vivre, avec davantage de respect et de sérénité. Elle avait plaidé sa cause, avec ferveur.

— Louis Keller a été un enfant malheureux.

— Moi aussi, j'ai été malheureuse.

— Je sais, ma petite Sophie.

— Malheureuse car non désirée.

— Pareil pour lui. Non désiré, et pire encore.

— C'est-à-dire ?

— Sa mère a failli le tuer. Par noyade. Plusieurs fois.

Au téléphone, j'avais été bouleversée par le récit de Denise, qui me donnait d'un coup les clés pour décoder le comportement de l'éditeur, et notamment sa relation à l'eau. Sa colère devant ma petite fontaine, son surnom « Noé ». Noé sorti des eaux. J'avais mieux compris son amour des oiseaux, ceux qu'il avait recueillis et soignés, mis à l'abri dans sa volière, et bien sûr, la haine pour sa mère.

Durant notre balade, j'avais toutes ces images en moi et j'avais mis un autre éclairage sur cet homme, élégant même dans un manteau ordinaire et rustique. Louis Keller, intarissable, décrivait la plante aromatique qu'il venait de cueillir, au parfum d'aneth, idéale pour agrémenter un saumon fumé ou un gratin de carottes. Chaque participant renchérissait avec des nouvelles associations de saveurs, parfois loufoques, ce qui faisait rire l'éditeur. Dans la joie ambiante, j'avais laissé aller ma bonne humeur. Moi aussi, je me sentais comme libérée d'un poids.

Grâce à Denise, je commençais à digérer ma déception amoureuse et à accepter mon côté ingénu, de femme en quête d'un amour absolu. J'avais décidé d'acheter un cahier neuf pour y écrire un nouveau roman, sur le thème de la renaissance personnelle, dont je cherchais déjà le titre. Encore une fois, Denise m'avait donné un précieux conseil, celui de la patience. « Ton titre, c'est comme l'amour, il viendra quand tu ne le chercheras plus. »

— Sophie, la promenade vous plaît ?

— Oui, merci.

— Vous aimez les plantes ?

— Beaucoup, et vos explications sont très instructives.

— Denise vous a-t-elle cuisiné son fameux crumble sucré-salé ?

— Vous êtes au courant ?

— Nous avons créé la recette ensemble, pendant la sortie.

— Ça ne m'étonne pas d'elle. Elle est très créative.

— Votre amie m'a beaucoup aidé.

— …

— Elle m'a écouté, sans jugement.

— …

— Elle m'a conseillé, avec bienveillance.

Louis Keller avait ralenti, il avait laissé passer le groupe et il m'avait rejointe à l'arrière de notre file indienne. Je fermais la marche. Je sentais son regard observateur et discret. Avec mon pantalon noir calé dans mes bottes vert pomme, ornées de coccinelles rouges, assorties à mon ciré écarlate à grande capuche, j'étais une fillette. *Sophie et ses malheurs*, de la comtesse de Ségur, ou *Alice au pays de Louis Keller*, version petit chaperon rouge. Le lieu était beau, la neige fondue rafraîchissait les feuillages, les femmes riaient entre elles. J'étais présente et loin de ce chemin, dans mes pensées, ma vie d'avant, en France, ma fille heureuse et mon fils culpabilisant. Mon regard se perdit dans les cimes des arbres, le ciel couvert me parut soudain nostalgique. L'éditeur osa me formuler sa demande :

— Sophie, et si on reprenait comme avant ?

— Avant quoi ?

— Comme en septembre. Vous lisez les manuscrits et vous m'en faites un compte-rendu. Je vous établirai un contrat, avec un salaire mensuel.

— Vous plaisantez ?

— J'en ai l'air ?

— Il y a quelques mois, vous disiez que je n'étais pas à la hauteur d'une telle mission.

— C'est quand même vous qui avez découvert Guy Audiard.

Je l'ai regardé, interloquée. Son regard restait fixé sur moi. Je n'ai pas baissé les yeux.

— Vous êtes sérieux ?

— Sophie, je m'excuse d'avoir été odieux avec vous.

— Vous, monsieur Keller, vous vous excusez ?

— Je regrette mon comportement.

— C'est Denise qui vous a conseillé de me faire vos excuses ?

— Pas du tout.

— C'est Félix qui vous a suggéré de me proposer un contrat ?

— Non. Cette idée vient de moi.

— Et vous seriez prêt à retravailler avec moi, même si je ne suis qu'une femme ?

— Je commence à me réconcilier avec les femmes.

— Même les Françaises ? Ou seulement les Italiennes ?

— Ne soyez pas ironique.

— Je ne suis pas ironique. Je suis seulement dubitative.

— J'ai été idiot, et jaloux peut-être.

— Jaloux de quoi ?

— Jaloux de votre découverte.

— …

— Ma proposition est sérieuse. Prenez le temps d'y réfléchir.

Je me suis tue. Je me voyais bien reprendre la lecture de manuscrits avec Denise, échanger nos impressions, notre complicité, nos fous-rires, mais plutôt avec un autre éditeur. En même temps, pourrais-je trouver une telle mission ailleurs ?

J'avais bien senti que Denise était prête à recommencer, et plutôt avec Louis Keller. « Cet homme est passionné, passionnant. Encore un peu de patience, le temps qu'il cicatrise de son enfance, et il sera remarquable. » Si je reprenais cette activité, je devais obtenir la promesse de l'éditeur d'être respectueux quoi qu'il arrive, et je devais aussi me faire une promesse à moi-même : ne plus chercher l'homme de ma vie parmi les auteurs que j'allais découvrir. Denise serait mon garde-fou. « Ma petite Sophie, une chose est certaine : tu dois rester dans l'univers littéraire car là est ton bonheur. Lis, écris, et tu seras reliée à ton cœur, à ton âme. »

Soudain, Louis Keller cessa de parler. Son visage était blême. Au bout du chemin, il y avait une rivière et une île au milieu, avec un passage peu profond, un chemin de galets pour y accéder. Les participants piaillèrent de joie. Des enfants parés pour l'aventure. L'eau et les cris mirent l'éditeur à l'écart. Il s'appuya contre un arbre, son col de chemise grand ouvert pour mieux respirer. Sans hésiter, je pris la tête du groupe en annonçant le programme : « Vous franchissez le gué et vous observez les fleurs. Avec Louis, nous arrivons dans quelques instants. » Le groupe se lança dans cette grande aventure, avec l'excitation de Robinson Crusoé à l'assaut d'une île vierge.

— Louis, tout va bien.

— Et le groupe ? Je vais dire quoi, au groupe ?

— Je m'en occupe.

— Je suis incapable de continuer.

— Vous allez réussir. Tout ça, c'est de l'histoire ancienne.

— …

— Denise m'a tout raconté.

— Sophie, je vais mourir.

Dans d'autres circonstances, j'aurais éclaté de rire. L'angoisse de l'éditeur était vraiment disproportionnée face à ce gué de quelques centimètres de profondeur. Je compris mieux le sens de l'appel téléphonique de Denise, la veille. Mon amie avait eu le pressentiment que ces informations, les blessures d'enfance de Louis Keller, allaient m'être utiles.

Sous mes yeux, je vis l'éditeur redevenir enfant. Ses oiseaux morts, noyés dans le puits du jardin de la maison familiale, les bains glacés dans la baignoire de la salle de bain, sa tête enfoncée sous l'eau par les mains de sa mère, l'asphyxie. Il était un jeune garçon terrorisé, celui que j'avais surpris dans son jardin d'hiver, lors de nos rencontres littéraires. Un petit Noé déguisé en costume gris foncé, taille adulte.

J'étais émue. Je l'ai pris par la main, en pensant aux mains de mes enfants que j'avais tenues pour les aider à franchir un ruisseau, à marcher sur un muret, à descendre un toboggan, pour les guider dans leurs premières expériences audacieuses.

— Louis, venez avec moi.

Il me dévisagea, il s'abandonna à ma main maternelle, il posa un pied sur une pierre de la rivière. Il a tremblé, hésité. Il ne pouvait plus reculer. Je l'ai devancé d'une pierre, l'invitant à me suivre. « Vous faites comme moi. » Chaque pas nouveau lui coûtait un effort intense. Ses yeux étaient rivés sur les galets comme pour en étudier les mesures précises et la faisabilité d'y placer ses pieds, en estimer la solidité, les implorer de ne pas bouger sous son poids.

— Continuez à fixer les galets.

— D'accord.

— Et ne regardez pas l'eau.

— Oui.

J'eus l'image de nous deux, franchissant une passerelle de cordes, suspendue à plusieurs mètres au-dessus d'un torrent, et du vide, qu'il fallait ignorer.

Sa main, dans l'étau de sa peur d'enfant, broyait ma main. J'ai pincé mes lèvres pour retenir un cri de douleur. J'ai refoulé l'idée que Noé allait naufrager et m'engloutir avec lui. Noé, noyé.

J'ai pensé à Denise, qui nous a guidés pendant onze galets. Au bout de onze minutes, le gué était franchi.

J'ai remercié le Ciel. J'étais souriante, paisible.

— Louis, vous êtes sauvé.

Son regard plongea au plus profond de moi. Sa main garda la mienne, serrées l'une contre l'autre. Les mots se sont bousculés dans nos esprits.

Alors, j'ai pensé à l'homme que j'attendais. Un homme parmi des livres.

Lui, il a reconnu en moi une femme à la main tendue et au visage bienveillant.

La rencontre improbable, quand on n'y pense plus.

@mazeau_valerie

@ChroniquesRomans

www.lesromansdevaleriemazeau.com

Dépôt légal : mars 2017
ISBN 978-2-9534925-5-2
Photo couverture : 123RF/Boyan Dimitrov

Printed by Amazon Italia Logistica S.r.l.
Torrazza Piemonte (TO), Italy

10107588R00160